# 法廷占拠

## 爆弾2

呉勝浩

講談社

# 104号法廷

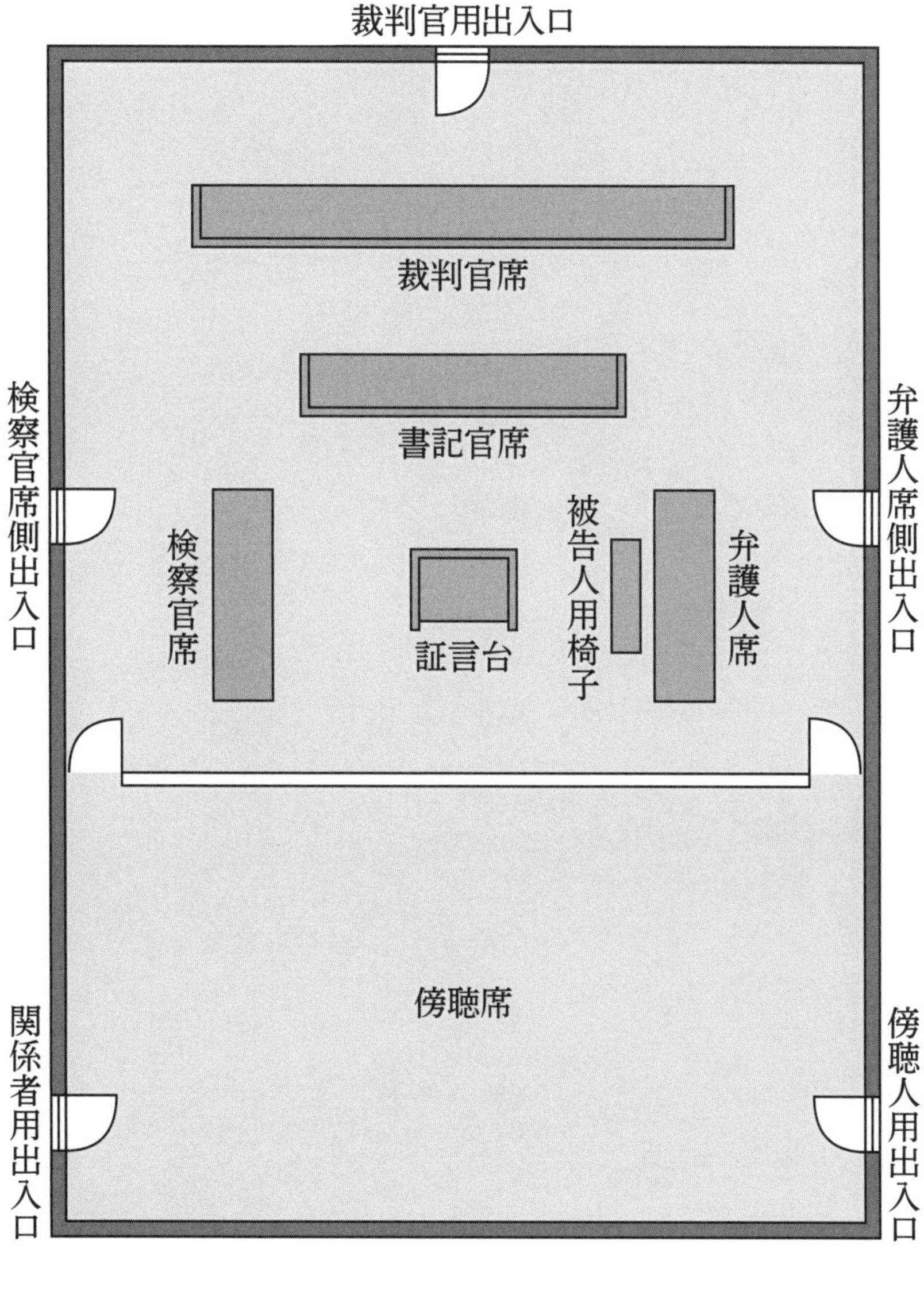

裁判官用出入口
裁判官席
書記官席
検察官席側出入口
弁護人席側出入口
検察官席
証言台
被告人用椅子
弁護人席
傍聴席
関係者用出入口
傍聴人用出入口

装幀／高柳雅人
写真／Getty Images

# 法廷占拠

## 爆弾2

子どものころ、大好きな野球選手がいた。テレビの前でのけ反ってしまうほどの剛速球を投げるピッチャーだった。数年後、ひさしぶりにテレビで観《み》た彼はぶよぶよに太り、往年の輝きは跡形もなかった。たいして有名でもない選手に打たれたホームランボールを見送りながら、小さく舌を出して笑っていた。

悔しかった。才能があったのに。恵まれていたのに。なんで台無しにするんだよ。

当時のおれは高校生で、分別をもちはじめた年齢で、プロの世界で活躍しつづける難しさを頭ではわかっていたはずなのに、その悔しさはいっそ憎しみと呼んでしまえるほど強烈なものだった。いまでもあの薄笑いを思い出すと、腹の底で濃い色の感情が暴れだす。

それでも彼には名声があり、仕事があり、金があった。よほどのことがないかぎり食いっぱぐれはしないだろう。一方、テレビのこちら側で悔しがっていたおれは、高校を卒業すると同時に食品加工会社に職を得て、日々を食いつなぐのに必死だった。

新井啓一《あらいけいいち》を呼び出したのは去年の十月ごろ。おれから声をかけるのはめずらしかった。仕事に就いてから会う機会はどんどん減って、最近はたまに啓一のほうからふらっとメッセージが届くぐらいになっていた。

髪を明るく染め、シルバーのネックレスに指輪をジャラつかせるこの友人がどうやって生計を立てているのか、よく知らなかったし、知りたくもなかった。妙に羽振りがよさそうなメッセージの文面は嘘《うそ》くさく、こうして顔を合わせてみると、その毛先だったりメッキが剝がれた指輪の傷だったりが現状を物語っていて、会わずにいて正解だったと思ってしまう。

アパートの卓袱台《ちゃぶだい》で向き合った啓一に、おれはいった。「じつは、親父《おやじ》が死んだ」

「あのくそ野郎が？」

他人の親を平気でくそ呼ばわりする啓一に、思わず苦笑がもれた。

「なんで？　殺されたのか」

「まあ、似たようなものかな」

ざっと説明すると「あれに巻き込まれたのか」と啓一はいちおう驚き、「ふうん」と思案顔になった。やがて「まあ、良かったな」と締めくくった。

ああ、とおれも返した。良かった。おれの人生を邪魔しつづけた文字どおりのくそ野郎が死んだ。そう。ほんとうに良かった。

金はもらえるのか？　あの親父が生命保険に入ってるわけないだろ。犯人からは？　訴訟とかしてふんだくろうぜ――。

加害者にまともな支払い能力があるとは思えない。行政から何かもらえたとしても、きっと雀《すずめ》の涙だろう。

そんなふうに伝えると「貧乏人同士が殺し合ってもろくなことがねえな」と啓一は身も蓋もないことをいい、おれたちは歪《いびつ》な笑いでお茶を濁した。

浮かべた笑みの裏側で、濃い色の感情が渦をつくった。水飴《みずあめ》のようにねっとりと、じゅるりと音を立てながら、その感情は、おれの身体《からだ》の隅々に根を張ろうとしていた。啓一の仕草や表情、物言いに潜む卑屈な影を見つけては、水飴がそれを反射した。映っているのは冴《さ》えないおれ自身の面《つら》だった。

顔を見れてうれしかった、また会おうぜ——肩を叩《たた》いてくる啓一に、ああ、と適当にうなずいた。

一週間もせず『飲もう』とメッセージが届き、仕事があるから無理だと返した。休みは？　そんなもんない——。『ブラックかよｗｗ』おれはその返信を放置した。夜勤へ向かう電車の中で、耳に差したエアーポッズから無課金ユーザーを嗤《わら》う広告が流れていた。

啓一から連絡はこなくなり、それにほっとしながら、おれの中の飴色の感情はぐつぐつと煮えていた。繰り返される広告に、終わらない労働に、漫然と過ぎていく終電の真っ暗な車窓に。

年が明け、バレンタインデーが虚《むな》しく過ぎた日の夜、アパートに啓一が転がり込んできた。ヤバいことになった——。唾を飛ばす啓一に水を飲ませて落ち着かせると、彼は所属するグループが警察の罠《わな》に引っかかり、一斉検挙されたのだと捲《まく》し立《た》てた。《店長》と呼ばれる上司は稼いだ金を持って消えた。捜査の手を逃れた啓一ら数名は、ろくな報酬も受け取れないまま逃げ出してきたという。

「《店長》とはまったく連絡が取れねえ。たぶん、二度と無理なんだろう」

「おまえ、何やってたんだ？」

いまさらのように尋ねると、「オレオレだよ」と啓一はつまらなそうに答えた。特殊詐欺の、標的に電話をかける「掛け子」をしていたのだという。学はないが口の回る啓一に、おあつらえ向きの仕事といえなくもない。

くそったれと憤《いきどお》る啓一に、おれはいった。「どうせ長つづきするもんじゃない」

「だからって、金が要らなくなるわけじゃねえ」

明るい茶髪を乱暴に掻《か》き混《ま》ぜて、啓一は自分のおでこに爪を立てた。赤く滲《にじ》みだす皮膚を、おれはじっと見つめた。

それは、もともとおれの癖だった。甘いお菓子を取り上げられたとき、陰口をたたかれたとき、自分の指がフォークボールを投げられる長さじゃないと気づいたとき。そのたびに額に傷を刻んだ。最初はやめろといってくれていた啓一に癖はうつって、中学になるとおれのほうが「みっともない」とたしなめる側に回った。

啓一が、絞り出すようにつぶやいた。

「こうなったら強盗《タタキ》でもするしかねえ。事務所に残ってたハジキがあるし」

「ハジキって——拳銃か？」

弾が満タンに詰まったトカレフ。《店長》とやらはそうとう慌てていたらしく、事務所に残された護身用のそれをとっさに啓一は持ち出した。捨てるに捨てられず、売ろうにもどうしていいかわからないまま、とりあえず駅のコインロッカーに隠しているらしい。

本物なのかを問うと「試してみなくちゃわからねえ」とくる。

「でも、偽物にしちゃあ立派なやつだ」

「強盗なんて、本気でいってるのか？」

「わかってる。強盗とオレオレじゃ次元がちがう。もうガキでもねえしな」

おれたちは二十歳になっていた。酒も飲めるしギャンブルもできる。代わりに、罪を犯せばサービスのない刑罰が待っている。

「でもおれには、ほかに手段が思いつかねえ」

啓一はいまにも泣きだしそうだった。うつむいたその顔が何歳も幼く見えた。

世の中は十八歳からを成年と見做《みな》しつつあるという。すでに選挙権は与えられ、来年には法律が変わって、自分ひとりで部屋を借りたりローンを組んだりできるようになるらしい。

しかし啓一を見ていると、大人と子どもの区別など、ひどく的外れな線引きに思えてしまう。十八歳が大人だという科学的根拠はおそらくなくて、十七歳と三百六十四日の人間が未成年なのは、ただ法律で「そういうことになっている」からだ。

もしも、と考えずにいられない。もしも、あと数年遅く生まれていたら。十八歳が成人とされる世界なら、つかみ取れていたんだろうか。いまよりはマシな未来を。

いいや、数年じゃ足りない。もっと前から、法はおれの敵だった。

「なあ、知ってるか?」啓一の唇が、皮肉な形に歪《ゆが》んだ。「おまえの親父を殺した犯人、すげえ人気らしいぜ。獄中に差し入れやら援助金やらがたんまり届いてるんだとよ」

「SNSの妄想だろ?」

「ちげえよ。グループのメンバーから聞いたんだ。知り合いに、奴《やつ》の裁判費用をぜんぶ出す気でいる金持ちがいるってさ。あんなすごい男はほかにいねえとかラリってるらしくてよ。ふざけてるよな。イカれてやがる」

啓一は吐き捨てた。

「おかしいよ」

おかしい、か。驚くほど、その台詞《せりふ》は腑《ふ》に落ちた。殺人鬼に金を出す馬鹿も、それを合法と認める社会も、生活に窒息しかけているおれたちも、何もかも、ぜんぶおかしい。イカれてる。

啓一が額に爪を突き立てるのを、ふたたびおれは見つめる。

おれの中には、啓一に対する苛立《いらだ》ちが常にあった。ふたりとも親ガチャの抽選に外れ、生きることに精いっぱいで、だけどふたりには決定的なちがいがある。

おれは積み重ねてきた。生まれもった環境をどうにかしたくて、勉強をし、スポーツに挑戦し、知識を蓄えてきた。

啓一は何もしてこなかった。勉強もスポーツも、貯蓄も人脈づくりも。自分の可能性を試すことなく、流されるままろくでもない仕事に飛びついて、このザマだ。

いや、人脈はあるのか。ノウハウも。

思考が、ふいに脈を打つ。

「悪いな、奏多《かなた》」

啓一が、急にしおらしい声を出した。「仕事だったんだろ?」

「いいや」とおれは首を横にふる。「休みだ」

すんなりと嘘がこぼれた。家を出なくてはいけない時刻は過ぎようとしている。だが、もういい。

じゅるり。飴色の感情がとぐろを巻いた。

「啓一」自分自身を落ち着かせるように、おれは尋ねた。「おれたちみたいな境遇の人間が、全員犯罪者になるわけじゃない――ってどう思う？」

「は？　そりゃそうだろ。運があったり才能があったり。ちゃんと努力する奴もいる。おれはそうじゃなかった。それだけだ」

じん、と額が疼《うず》いた。啓一の引っかき傷が、自分の痛みとして突き刺さる。

「世間に理解されなくても平気か？」

「平気も何も、そんな奴らの共感なんて要らねえよ」

そうだ。共感など要らない。正論も要らない。小賢《こざか》しい理屈も。

うなだれる啓一は頼りなく、「助けて」という一言を必死に噛《か》み殺《ころ》している子どもだった。けれど、金を貸せとはいってこない。当然だ。こんなボロアパートに住んでいる人間に、助けを求める馬鹿はいない。

おれは積み重ねてきた。できるかぎりやってみた。だけどその成果は、都合よくこき使われる職場と八畳一間で暮らせる程度の自由だ。無課金の広告だ。

あのくそ親父は、酒が入ると決まってゴミのような説教をした。誇りをもって生きなきゃ駄目だ。プライドってのは他人じゃなく、自分に対してもつものなんだ――。

でも親父、自分に対するプライドで、いったい誰を救えるんだ？

友だちの力にもなれない「大人」に、なんの価値があるっていうんだ？

ついさっき思いついたアイディアが、高速で回転する。走り出す。いままでどこに眠っていたんだと恨めしくなるほどのエネルギーが湧き上がってくる。かつてたどり着けなかった、これがランナーズハイなのか。

犠牲を差し出すことで、与えられる未来がある。

「なあ、啓一」友人を見つめ、決意を込めて呼びかけた。「いっそ、悪に徹してみないか?」

あきらめと怠惰を、おれは憎む。

# 十月二十六日　火曜日

## 1

東京メトロ霞《かすみ》ケ関《がせき》駅の階段をのぼりきると、冴えない曇天の下、ほとんど目の前に東京地方裁判所の建物はあった。

地上十九階建て。どっしりと横にも広く、厳《いか》めしいコンクリート製の本棚を倖田沙良《こうださら》は連想した。

待ち合わせ時刻より二十分も早い到着だったが、すでに一般出入口には列ができていて、最後尾に沙良はならんだ。証人として呼び出された身分であっても金属探知ゲートをくぐり、手荷物検査を受けるのは変わらない。

無事にロビーへ入ったころ、金属探知ゲートにならぶ人々の列は長さを増していた。その多くが自分とおなじ法廷に入りたがっているにちがいなかった。十月二十六日、火曜日。公判も五回目を数え、最初のころの熱は落ち着いているはずだが、それでも衰えない注目度の高さに複雑な感情が湧く。風化するよりはいい。だが、下世話に消費されている気がしなくもない。

ロビーの奥で東京地検の職員が出迎えてくれた。挨拶を交わし、関係者用の待合室へ案内される。

歩きながら、皮肉を込めていってみた。「すごい人気ですね」

「104号の席が必ず毎回埋まります」地検の職員はちらりと傍聴希望者たちを見やってから補足する。「ですが、一般傍聴人の抽選はまだです。あれは報道と、遺族会の人たちでしょう」

こんなにも——と、あらためて沙良は自分が関わった事件の重みを感じた。

104号法廷は東京地裁のもっとも大きな法廷で、世間の耳目を集める事件で主に使われる。過去にはテロを起こした宗教団体の教祖や時代の寵児《ちょうじ》となったベンチャー企業の粉飾決算事件、芸能人の薬物使用などが裁かれた。

今日の審理では、百近い傍聴席の四分の一ずつが記者クラブと、そして被害者家族に割り当てられているという。

列をなすほど、この事件の遺族は多い。

死者九十八名。重軽傷者は軽く五百人を超える。

山手線エリアを中心とした都内十数箇所で起こった未曽有《みぞう》の連続爆破事件からおよそ一年が経《た》ち、今月の頭、ようやく初公判が開かれた。これほどの凶悪事件にしては迅速な運びだが、裁判の進みはスムーズにいっていない。

今回、被告人は事実関係で争う姿勢を見せていない。にもかかわらず、二回目の公判で審議はストップした。六人の裁判員のうち二名が体調不良で途中退席し、辞退を申し出たのである。異例の事態となったのは、証拠として提示された爆破現場や遺体の写真が凄惨すぎたためらしい。事件の残虐性をことさらにアピールしようとした検察側のミスといっていいだろう。

三回目の公判まで一週間以上あき、そして五回目の公判にして、ついに捜査関係者として自分にお鉢が回ってきたのだ。

ついに――より、ようやく、という感覚のほうが沙良には強い。

期せずして事件の当事者となり、心に毒を打ち込まれた。憎しみ、自責、諦観。あれは交番巡査の職責にとどまらない、倖田沙良という人間の本性を暴かれるような経験だった。

終わらせなきゃいけない。区切りをつけて、前へ進まなくては。

でもそれは、風化とどこがちがうんだろう？


午前十時の開廷が迫っていた。鮨詰《すしづ》めになった傍聴席の最前列、右端に沙良は座った。手置きもある椅子は快適な座り心地だったが、席同士の間隔は狭く、着慣れないスーツのせいもあって窮屈で仕方ない。

左隣に、おなじ野方《のがた》署の伊勢勇気《いせゆうき》が着席し、いよいよ息がつまる。自分たちの出番は午後、昼休憩が終わったあとだと聞いている。この傍聴自体、「法廷の空気に慣れておきたい」と沙良が無理に希望したものだ。伊勢からすれば巻き込まれたかたちだが、それにしたって平気で時間ぎりぎりにやってくる面の皮の厚さには呆《あき》れてしまう。野方署はもちろん、警視庁、警察庁、東京地検と、方々から注目をされている出廷なのだ。万全を期したくなるのが人情だろうに。

――おまえほど、おれはヤバい立場じゃない。

以前、やる気のなさに疑問を呈したときにそう返され、危うく沙良は五つほど歳上《としうえ》の先輩をぶん殴りかけた。てめえ、自分がしたことを忘れたのか？

気を鎮めるために天を仰ぐ。窓もない密室で、やけに天井が高い。

目の前にある仕切り柵の向こう、審理場にはすでに弁護士や検察官が待機していた。沙良から見て右手側の弁護人席に三名。左手側の検察官席には四名が陣取って、開戦の時を待っている。

中央に書記官が、傍聴人と向き合う恰好《かっこう》で着席している。背後の法壇——裁判官席は彼の頭よりも一段高くつくられていて、被告人だけでなく、傍聴人も天から見下ろされる恰好になる。

ここでは誰もが裁かれる。そんな妄想を抱いてしまう。

「スマートフォンの持ち込みは禁止です。お持ちの方は速やかに退廷し、職員に預けてから再入廷してください」

仕切り柵の前に立つ警備員が、先ほどから声を張りつづけていた。録音、録画の禁止は傍聴の基本ルールだが、ここまで厳しいのはめったにないという。傍聴人は入廷時に手荷物をすべて職員にあずけ、なおかつ、あらためて金属探知検査を受けてからようやく入廷を許される。持ち込み物は原則紙と筆記用具のみ。黙っていれば財布ぐらい見逃されるのかもしれないが、スマホやカメラ、レコーダーはかなり神経質に注意された。飲み物ですら、入廷前にあずけなければならない。喉が渇いたらいったん退廷し、職員に頼んで荷物を持ってきてもらい、ゴクリとしてから再入廷するのである。

それもこれも、この裁判の注目度の高さゆえ。手荷物の持ち込み禁止が異例なら、警備員の配置だって異例だろう。

「白いカバーの席には座らないでください。傍聴人は、そのほかの席にご着席ください」

注意が飛ぶなか、沙良はふり返って法廷内を見回した。警備員は仕切り柵の前にふたり、そして出入り口がある後方の両角《りょうかど》にひとりずつの計四人。傍聴席を取り囲むような配置である。柵の向こうの審理場にも、腕章を付けた地裁職員が検察官席のそばのパイプ椅子に座っている。文字どおり、厳戒態勢というやつだ。

傍聴席はほとんど埋まりきっていた。横に十四席、縦に七席の全九十八席。警備員が叫んだ「白いカバー」は関係者用を示すもので、証人の立場である沙良の席にもそれはあった。残りは報道関係者用、そして遺族用。

彼らは法廷の左側に固まっていた。沙良とは反対側の左端から五席×七列が割り当てられていて、遺族は最前列と最後列で分かれて座っているようだった。

ひと塊《かたまり》でないのは、遺影の持ち込みが理由らしい。

遺影や故人の品を持ち込みたがる遺族は多く、裁判ごとにケース・バイ・ケースで対応が決まる。今回も幾人かが希望し、最後尾席にかぎって裁判所はこれを認めた。遺族感情を無下にして炎上してはかなわないという判断だろう。遺影だけでなく、骨壺《こつつぼ》をおさめていると思《おぼ》しき大きな箱を抱える男性もいた。地検の職員によると、最初はさすがに揉《も》めたそうだが、五回目をむかえたいまでは見慣れた風景になったという。

遺族たちの、圧力を勝手に感じてしまう。九十八名という数字にくくられた犠牲者のひとりひとりに家族がおり、恋人がおり、友人がいたのだ。人生があったのだ。あらためて思いを馳《は》せ、胃の底が締めつけられる。

自分の証言が、判決に影響を与えてしまうのではないか。遺族を失望させてしまうのではないか。何せ沙良たちは検察ではなく、弁護側から召喚された証人なのだ。

犯人に有利な証言を、引き出すために。

ちらりと伊勢をうかがうが、彼はいつもどおり、つまらなそうに押し黙っているだけだった。

開廷二分前、書記官の頭上、正面の壁にしつらえられた扉から裁判官らが入廷した。裁判長を中心に陪席裁判官が一名ずつ。裁判員が左右に三名ずつ。奥の列に補充裁判員の姿が見えたが、沙良の位置からは人となりまでは推測できない。

ふっと一瞬の静寂があった。それから、ドアの開く音がした。沙良の中から雑念が消える。先ほどとは種類のちがう緊張で背筋が強張《こわば》る。

仕切り柵の向こう、検察官が陣取る左手の出入口から三人の男たちがやってくる。ふたりの刑務官が、手錠と腰縄をした男を挟んでこちらへ連れてくる。男はちょうど沙良の目と鼻の先、証言台のそばに置かれた長椅子の前に立った。上下灰色のトレーナー。サンダル履き。短く刈ったいがぐり頭、ぽんと突き出たビール腹。一年以上も拘置所で過ごしているはずなのに、痩せた様子もなければ衰弱の兆しもない。その肌艶に、つい怒りを覚えてしまう。

刑務官が手錠と腰縄を外すあいだ、男はぐるりと法廷を見回した。動物園の檻《おり》をウキウキと眺めるような視線だった。それが自分のところへやってきて、沙良は拳を握った。歯を食いしばり、くりっとした男の瞳をにらんだ。男は「おや？」という顔になり、それからニカッと破顔した。悪意の影すら見せない無邪気な笑みに、殺意が込み上げてくる。

「ご起立ください」

書記官が号令をかけ、全員が立ち上がる。一礼し、腰を下ろす。

男は、まだ傍聴席を眺めていた。口笛でも吹きそうな様子だった。刑務官にうながされ、ようやくのっそり、でかい尻を長椅子にのせた。

裁判長が口を開く。「それでは開廷します。被告人は前へきてください」

男がよっこいしょと下ろしたばかりの腰を上げ、証言台の前に立つ。

「スズキタゴサク被告人ですね？」

「ええ、はい」にこやかに、男は応じた。「天地神明に誓って、まったくもって、そのとおりです」


住所不定、無職。本籍地不明。自称、スズキタゴサク。事件当時の四十九歳という申告が事実なら五十の大台にのった計算になる。本人は十二月二十五日生まれだとのたまっているそうで、いちおうそれがプロフィールに使われていた。

「スズキさん、あなたは逮捕時に右手の人差し指を骨折していましたね？」

「はあ、そうでしたっけ。たいへん申し訳ないですけども、あまり記憶にないんです」

「いえ、そのはずです。医療記録にきちんと残っています」

「だとするなら、そうなんでしょう。わたしごときの頼りないオツムより、立派なお国のお役人さんのほうが、何倍も何百倍も、しっかりしてるはずですもんね」

質問に立っている弁護士が、感情をごまかすように空咳《からぜき》をついた。自分が守るべき依頼人を相手にしているとは思えないほど、あからさまな苛立ちが見てとれる。

「どのような経緯で、指が折れたか憶《おぼ》えていますか」

「いいえ。まったく。でも、折れていたなら痛いでしょうね。痛いのは駄目ですね。わたしはこの見た目のとおり、神経も図太くできていますが、でも痛いのは苦手です。すぐにあたふたしちゃうんです。小石につまずいて転んだだけで、子どもみたいにピーピー泣きだしてしまうんです」

「スズキさん、質問にだけ答えてください」

「ああ、すみません。以後、気をつけるようにしますです」

「野方署の取調室に入るまでのあなたは、どこにも怪我《けが》をしていません。防犯カメラの映像で確認できます」

「そうですか、そうですか。ならきっと、そうなんでしょう。機械とは便利なものですからね。スマホなんてすごいです。どういう仕組みか、わたしなんぞはさっぱり理解できませんけど、あれはとっても便利です」

「スズキさんっ」

「ああ、すみませんです。どうか怒らないでください。弁護士さんにまで嫌われてしまったら、わたし、にっちもさっちもいかなくなります。誰にも相手をしてもらえなくなっちゃいます。それはとてもつらいんです。つらくてつらくて、退屈で、お腹《なか》ばかりがぐーぐーいうようになるんです」

　ふざけやがって——。沙良は必死に感情をなだめた。

「取調室に入ってから、爆弾事件の容疑者として逮捕されるまでのあいだに、あなたは指を折られたんじゃないですか?」

「へえ?」

沙良の席からは、証言台に立つスズキの横顔しか見えない。けれど脳裏に、きょとんと目を丸くした顔がはっきり浮かぶ。

「わたしの指が、人様に折られたというんです? どうでしょう。この不器用で不細工な指を、わざわざ折ろうなんて奇特な人が、この世の中にそうそういるとは思えませんけども」

「取調官に折られたんじゃないですか!」

異議あり、と検察官が割り込む。弁護人の質問はあきらかな誘導であるという指摘を裁判長も認め、重盛《しげもり》という名の弁護士が臍《ほぞ》を噛む。

まだ四十前後ぐらいだろうか。スズキに財産などあるはずもないが、無償で頼める国選弁護人ではないらしい。こうした凶悪犯の弁護を買って出るのは年配の気骨ある人というイメージが沙良にはあったが、重盛のいかにも上等そうなスーツは、目立つ事件に首を突っ込んで名を売りたがっている野心家にしか見えなかった。

意地悪な感想は、彼に対する偏見のせいもある。

検察官から教えられた重盛の弁護方針は、なかなかアクロバティックなものだった。犯人性について争う気はなく、彼の標的は、取調官をはじめとする捜査陣なのだ。

曰《いわ》く――「被告に仕掛けた爆弾を爆発させる意図はなかった。設置場所を伝え、解除させるつもりだったのは、クイズ形式でヒントを出していたことからもあきらかである」「しかし常軌を逸した苛烈な取り調べによって敵愾心《てきがいしん》が芽生え、あるいは萎縮し、その機会を逸してしまった」

「被告に明確な殺意は認められず、この結果は過失致死とするのが妥当である」

無理筋な弁護だと、一億人が思うだろう。遺族でなくても、冗談じゃないと憤慨する者も多いはずだ。

しかしこの苦肉の策は、残念ながら、それなりに的を射ているのである。

「取り調べは録音も撮影もされていませんでした。警察によると、あなたが拒否したからだということですが」

「わたしがですか？　この無価値な男が？　爆弾魔と疑われて、みなさんがすんなり納得してしまうような男に、そんな権利がありますでしょうか」

「つまり、拒否していないんですね？」

「うーん、どうでしたっけ。こんな間抜け面を撮られちゃ嫌なのはたしかですし、この声も、いかにもノータリンって感じがしますでしょ？　そう思いませんか？　えーっと、あーっと」

「重盛です」

「ああ、そうでした、そうでした。いけませんね。人様のお名前が、いつも憶えられないんです。それで、弁護士さん。あなたもそう思うでしょ？　この顔とこの声に、一バイトのデータすらもったいないって」

敵ながら気の毒だった。捜査陣に落ち度はある。沙良が身をもって知っている。

警察は、すべてを闇に葬ってしまうことにした。ひとえにそれは、スズキタゴサクという怪人の人間性を見込んだうえでの決断だった。

取り調べを通じ、スズキの主張は一貫していた。仕掛けられた爆弾について知り得たのは霊感のおかげ、犯行に関わる行動は天才的催眠術師によってやらされたもの。でありながら、けっしてこいつは無罪を主張するそぶりを見せなかった。

——たしかにこれは冤罪《えんざい》ですけど、でもいいんです。どうせわたしの人生はアルミニウム一グラムぶんの価値もないですからね。わたしが爆弾魔になって、みなさんが納得と安心を得られるというんなら、結構じゃないですか。お役に立てて光栄です。

スズキに、弁護をされる意思はない。

だが、弁護士はそうもいかない。霊感や催眠という詭弁《きべん》で勝負になるわけもなく、犯行自体は認める一方、殺意の有無に焦点を絞ってあわよくば減刑を、じっさいは裁判の引き延ばしを図っているのだ。

そんな弁護士の努力すら、スズキはおもしろがっているだけだ。

「ではいつ、あなたの指は折れたのですか？」

「さあ。たぶん、自分で折ったんじゃないですかね。わたしの霊感が鈍いせいで多くの人が亡くなって、不幸になって、ああ、こりゃあお詫《わ》びしなくちゃならないぞって」

「調書にそんな記述はない！」ついに重盛の忍耐が破裂した。「それとも調書が改竄《かいざん》されているのですか？　ほんとうなら大問題だ」

「弁護人は冷静に尋問をつづけてください」

沙良は横目で伊勢勇気を盗み見た。あの取調室で大問題な調書を作成した張本人は不愉快そうに唇を曲げ、かすかに貧乏ゆすりをしている。

この調子で午前の審理は済みそうだった。弁護人のあとは検察官がスズキに質問をする番だが、通り一遍の確認で終わるだろう。調書に間違いはありますか？　いいえ、まったく。間違いだなんて、とんでもないことです――。

午後には自分たちが証言台に立つ。次回は取り調べに当たった野方署の等々力《とどろき》、警視庁の清宮《きよみや》と類家《るいけ》が呼ばれているらしい。重盛が沙良たち下っ端を先にしたのは、失言を誘い、本丸を攻めやすくするためだろう。

――いいか？　へんに賢く答えようとするのは駄目だ。下手な嘘を重ねると、必ずほころびが生じてしまう。とくにおまえは、そういうのが得意な性格でもないんだからな。

ごまかすぐらいなら忘れたとすっとぼけるほうがマシ。アドバイスをくれた野方署の課長に尊敬はないけれど、自分の性格については妥当な評価と認めざるを得なかった。

迷いはある。どんな理由であれ、隠蔽は隠蔽だ。だが、潔癖が理由でスズキの刑が軽くなったり、判決が遅れたりするぐらいなら、奥歯が潰れたって自分は黙る。

ふと、伊勢の太腿《ふともも》にのった左手首へ目がいった。いつものジャラついた腕時計が、見慣れないシンプルなものに代わっている。背広の袖口からスズキタゴサクへ向くその角度にわざとらしさを感じ、嫌な想像をしてしまう。一見ありふれたデジタル時計が、スマートウォッチだったら？もしかして伊勢は、これを使って審理を録音してるんじゃないの？

検察がグルなら金属探知機も関係ない。その場合、小狡《こずる》い規則違反は上からの指示ということになる。

眉をひそめる資格はない。偽証を受けいれた時点で、自分もおなじ穴の狢《むじな》だ。

「ほかにも調書にないやり取りがあったのではないですか？」

「ええ、あります。すっぽり抜け落ちてます。どれほどわたしがドラゴンズを愛しているか、熱く語った部分がさっぱりなくなっているんです」

「冗談はやめなさい」

「冗談？　とんでもない。それはとんでもないことです。だってわたしは野球が好きで、ドラゴンズが大好きすぎて、だから酔っ払って捕まってしまったんですよ？　ドラゴンズのあまりに不《ふ》甲斐《がい》ない負け方が頭にきちゃって、おかげで爆弾魔の汚名を着せられてしまっているんです。まったくドラゴンズファンってのは、ろくなことが起きません」

「真面目に答えないか！」

「まあまあ、弁護士さん。そんなにカリカリするのはよくないです。お身体に障ります。もっとご自分を労《いた》わってあげなくちゃ。いいじゃないですか。どうせわたし、死刑になってしまうんですから」

「異議あり」

その声は、傍聴席から発せられた。


法廷の全員が呆気《あっけ》にとられた。声がした後方の席へ視線が集まる。沙良も半身をひねってそちらを向いた。

最後尾、左端の席で、男が立ち上がっていた。被害者遺族が座る位置である。

彼の手に握られた黒い拳銃が、沙良の現実に追いついてこない。

「異議あり」

青年はもう一度繰り返した。そして裁判官をまっすぐに見つめたまま、天井へ銃口を突き上げた。

パン。

冗談のような音。しかし警官の耳は、それが笑い話でないことを瞬時に悟った。悟ったけれど、身体は少しも動かなかった。銃声にびくりと震えた肩は、そのまま固まっている。

弾は照明のひとつに当たり、カバーと電灯の粉塵《ふんじん》が降ってくる。

「動くな。騒ぐな。ぼくは人殺しになりたくない」

青年は銃口を、そばに立つ警備員へ向けた。

「動いてはいけない。騒いではいけない。声を発しないでください。立ち上がらないでください。みなさんは落ち着かなくてはいけない。落ち着いて、こちらを見なくてはならない」

右手に拳銃を構えたまま、空いた左拳を掲げる。「この銃は本物です。だがぼくに殺意はない。あなたたちを傷つけるつもりはない。だから騒いではいけない。立ち上がってはいけない。落ち着けばすべてが解決します」

青年はしゃべりつづけた。よく通る声で、口調に乱れはなく、むしろ冷静そのものという響きだった。

「あっ!」

後方から短い悲鳴があがった。青年の反対側、沙良も使った一般傍聴人用出入口の前で警備員が硬直し、その背後に人影があった。腕を警備員の首に絡め、尖《とが》ったペン先を喉仏に添えている。

共犯者？　沙良は人相を確認しようとしたが、警備員の背後に隠れ、距離もあるからよくわからない。

「気にしなくて大丈夫です」

傍聴人をなだめながら、拳銃を持った青年が銃口を動かした。青い顔で両手を上げていた最初の警備員が、その指示に従って後ずさる。

「大丈夫です。みなさんに危害を加えることはしない。落ち着いてください。もうあと数分でこの騒ぎは終わります。数分間、おとなしくしておくだけで大丈夫なんです」

拳銃の青年が報道や遺族が使う関係者用出入口の内鍵をひねる。反対側からおなじ音が聞こえた。ようやく沙良は、青年の絶え間ないおしゃべりと掲げた拳が、みなの注意を引いて思考を奪い、行動を制御する手段なのだと気づいた。傍聴席後方のふたつのドアが、しっかりと施錠されてしまったあとで。

「大丈夫です。危害を加える気はありません。どうか落ち着いて、ぼくの話を聞いてください」

青年の隣に座っている老年の男性が彼を見上げ、口をパクパクとさせた。

「し、柴咲《しばさき》くん？」

次の瞬間、柴咲と呼ばれた青年は右腕をふり下ろし、銃のグリップで男性の額を打った。鈍い音とともに男性が「ぎゃっ！」とうめいて頭を抱える。

「騒ぐなといったでしょう？」

沙良は唾を飲み込んだ。

柴咲が掲げていた左拳を下ろした。腰の辺りから何かをつかんでいきおいよくふる。棒状の物がのびた。護身用の警棒である。

「全員、前を向いて両手を前の椅子の背もたれに置け。いますぐだ」

口調が変わった。対話のポーズから、命令のフェーズへ。

「弁護士さん、あんたもだ。自分の席に座ってテーブルの上に両手を置け」

柴咲は額を打たれた男性の背後に立ち、頭上に警棒を構えた。

「早くしろ。従わないとこの爺《じい》さんを殴る」

「待ちなさい！　君はいったい――」

どごん、と鈍い音がした。柴咲の握る警棒が男性の肩にめり込んでいた。男性は悲鳴とともに椅子から転げ落ちた。柴咲に話しかけた検察官が、啞然《あぜん》とした表情で固まった。

「何度もいわせるな。両手を前の席の背もたれに置け。検事さん、裁判長、あなたたちはテーブルの上だ」

早くしろ！　怒号で法廷内にさざ波が走った。沙良をふくめた傍聴人たちが前を向き、いわれるままの姿勢になる。検察官や裁判官も困惑顔で従う。

「職員さん、あなたのそばの扉を施錠してください。書記さんは弁護人席側の扉を」

腕章を付けた職員と眼鏡の男性書記官が顔を上げ、固まった。

柴咲がため息をつく。「面倒くさいな」

警棒をふり上げる姿が沙良の目に浮かぶ。その下で、殴られた肩を押さえてうずくまる老年の男性が震えている。

「いうとおりにしなさい」

裁判長が命じた。職員と書記官がためらいがちに立ち上がり、法廷の中ごろにある左右それぞれの扉へ向かう。

「裁判長。あなたの背中にも扉がありますね？　それも施錠してください。逃げてもかまいません。代わりに、この人が痛みを支払うだけです。あるいは死を」

裁判長は恨めしげに柴咲を見下ろしたが、どちらに優位があるかは誰の目にもあきらかだった。

「繰り返しますが、逃げてもかまいませんよ。この人を見捨てる覚悟があるなら」

職員と書記官が扉の前で柴咲をふり返り、そして誘惑を断ち切るように扉の錠へ手をのばす。ほぼ同時に審理場側のみっつの扉がロックされ、１０４号法廷は閉ざされた。

なんだ？　何が起こっているんだ？

沙良の脳裏に次々と疑問が浮かぶ。いったいこいつは何者だ？　目的は？　共犯と思しき人物はどうやって警備員の背後をとったんだ？

拳銃を、どうやって手に入れた？　いや、それより、どうやって法廷に持ち込んだんだ？　柴咲は警棒も持ち込んでいる。手荷物は入廷時にあずけているはずなのに。

閃《ひらめ》きはすぐにやってきた。骨箱だ。彼こそが、でかい骨箱を持っていた遺族なのだ。箱の中に必要な物を詰め込んで、何食わぬ顔で関係者区画の最後尾に座っていた。

金属探知機は、箱自体にコーティングでもしてくぐり抜けたのだろう。骨壺をおさめた箱だ。多少不審があっても、被害者遺族を相手に中を検《あらた》めさせてくれとは頼みづらい。いまでは見慣れた風景と、地検の職員はいっていた。

共犯の人物が警備員の背後をとった方法も察しがついた。傍聴人としてもぐり込み、途中でいったん退廷したのだ。一般傍聴人が出入りする扉と外の廊下のあいだには小部屋のような空間がある。職員に見咎《みとが》められることもない。そこで柴咲の行動を待ち、機をみて中へ戻って警備員を羽交い締めにしたのだろう。

初めのころに比べればだいぶ下がったとはいえ、一般傍聴の当選率は十分の一程度だと聞いている。その関門を突破して、こいつらは犯行に踏みきったのか。

仕切り柵に両手を置いた沙良は、下げた頭をひねって柴咲を盗み見た。

柴咲は警棒を腰に差すと、そばの警備員に紙のような物を手渡した。何事か告げられた警備員は大急ぎで関係者用出入口の鍵を開け、外へ飛び出していった。

柴咲が鍵を閉め直し、床に転げた老年の男性に「立て」と命じた。よろよろと腰を上げた男性に骨箱を持たせ、そして背中に銃口を突きつける。

「警備員と職員のみなさんは書記席の前に集まってください。くれぐれもおかしな真似《まね》をしないように。そのたびに、いつでも誰かが傷つきます」

警備員と職員の移動が済むと、柴咲は老年の男性を盾にするかたちで法廷の壁際を進み、仕切り柵のスイングドアから審理場の中へ入った。骨箱を証言台の上に置かせる。

近くまでやってきた青年を、沙良はいま一度上目遣いに観察した。

柴咲は、どこにでもいる青年に見えた。華奢《きゃしゃ》な身体に赤茶色のフード付きジャンパーを羽織り、下は黒のデニム。サイドに垂らされた前髪は頬までのびている。まだ二十代そこそこぐらいじゃないか。未成年でも不思議じゃない。

なのに男性を殴りつける様子には、いっさいの躊躇《ちゅうちょ》がなかった。声は震えるどころか高揚すらも聞きとれず、不気味なほど冷静に作業をこなしているようだった。

事実、彼の振る舞いは完璧といってよかった。一発の銃弾と端的なメッセージ。計算されたおしゃべりと有無をいわさぬ暴力で百人以上の人間を釘付《くぎづ》けにし、この五分に満たないパフォーマンスで制圧したのだ。

きっと自分の中で、何度となくリハーサルを繰り返している。そしてそれを本番で再現できてしまえるほど、こいつは壊れている。

「あのう」

沙良のすぐそばで、情けない声がした。

「わたし、どうしたらいいですかね？」

証言台の真ん前、被告人用の長椅子に座ったスズキが、太い指で自分のことを指していた。

「前の席もテーブルも、ほら、こちらのお嬢さんみたいに便利な柵もないんです。とてもとてもそうしたいのですが、手の置きようがありません」

両サイドを挟む刑務官の動揺を気にもせず、スズキは弱ったというふうに肩をすくめた。

「おまえはいい」

柴咲は切って捨てた。

「おまえはどうせ、この爺さんがどうなろうと平気なんだろ、スズキタゴサク」

「は？　いえいえ、まさかわたし、そんな冷血漢じゃ——」

「うるさい。黙れ」

柴咲が、スズキを挟んでいるふたりの刑務官に銃口を向ける。「立て」

ふたりが戸惑いながら従うと、柴咲は弁護人席側の扉のほうへ顎をしゃくった。骨箱を運ばせた老年の男性にもおなじようにする。

扉の手前で、柴咲は刑務官に何事かささやき、何かを受け取ったが、沙良の位置からは弁護人席のテーブルが邪魔でよく見えない。

受け取った物をジャンパーのポケットにしまい、柴咲は銃口をあらためて老年の男性に突きつけた。

「両手を上げてこっちへこい」

と、書記官席の前に居ならぶ警備員と職員に命じる。

「おまえらもだ」

今度は裁判長たちを見上げていう。

「全員、降りてこい。でないとこのじいさんを殺す」

面々が困惑を浮かべ、裁判長が口を開いた。「申し訳ないが、そちらへ降りる手段がない」

「飛び降りろ」柴咲は迷いなくいいきる。「銃で撃たれるよりは簡単だろ？」

顔を見合わせる面々に、

「早くしろ！」

いって老年の男性の頭上で警棒をふり上げる。

「わかった！」若い裁判官が叫び、息をのんでから壇上に足をのせた。そして飛ぶ。およそ二メートルのジャンプをする。

「さあ、早くしろ。あと十秒で、このじいさんの鎖骨を砕く」

それは、あまりにも奇妙な光景だった。神聖な裁判所の法壇から、罪びとを裁くべく集まった者たちが次々と落下する。足を痛めてよろける者、倒れる者。裁判所という非日常の空間で、輪をかけて非日常な光景に、沙良は眩暈《めまい》を覚えた。

書記官席の前に、裁判官、裁判員、警備員、職員に刑務官ら十数名がそろった。

「おまえらは、外にこの状況を伝えろ。いいか？　おれは爆弾を持ってる。スズキタゴサクが使ったのとおなじ過酸化アセトン――ＴＡＴＰ爆弾があの箱に入ってる。このぐらいの広さなら、一気に吹き飛ばせる威力のやつがふたつだ。下手なことをしたら、今度は百人の傍聴人と賢いセンセイ方、ついでにスズキタゴサクが死ぬ」

爆弾――。

「繰り返すが、下手な真似はしないことだ。人殺しはごめんだが、それが最善なら躊躇はしない」

行け、と沙良から見て右手にある弁護人席側出入口を銃口で指す。殴られた老年の男性をふくむ面々が、戸惑いと安堵《あんど》を滲ませながら扉の外へ向かう。

法廷内の空気がどす黒く変色するのを、沙良は感じた。解放されたメンバーに対する羨望、巻き込まれた理不尽に対する嘆き、怒りと恐怖。それらをごった煮にしたような塊が、不快な湿気を伴って充満してゆく。なんで自分は選ばれなかったんだというように、書記官が顔を歪ませている。

「さて」

弁護人席側出入口の鍵を締め直した柴咲は、涼しい顔でふり返って法廷内を見回した。

「善良で不運なみなさん、まずは謝らなくてはいけません。数分の我慢で解決するとお伝えしましたが、それは嘘です。みなさんには、これからしばらくぼくのゲームに付き合ってもらいます。拒否権はありません。おとなしく従ってくれるなら、むやみな危害は加えないと約束しましょう。といっても、この人数の面倒を見るのは大変だ。そこで、誰かがおかしなことをしたときは、代わりの人間に罪を償ってもらいます。そうだな、まずはこちらの《お嬢さん》にお願いしましょう」

わざとらしくスズキの呼び方を真似、腰から警棒を抜く。その先端が、沙良の目前に突きつけられる。

「赤の他人など痛めつけられたってかまわない——という方は、どうぞ蛮勇を奮ってみてください。もちろん拳銃の存在もお忘れなきよう」

加えて、後方に控える共犯者の存在も。

軽やかな足取りで、柴咲は証言台の右手に立った。

「爆弾の存在を疑いますか？」

置かれた骨箱の中から、水筒を二本取り出す。何やら装置がくっついている。

「偽物であってほしいと願うのはもっともですが、これが本物かどうかより、『どうやったら爆発させずに済むのか？』のほうをみなさんは心配しなくてはならない」

箱の中から、次に出てきたのはスマホと二台のタブレットPCだった。

「まあ、おいおいルールは説明します。そうそう、トイレと食事についてですが、基本的には我慢してもらいます」

動揺が法廷内に走った。

「基本的には、ですよ。繰り返しますが、ぼくの目的はあなたたちを傷つけることじゃない。同時に、あなたたちと対話することでもない。説得とか説教とか、説諭とかいうんでしたっけ？　ああいうのは不要です。それはすべて敵対行為と見做し、このお嬢さんに償ってもらいます」

わずかに顔を上げると、柴咲と目が合った。汗が、沙良の頬を流れた。どこにでもいそうな青年が、どこにでも転がっている他人としてこちらを見ている。

柴咲は法廷内の人々へ向き直り、よどみなく語りだす。

「ぼくは柴咲奏多といいます。被害者遺族の会にずっと在籍していましたし、身許《みもと》を隠す気はありません。つまり、捕まることは前提です。逃げられるなんて思ってない。いざとなれば、こいつといっしょに弾《はじ》け飛ぶ覚悟です」

いって水筒の装置を指でつつく。

「かといって、自暴自棄ともちがうんです。ぼくにはぼくなりの理由と必要があってこんな真似をしているわけで、それを説明しようとも、理解されようとも思いませんが、できれば人殺しはしたくないと心から思っています。だから、まあ、トラブルを抱えた飛行機に乗り合わせたのだとあきらめて、どうか穏便に、平和的に、あと数時間をともに過ごしてほしいんです」

見事なものだと、思わず沙良は感心した。柴咲の語りは、口ぶりも内容も、適度に冷酷で適度に理性的だった。恐怖を与えつつパニックを防ぎ、「あと数時間」と限定することで反抗心を萎えさせる。様子見しようという気にさせる。げんに海千山千の法曹関係者や記者たちも、黙って彼の弁舌を受け止めていた。

沙良自身、何かできないかと考えてはいたが、常に誰かを狙う銃口と、後方の共犯者の動きがわからず身動きがとれなかった。

そのとき、

「うふっ」

と笑い声がした。スズキのほうから。

柴咲が彼を見る。

「あ、いや、すみません。悪気はこれっぽっちもないんです。ただ、いまの口上とか台詞とか、きっと真夜中の布団の中で、必死に考えたんだろうなって想像したら、つい」

警棒が宙を切った。スズキの左手首にふり下ろされた。「あ痛っ」と悲鳴をあげて、スズキは丸い身体をさらに丸めて左手を押さえた。

「黙ってろといっただろ?」

蠅《はえ》でも払ったように吐き捨てて、柴咲は背を向ける。

沙良の目に、殴られた左手をさすりながらにたりと笑う、スズキの唇が映った。

## 2

高東《たかとう》柊作《しゅうさく》が東京地裁に着いたのは午前十一時過ぎだった。地裁職員による通報が十時五十分ごろ。車を使うより早いと見切り、警視庁から地裁までおよそ五百メートルを高東は駆けた。

地裁は混乱の只中《ただなか》にあった。大地震でも中にとどまるほうが安全という強固な建物において、全館避難は初めての経験だ。進行中の審理はどうなるのかとあたふたする幹部連中を一喝し、防災規則に則《のっと》って速やかに館内を空にせよと命じる。同時に前線基地をどこにするかを思案した。できるだけ現場の近くがいい。だが犯人はＴＡＴＰ爆弾を所持しているという。万一それが爆《は》ぜたとき、捜査陣が巻き込まれる事態は避けねばならない。爆弾の威力は去年のスズキ事件で嫌というほど知らされた。ジュース缶程度のものが十数人を殺傷できる。

ほどなく応援部隊が到着し、高東は次々に指示を飛ばした。正面玄関を中心に、パトカーと機動隊の特型警備車で出入口を固める。警官のバリケードで建物を囲う。高東が乗る指揮車は東玄関がある駐車場へ回した。一階にある１０４号法廷と、壁を挟んで向かい合う場所である。

「人が足りねえな」

周辺道路の配備まで考えると最低でも七百人は要る。警視庁はもとより、付近の交番、警察署からありったけの頭数を手配しているが、建物の包囲に大人数を割《さ》かねばならず、マスコミや野次馬の対応まで考えると人手はいくらでもほしい。

「それでも迅速なほうじゃないですか」

部下の猫屋《ねこや》が、音もなく傍らに立っていた。「なんせ天下の霞《かすみ》が関《せき》です。腰の重いお偉方も、自分の庭で出し惜しみはしないでしょう」

ひょろりとした若者は、飄々《ひょうひょう》と肩をすくめた。

猫屋がいうとおり、東京地裁が居を構える一帯は官庁王国と呼んでいい。地裁のそばには東京地検、農水省に法務省、厚生労働省などの建物がある。正面玄関が面した桜田通《さくらだどお》りを挟んだ向かいには総務省に国交省、そして警察庁庁舎。一キロも歩けば国会議事堂があり、北側にはお堀を挟んで皇居がある。

　地裁と隣接する赤レンガ棟、家庭裁判所、弁護士会館や公正取引委員会が入ったビルに加え、中央合同庁舎にも全館避難を促しており、その誘導にも多くの警官が必要だった。

「地裁の避難者は警察庁にいったん収容、急いで名簿を作成してます。あと、二係を中心に急襲部隊の編成をしているそうです」

　政治犯となれば警備部のＳＡＴ（警視庁特殊部隊）が出張ってくるのが通例だ。昨今では銃火器を所持した立てこもり事件にもサポートの名目で出動してくることがある。上層部が特殊犯係に一任している現状を、とりあえず高東は歓迎した。犯人逮捕を目的とする自分たちとちがい、ＳＡＴは犯人の排除――殺害すら厭《いと》わない性格を帯びている。

「それで？　おまえはなんのために突っ立ってるんだ？」

「何って、上官に報告と指示待ちです」

　尖った鼻をつまんでやる。「指示待ちってな、おれのいちばん嫌いな言葉だよ。さっさと解放された関係者を連れてこい」

　鼻を離してやると、「暴力反対」と恨みがましくつぶやきながら猫屋はすうーっと離れていった。特殊犯係に配属されて二年目のひよっこがこんな事件にぶち当たるなんて、ツイてるのかアンラッキーなのか。

　係長の肩書をもつ高東とて、初めての経験だ。人質事件や誘拐を扱う特殊犯係だが、事件自体そうそう頻発するわけではない。まして裁判所を狙った立てこもりなど前代未聞だ。

いったい、犯人の目的はなんなんだ？

嫌な感じがする。高東は二十代から刑事としてキャリアを積んできた。所轄署から警視庁刑事部捜査第一課に引き抜かれたのが十年前。特殊犯捜査第一係に配属されて三年。昨年のスズキ事件では周辺捜査に当たっただけで、猫屋を噛える立場じゃない。いま現在、国内でこの規模の事件に遭遇し、指揮をとった警官は数えるほどしかいないのではないか。

清宮さんも、こんな気分だったのかね。

自分がその立場を引き継いだかつての上司は、スズキ事件で被害拡大を食い止められなかった責任をとり特殊犯係を去っている。

考えても仕方ないと、高東は切り替えた。事件は起こった。それはもう、どうにもならない。ならば全力で事に当たるまでだ。知力を尽くし、あとは気合いでねじ伏せる。高東は両手でおのれの頬を盛大に一発叩いた。

中型トラックほどのサイズがある指揮車に乗り込む。所狭しとならぶモニター、壁を埋める機械類。中央に折り畳みの簡易テーブルが置かれ、その奥に高東が陣取る交渉人席がある。

機器のセッティングに励む技術チームの早乙女《さおとめ》に高東は訊《き》いた。三十過ぎの部下は電子機器の扱いにかけて一級品の腕をもっている。

「中の様子を見る方法はないか？」

「防カメがあれば電波を拾えるかもしれませんが」

「玄関にあるだけで、館内に設置はないらしい」

「じゃあ、小型カメラでも仕掛けるしかないですね」

１０４号法廷の出入口は五つ。傍聴席後方、左右にふたつ。審理場の手前、こちらも左右にふたつ。そして奥の裁判官席の背後にひとつ。傍聴席側、裁判官席を正面にした右手のドアは一般傍聴人用で、左に位置するものは報道関係者や遺族らが使うもの。審理場のみっつの扉はバックヤードへつながっている。

外側からでもカメラがあれば、少なくとも出入りの確認は可能だ。

「カメラの用意はありますが、法廷内を捉えるのは難しいのでは？」

「わかってる。だから、こういう指示なのかもな」

高東の手には、解放された警備員を介して犯人が寄越したメモ用紙のコピーが握られていた。そこに、いくつかの命令が整然と印字されている。

捜査用のスマホが鳴った。上司の管理官からだ。警視庁に立てられた捜査本部の頭は刑事部長。指揮官は捜査一課長で、右腕の管理官は現場を仕切る高東のお目付け役だ。

〈状況は？〉

「避難と配置はほぼ完了です。中の様子は不明」

〈爆弾は本物だと思うか？〉

「そう考えるしかないでしょう。犯人――柴咲奏多の命令書を信じるならば」

箇条書きにされた命令の第一項目に、柴咲は自分のプロフィールを載せている。名前、生年月日、そして高円寺《こうえんじ》の現住所。ご丁寧に運転免許証のコピーまで印刷し、ついでのようにこう記してある。

①速やかに現住所を確認し、爆弾が本物であることを確認せねばならない。
(そこに罠は仕掛けられていない。これはわたしの自尊心の問題である)


〈杉並《すぎなみ》署の刑事と爆発物処理班を向かわせているが――〉

「まあ、あるんでしょうね」

お手製の爆弾。それを見つけさせることで、柴咲はおのれの武力を顕示したがっている。

苛立ちとともに高東は吐き捨てた。「残りの四項目をどうしますかね」

②警察をふくむあらゆる人間は104号法廷に踏み入ってはならない。電話等による無用なコンタクトを控えねばならない。また、こちらの指示がないかぎり館内は無人を保たねばならない。
これに反したとき、法廷内で大きな痛みが発生する。

③警察をふくむあらゆる人間は104号法廷の弁護人席側出入り口を封鎖してはならない。
これに反したとき、法廷内で大きな不都合が発生する。

④末尾にURLを記す配信サイトを、警察は死守せねばならない。閉鎖、凍結、BAN、視聴制限されてはならない。また、マスコミを通じ拡散しなくてはならない。同時視聴者数が一万人に達しない場合、十分ごとに法廷内で大きな痛みが発生する。

**⑤こちらの指示はビデオ通信によってのみ行われる。担当者をひとり決め、以下のＵＲＬにアクセスし待機せねばならない。**

**以上の指示は、本日正午までに履行されねばならない。**

**これらに従うかぎり、法廷内の平和は約束される。**

**これらに反したとき、法廷内で大きな被害が発生する。**


「配信サイトには？」

〈連絡済みだ。柴咲のものと思われるアカウントでストリーミング配信の予約があった。配信開始時刻は十一時五十五分〉

法廷内の様子を配信するつもりだろうが――。

「内容的に、流せますか？」

苦々しい舌打ちが聞こえる。〈国内のプラットフォームだから融通は利く〉

YouTube のような外資だと、事情に考慮なくＢＡＮされてもおかしくない。奴は意図的に選んでいる。

〈だが、黙って垂れ流すわけにもいかん〉

「奴は間違いなく自分のスマホを持ち込んでいます。アクセス制限をした瞬間にバレますよ」

〈何が映るかわからんのだぞ？〉

暴力、処刑、レイプ――。

高東は最悪のケースを飲み込むように息を吸う。「しかし、どうしようもないでしょう。柴咲は拳銃以外にも警棒を所持しています。そいつで傍聴人を痛めつけるのに回数制限はないし、罪悪感も薄い」

すでに男性が殴打被害に遭っていることは管理官も知っている。

管理官が探るように訊いてきた。〈単独犯か？〉

法廷内のふたり以外、外部にも共犯者がいるかという意味だ。

「わかりません。どちらであっても対処できる準備をするしかないです」

考えてみると、立てこもり犯にとって法廷という場所は好都合なのかもしれない。ふたりで百人の人質を相手にするのは難しく感じるが、大半はそれなりに分別をもった大人で、子どもはおらず、よけいな所持品の心配もしなくていい。いったん制圧してしまったら、意外にコントロールしやすそうだ。

もちろん、捕まることを恐れなければの話だが。

〈スズキとの関係は？〉

「わかりませんよ」

いいかげん腹が立ってきた。「手を打つなら早くしたほうがいい。拡散すれば一万人は集まるでしょうが、時間がありません」

正午まで二十分をきっている。

「とにかく、わたしは柴咲のコンタクト待ちで動けない。周辺捜査にもう少し頭数をください」

〈そっちは強行犯の立花《たちばな》たちを当たらせる〉

「特殊犯係《ウチ》からは？」

〈おまえのサポートにひとり行かせた。好きに使え〉

通話が終わり、高東の頭は隠しカメラの設置をどうするかで占められた。館内を無人で保てという指示を破ることになるが、正午までは避難者を装える。館内に共犯者がいるなら、柴咲に気づかれる恐れは高まるが。

「やるしかねえよな」

独り言に、モニターチェックをしていた早乙女がぎょっとしたようにこちらを見やる。悪い癖だと自覚はあるが、直らないから癖なのだ。

「お連れしました」

「ちょうどいいところに帰ってきたな」指揮車に現れた猫屋にいう。「おまえ、ちょっと死んでこい」

「はあ？」素っとん狂な声をあげる部下に隠しカメラ設置のミッションを伝えると、「柴咲に見つかったら責任問題とかになるんですか？」と情けないことをいう。

「大丈夫だ。おまえほど刑事に見えない奴はいない」

早乙女が用意してくれた小型カメラを、猫屋はへなへなと受け取った。

「場所はわかるか？」

「まあ、たぶん。館内図をもらってるんで」

ひょいっと出て行く。頼りになるのかならないのか、わかりにくい背中である。

高東は表情を引き締め直した。「ご足労感謝します。あらためて話を聞かせてください」

猫屋が連れてきたふたりの刑務官は直立不動になっていた。指揮車の中へ招き、パイプ椅子に座らせてもじっと唇を噛んでいる。

「二十歳の小僧を前に何もできず、おめおめと逃げのびてきた——か」

ふたりの身体が強張った。

「責任は感じればいい。だが、あなたたちに何ができたわけでもない。人質を何人か、無事に連れ出したと思えば充分。あとはおれたちに任せてください」

年かさのほうの肩を叩くと、男は目もとを潤ませる。悔しさが伝わってくる。高東の中で炎の温度が三度ほど上がる。

「まずは奴の装備を教えてください。警棒と拳銃、ほかには？」

年かさのほうが答えた。「確かなことはわかりませんが、それらを隠していた骨箱の大きさから考えて、まだいくつかあっても不思議はないです」

「拳銃は本物だった？」

「はい。電灯が割れたので」

若いほうも、引きつった顔でうなずく。刑務官は法務省の所属で警察官ではない。銃声を耳にした経験もないだろう。

「発砲は一回です。それと、部屋を出る直前、手錠を奪われました」

「鍵は？」

「それもです」

手錠ひとつで状況が悪化するとは思えないが、いちおう憶えておく。

「動機については？」

「まったくです。わけがわからないまま、わたしたちは追い出されました」

「スズキとの関係はどう見えました？」

「関係というか、柴咲はスズキ事件の被害者遺族です。スズキには嫌悪感を露骨にしていたと思います。演技だとしたら、見抜ける自信はないですが」

慎重な物言いに好感をもった。柴咲が遺族会に所属していた確認はとれている。詳細はこれからだが、報道関係者もふくめ人質名簿は早々にできるだろう。

ただし一般傍聴人はそのかぎりではない。

「共犯の人物に見憶えは？」

ふたりがそろって首を横にふった。自分たちの位置からは顔もよく見えなかったという。

彼に羽交い締めにされ、首にペン先を突きつけられた警備員の話によると、共犯者はおそらく男性。身長も体格も柴咲とそう変わらない。柴咲と似たジャンパー。赤茶色の柴咲に対しこちらは黒で、フードを目深《まぶか》にかぶり、マスクにサングラスもしていたから人相は不明。手荷物チェックをしていた地裁職員にも聴取中だが、記憶に残っているかは怪しい。

「配信がはじまります」

早乙女がいう。十一時五十五分だ。

「またお話を聞くことになります。近くにバスを用意していますから、そちらで待機願えますか」

ふたりを解放し、高東は交渉人席の二台のディスプレイと向き合った。片方はストリーミング配信、もう片方はビデオ通信の画面になっている。

ビデオ通信のディスプレイには相手の来訪を待つ高東自身がアップで映っている。背景はぼかしてあるが、念のためよけいな映り込みがないか確かめておく。

配信のほうは真っ暗なままだ。

「自分のスマホでも配信にアクセスできるか？」

早乙女が、問題なく覗《のぞ》けると返してくる。差し当たり上層部は、柴咲の要望に従う道を選んだらしい。

「視聴者数はのびてます。一万には達してませんが……」

目の前のデジタル時計が正午になった。

と、ストリーミング配信の画面が切り替わった。なんの説明もなく、傍聴席が映る。両手を前の椅子の背もたれにのせた人々が、顔を上げてこちらを見ている。硬い顔、いまにも泣きだしそうな顔。カメラはじっくりと、その表情を捉えながら流れてゆく。ひとりひとり、まるで見せつけるように。

高東は、人質となった彼らの構成をざっと把握する。男性が七割強。年齢は高め。記者と遺族が固まったエリアを除くと、三十を下っていそうな者はあまりいない。九十八席のうち、三席だけが歯抜けになっている。柴咲と共犯者、そして柴咲の隣に座っていた老年の男性のものだろう。隅に引っ込んでいるのか、共犯者の姿は確認できない。

全員を映し終えると、カメラはぐるりと反転した。審理場が映される。空っぽの裁判官席の下にぽつりと書記官。右手側に弁護人、左手側に検察官。彼らはみな、両手をテーブルの上に置いている。

画面におさまった人々の中で、ただひとり、ゆるんだ面の者がいる。弁護人席の前に置かれた長椅子。そこに腰かけた小太りの中年男。スズキタゴサク。

スズキは左手首をさすりながら、とぼけた表情でこちらを向いて、照れたようにはにかんだ。そののんきな瞳と目が合った気がして、高東は眉をひそめた。

ガサゴソと不快な雑音が聞こえる。手持ちで揺れていたカメラが固定された。目前の証言台に、二本の水筒が立っていた。怪しげな装置がくっついている。起爆装置のたぐいであっても不思議ではない形状だった。

カメラの後ろから、撮影者と思しき男が画面の中へ入ってきた。証言台の前に立ってゆっくりとふり返る。マスクもサングラスもない。切れ長の目、青っ白《ちろ》い肌。一七〇センチ前後の身長に、華奢な体格。細い顎が、垂らした前髪とおなじぐらい尖っている。

免許証のままの顔。柴咲奏多だ。

柴咲は右手に拳銃を持っていた。腰に警棒が差してある。頭に装着した片耳タイプのヘッドセットはワイヤレスのようだった。

柴咲がマイクを口もとへ下ろし、ボツっとノイズが響いた。

「視聴者が一万人に達していません。その罪を償わなければならない」

あっけなく、それは果たされた。引き抜かれた警棒が、スズキタゴサクの太ももにふり下ろされる。スズキは飛び上がらんばかりにのけ反って、殴られた太ももを抱きかかえた。

演技には見えなかった。間違いなく柴咲は全力で殴り、マイクが拾ったスズキの悲鳴は真に迫っていた。

「このまま一万人に達しない場合、五分後にもう一発殴ります」

さも当然という顔で、柴咲はカメラを見ている。

「――一万を超えました」

「ふざけやがって」

早乙女の報告に悪態がもれる。柴咲のやり方と、彼の暴力が視聴者数を跳ね上げた事実、どちらにも唾を吐きたくなる。

「おっと、目標達成ですね。これで当面、誰も傷つかなくて済みそうです」

カメラと距離を置いた柴咲は全身が映るサイズで、表情はわかりにくい。ほくそ笑んでいるようにも、淡々としているようにも見えたが、声はぞっとするほど平坦《へいたん》だった。

「ここは東京地裁１０４号法廷です。午前十時から、昨年に起きた連続爆弾事件の審理が行われていました。被告人のスズキタゴサクは、みなさんもご存じだと思います。十時四十分ごろ、ぼくは異議を申し立て、実力行使に踏みきりました」

淡々と、柴咲はつづけた。「みなさんはぼくが何者で、何をしたくてこんな真似をしているのか興味がおありかと思います。まず自己紹介ですが、ぼくの名前は柴咲奏多。年齢は二十歳。Ａ型、水瓶座《みずがめざ》。住まいは高円寺のアパートで、家賃は七万五千円。まあ、妥当な額でしょう。トーショーフーズという会社に勤めています。工場の深夜勤で、手取りは月十八万ちょっと。これが妥当か安いかは、意見が分かれそうですね。恋人はいません。趣味もあまりないです。強いていえば通勤電車の中で音楽を聴くことかな。好きなアーティストはエイフェックス・ツイン、スロッビング・グリッスル。なかなかそれっぽいでしょ？」

ジョークの気配を消さず、「昨年九月、家族がスズキの爆弾で死にました。今年の夏から遺族会に参加しています。おかげで、すべての公判を傍聴することができました」

柴咲が腰のドリンクホルダーから飲み口にストローの付いたペットボトルを抜いた。失礼――と断ってからひと口ふくみ、証言台の水筒を指さす。

「こっちの水筒は飲み物じゃなく、爆弾です。スズキタゴサクに倣《なら》ったＴＡＴＰ爆弾です。じっさいにつくってみてわかったんですが、ほんとに市販のもので出来上がってしまうんですね。ある条件を満たすと爆発します。ぼくがその気になっても爆発します。警察にせよマスコミにせよ、正義の市民ボランティアにせよ、ヒーローごっこはお勧めしません。ここには裁判関係者に加え百名近い傍聴人がいます。基本的に、ここにいる人たちにぼくは恨みをもっていない。彼らが巻き込まれたのはたんなる不運にすぎません」

ペットボトルをドリンクホルダーに戻し、今度はタブレットＰＣをつかんで操作する。

「さて、イントロダクションは終わりです。ぼくにはしなくちゃいけないことがある。そう、警察との交渉です。上手《うま》くできるか心配ですが、どうかみなさん応援してください」

正気かよ、と高東の背筋が凍った。

この野郎、おれとのやり取りまで放送する気か？

ビデオ通信のディスプレイに参加者の通知があった。現れた新しいウインドウに映るのは、配信画面より画角の狭い、バストアップの柴咲である。

先ほどとおなじように、揺れていたカメラが固定される。

「いるんでしょ？　刑事さん」

声が二重に聞こえた。ビデオ通信と、ストリーミング配信から同時に。

「返事をしてくださいよ」柴咲の左手が警棒をふる。「ノック、ノック、聞こえてますか？　それともスズキタゴサクごときを傷つけても駄目なんですかね。やっぱり一般人の悲鳴でなくちゃ」

「……聞こえてます」

ヘッドセットを装着する手が汗ばんでいた。

「ああ、初めまして。柴咲です。刑事さんのお名前は？」

「――警視庁の高東です」

早乙女のほうへ目配せすると、彼は震えるようにうなずいた。どうやら自分の声は、ちゃんと配信の電波にのっているらしい。

「高東さんね。所属は捜査一課？」

「ええ、そうです」

「いかにも刑事さんというお顔だ。みなさんに紹介できないのが残念です」

高東は、つとめて無表情を保った。

「特殊犯捜査係ってやつですか？　スズキ事件を担当した部署でしたよね」

「柴咲さん。ふたりで話をしませんか？」

「ふたりで？　そうしてるじゃないですか」

「ふたりだけで、です」

へえ、と小首を傾《かし》げる。

「観客がいると不都合でも？」

くそガキが。

「暴言、恫喝《どうかつ》、嘘、取り引き。国民に聞かせちゃまずいことなんて、いくらでもありますものね」

「誠実な対応以外、わたしたちには許されていませんよ」

「そうかな？　さっき弁護士さんが怒ってましたよ。スズキタゴサクの調書には重大な改竄の疑いがあるって。ひどく暴力的な取り調べがされたんじゃないかって」

ため息をつきたくなった。清宮たちがどんな取り調べをしたか、おなじ特殊犯係にも正確なところは伝わってきていない。が、まっとうな方法だけで解決したと信じている者もいない。

「疑いの真偽を決めるのが裁判です。あなたがそれを、止めてしまったわけですが」

「耳の痛い指摘ですね。でも、観客を拒む理由の説明にはなっていません」

やり取りのあいだも、柴咲は傍聴席への注意を怠っていなかった。背後に居並ぶ審理場の面々の様子は配信画面で確認しているのだろう。

「あがり症なんです。昔から人前に立つのが苦手で、こんなに多くの人たちに聞かれている状況だと上手くしゃべれないかもしれない。あなたとは、ちゃんと集中してお話しがしたいんです」

「なるほど。でも駄目です。弱点から逃げるのは感心しません。がんばって克服してください」

配信画面のコメント欄が絶え間なく更新されていたが、そちらへ目をやる気にはなれなかった。

音が入らない強さで、おのれの太腿を拳で打つ。

「人質を解放する気はないですか？　百人もいれば体調がすぐれない人もいるでしょう。ご高齢の方も」

「それはこちらで決めます。あなたたちがよけいなことをしないかぎり、丁重に扱うのでご心配なく」

「では、解放の条件を教えてください。柴咲さんの目的はなんですか」

「スズキに対する復讐《ふくしゅう》――といったら信じますか？」

それはない――と高東は踏んでいた。弁護士がどんな詭弁を弄しても、極刑は確実だ。どうしても自分の手で始末をつけたいというなら、黙ってスズキを撃てばいい。

衆人環視のもとで、簡単に披露できる考えではなかった。警官が予断で裁判の結果を語るのはご法度だし、スズキだけさっさと殺《や》ってしまえなどと口にしたら首が飛ぶ。

「お気持ちは、理解できなくもないです」

捻《ひね》り出《だ》した玉虫色の返答に、柴咲の唇が皮肉にゆがんだ。感情らしきものがうかがえる、初めての反応だった。

「たしかに、わかりやすいかもしれません。イカれた爆弾魔に家族を殺され、復讐に燃えるってのは、いかにもありがちですからね」

リズムを整えるように警棒をふる。

「残念ながら、ちがいます。死んだ父親は、こいつはろくな人間じゃなかった。いや、社会的には評価が分かれるといったところでしょうか。柴咲慎吾《しんご》といえば、いわゆるオーガニックとか、自然食といった界隈《かいわい》ではそこそこ有名だったようです。健康のために無農薬を求めることを否定する気はありません。好きにしたらいい。押しつけられるのは迷惑ですが、味さえ不味《まず》くなければようするに食い物ですから。給食のとき、ぼくだけ持参の弁当を食べなくちゃいけないのはつらかったですけどね。おかげで変な奴のレッテルを貼られてしまったわけですが、まあ、それも我慢しましょう。でも慎吾は、もっと過激な、いってしまえば活動家に近かった」

横から早乙女がタブレットPCを差し出してきた。画面には「柴咲慎吾」の検索画面が表示され、名前が載ったサイトや記事がずらっとならんでいる。

「奴はスーパー、コンビニ、ファストフードの商品を調べては粗探しをし、それをウェブサイトやSNSを使って世間に告発していたんです。それだけにとどまらず、ついには訴訟を起こすようになった。勝つ気があったかは疑問です。パフォーマンスの意味合いが強かったんでしょう。その一環として、慎吾は家族も利用した。ぼくがアトピーに罹《かか》ったのを、さる大手お菓子会社の商品にふくまれた化学調味料のせいだとして訴えを起こしたんです。ぼくが六歳のころです。ちなみに書類上の母親と血のつながりはありません。実の母は、ぼくを産んですぐ慎吾に愛想を尽かしていなくなってしまったらしく、顔もろくに知らないんです。なんでいっしょに連れてってくれなかったんだって、いまでもそこそこ恨んでいます」

柴咲の表情に、冷めた自嘲が浮かぶ。

「一審で負け、二審で負け、最高裁までいったんだから笑えます。結審まで七年かかって敗訴です。国は立て替えていた裁判費用を支払うよう原告を訴えました。まあ、当然といえば当然ですが、けれどまさか、そこに自分の名前がふくまれているなんて、ぼくは夢にも思ってなかった」

検索画面に該当の記事があった。「六歳で原告にされた子どもに支払い義務は？」といった見出しである。

「十三歳のぼくに課せられた負債はざっと二百万。安いと思いますか？　若い身空には充分きつい額ですよ。慎吾と奴の妻——ぼくの義理の母親に当たる女は自己破産して債務を免れましたが、ぼくはそうもいかない。だってそうでしょ？　十代にしてローンも組めなけりゃ奨学金も申請できない真っ暗な未来が確定してしまうわけですからね。ほんとにまいりましたよ。どれだけ慎吾に詰め寄っても、おれは正しいことをした、間違っているのは国だといって譲らない。間違ってるのが国だろうが宇宙だろうがどうでもいい。こっちとしては、黙って金を寄越せって話です。ところが慎吾は、おまえも自己破産していっしょに活動をしようとかのたまうわけです。ちょっと常軌を逸してますね。だから、まあ、あいつがくたばったことに関しては、ぼくは一ミリも恨んでいない。費用の支払いを命じた判決に対してもです。理不尽ですが、それが法律でありルールなのだというんなら仕方ない。もっとマシな救済措置をつくってくれとは思うけど、ぼくは公正さを重んじる。公正さによってなら、不幸せも受けいれる」

高東が感じたわずかな力みは、次の瞬間に消《き》え失《う》せた。

「ところで高東さん。我が国は死刑制度を採用していますね。刑事訴訟法四七五条二項によると、判決確定の日から半年以内に法務大臣は執行命令をしなくてはいけないとなっています。でもじっさいは、さまざまな理屈をつけてこの規定は守られていない。執行待ちの確定死刑囚はおよそ百人。これは公正な状態といえるでしょうか？」

返事を待つそぶりもなく、柴咲はつづけた。

「死刑の是非を論じる気はありません。なくしたければなくせばいい。だが、ある以上、それはルールに則って成されるべきだ。ゆえにぼくは要求します。ただちに死刑を執行せよ。ひとりの処刑につき、ひとりの人質を解放します。第一の期限は午後二時。この時点で義務の不履行が認められたとき、人質は死刑囚に代わって罪を償わなければなりません。不公正な社会の尻拭いとして」

「待ってくれ」

「繰り返します。ルールに基づき、ただちに死刑を執行せよ」

「柴咲さん！」

「ではまた、二時に」

すっと柴咲のウインドウが真っ黒になった。高東はパソコンののったテーブルにヘッドセットを投げつけるのをかろうじて自制した。

「……配信の、同接が十万人を超えました」

早乙女の報告に拳を握る。配信のディスプレイに映る柴咲は、涼しい顔で水を飲んでいた。

「狂ってやがる」

「そうと決めつけるのは、ちょっと早いかもしれません」

予期せぬ声にふり返ると、指揮車の入り口に短軀《たんく》の男が立っていた。サイズの合っていない背広、真っ白な運動靴。毛先があちこちに飛んだ天然パーマの下、丸眼鏡の奥からこちらを見る目は妙に不気味な光を帯びている。

くそっ、と高東は歯ぎしりをした。管理官め。よりによって、おれがいちばん苦手な男を寄越しやがった。

「あれえ？」

つづいて指揮車のドアを開けた猫屋が、天パの小男に向かっていった。

「類家先輩じゃないですか」


「カメラは？」

猫屋からオーケーマークが返ってくる。「見つからない感じで、ばっちりセットできました」

専用につないだモニターが五分割され、104号法廷とつながる扉をそれぞれ映していた。

早乙女がヘッドセットを外していう。「残念ながら、内蔵マイクは中の音を拾えてません」

扉の厚さや距離のせいか。法廷内のやり取りは配信の音声を期待するしかなさそうだ。

「よし。おまえは地裁の職員をつかまえて建物の構造を聞き出してこい。隅から隅までだ」

了解、と猫屋が指揮車をあとにする。

「おまえたちは仕掛けたカメラとマイク、ビデオ通信と配信のチェック、録音録画。接続人数の確認も忘れるな」

早乙女以下、三名の技術チームが唾を飲みながらうなずいた。

配置はおよそ整った。地裁包囲をする警官たちの連絡係が三名、避難者のケアに六名。小間使いの猫屋を合わせて特殊犯一係の面子《メンツ》は使いきったことになる。

「で、おまえは何しにきたんだ？」

パイプ椅子に腰かけた類家が唇をゆるめた。

「ひどい言い草ですね。最近までおなじ釜の飯を食っていた仲なのに」

「好きで食ってたわけじゃない」

責任者の立場にあった清宮とちがい表向きお咎《とが》めはなかったが、スズキ事件以降、類家は特殊犯係の遊軍――五係で事実上の謹慎処分となっている。

あの事件でいったい何があったのか、高東たちに説明はない。上からも、本人たちからも。それがまた、おもしろくない。

こちらのわだかまりを察する気配など微塵《みじん》もなく、天然パーマの後輩が高東の右隣にパイプ椅子を置く。「避難者対応の仕切りは、望月《もちづき》さんと梅野《うめの》さんですか」

望月は高東が頼りにしている古株、梅野は女性メンバーだ。

「当然、聴取もしてるんでしょう？」

地裁の中に柴咲の仲間がまぎれていた可能性は無視できない。相手に悟られることなく感触を得る腕前を、望月と梅野はもっている。

「柴咲のアパートは報告待ち。次のコンタクトまでに我々がすべきことは奴のパーソナルデータの収集ぐらいです。まずは遺族会の人たちに話を聞くところからですね」

「ふん」鼻が鳴った。正論だけにいけ好かない。

「と、その前に上からお小言がありそうですが」

図ったようなタイミングでスマホが震えた。舌打ちを堪え、通話にして耳に当てる。

〈配信のコメントを読んだか？〉管理官の声は尖っていた。

「いいえ、まったく。読む気もありません」

〈『気持ちは理解できる』だと？　警察は犯罪者の味方をするのかと批難の嵐になってるぞ〉

「『気持ちは理解できなくもない』です。犯人に共感を示すのはネゴの基本です。それとも当たり障りない道徳を説くべきでしたか？」

〈貴様、誰に物をいっている〉

管理官の階級は警視。所轄なら署長クラスに当たる。覚悟もなくたたける皮肉でない自覚はあった。

「交代でもかまいません。あの処刑台に上がる勇者がほかにいるんでしたら」

返事はなかった。荒い呼吸が、管理官の憤怒《ふんぬ》と歯がゆさを伝えていた。

十万人の市民を観客にしながら立てこもり犯と交渉をするなんて、火中の栗《くり》どころじゃない。百人中百人が尻込みするに決まってる。交代でいいという台詞の、半分は本音だった。

もう半分は、怒りだ。

高東は腹をくくっていた。柴咲奏多とこの事態に、とことんまで付き合ってやる。であるならば、少しでも武器を増やしておかねばならない。脅しもすかしも不自由なうえ、有象無象《うぞうむぞう》のご意見にまでふり回されては勝負にならない。

まずは身内の説得だ。

「わたしだって自分の立場はわきまえています。市民感情がどんなものかも想像できる。だからって、共感のふりすら許されないんじゃコミュニケーションもくそもない。妥協や譲歩を弱腰だと叱られるんじゃ、交渉なんて成り立ちません」

そしてどんな道をたどろうと、被害が拡大すれば袋叩《ふくろだた》きは免れない。

「わたしたちに課せられた最優先任務は人質の救出です。そのために、できることはすべてやる以外にない。たとえ一パーセントでも確率が上がるなら、全力を尽くすしかないんです。世間の評判なんて二の次だ。そこを履きちがえるなら、警官なんて辞めちまったほうがいい」

さすがにいいすぎた。それをごまかすように、高東は語気を強めた。

「任せてください。なんとか、ぎりぎりの線でやってみます」

〈――できるのか?〉

「やるしかないでしょう」

ふっ、という息づかいが聞こえた。〈いいだろう〉管理官の声は冷静さを取り戻している。〈雑音はこっちでなんとかする。おまえは死に物狂いで結果を出せ〉

じりっと背筋がのびた。

「高円寺のアパートはどうだったんです?」

〈まだだ。報告がありしだい報《しら》せるから待っていろ〉

「ちなみに、訊くまでもないですが、奴の要求をのむ可能性は?」

〈訊くな。もちろんゼロだ〉

死刑執行。あり得ない要求。

〈次のコンタクトで柴咲の本心を聞き出せ。いいか、高東。急ぎすぎるな。慎重にやれ。貴様の口車に百人の命が懸かっていることを忘れるなよ〉

通話が切れて、高東は宙へ熱い息を飛ばした。どうも物わかりが良すぎる。世間の声に怯《ひる》むそぶりを見せていたなら、むしろ外されていたんじゃないか。なんだかんだ、管理官の思惑どおりに誘導された気がしなくもない。

「まあいい。上出来だ」

ディスプレイのデジタル時計を見る。一時過ぎ。

「まもなく、湯村《ゆむら》さんがいらっしゃいます」

いって類家が耳からスマホを離した。

「湯村？」

「柴咲に殴られた、遺族会の方ですよ」

「それはわかってる。彼は病院じゃないのか」

「連絡を取ったら、本人がぜひ協力したいとおっしゃってくれました。二時には間に合うでしょう」

湯村には部下が付き添っている。聴取も任せたほうが効率的だが、自分の耳で当事者の声を仕入れておくことは交渉の武器になると高東は信じていた。

配信画面の中で、柴咲はマイクを上げたままスマホをいじっている。

「類家。奴は狂ってないとおまえはいったな」

「胸を張って太鼓判を押したつもりはないですが」

「いいから根拠をいえ」

類家は小さな身体をわずかに前のめりにした。両拳が膝の上にのっている。その様が、どこか幼く高東には映った。

「だって死刑執行なんて、実現するはずがない。実現しても、得があるとは思えない」

「損得が通じないから狂ってるんだ」

「思想犯ですか？　たしかにそれなら、いたずらに人質を傷つける心配は少なそうです」

「目立ちたいだけかもしれない。スズキタゴサクのように」

高東は類家の表情をうかがった。スズキに政治的思想はなかったと、捜査報告書は結論づけている。手に入れた爆弾とネットを通じたメッセージによって世間に悪意をまき散らすこと自体が目的で、それ以上でもそれ以下でもない。失うものがなく、人生に嫌気が差した中年男の暴発。いわゆる「無敵の人」がしでかした自爆的犯行。

だが、ほんとうにそこまで単純だったのだろうか。あの取調室に葬られたスズキタゴサクの貌《かお》があったのではないか。

だから清宮は、何も語らず身を引いたんじゃないか。

「スズキを追いつめたのは、おまえだって噂《うわさ》もある」

「やめてください。わたしはあくまで補佐役でした。調書に記されてあるとおり」

「だが、奴の近くにはいた」

類家は、まばたきひとつしなかった。

「柴咲との類似点はないか？　奴がスズキに影響を受けている可能性、奴の犯行がスズキと関係している可能性」

審理中の法廷が襲われたと聞いて、まっ先に疑うべき動機はふたつ。被告人に対する復讐か、被告人を自由にするための奪還。

しかし、スズキタゴサクと向き合った男の反応は鈍かった。「情報が足りてませんが、ピンとはきません」

「根拠は？」

「柴咲には、絶望が足りてない」

高東は腕を組み、その言葉を吟味した。印象論にすぎないことは類家も自覚しているだろう。それでも頭の隅に置いておこうと高東は決めた。

「死刑執行が建前だとして、目的はなんだ？」

「わたしはエスパーじゃありませんよ。ただ、たんなる目立ちたがり屋にしては計画的すぎる気もします」

拳銃を所持している時点でふつうではない。爆弾以上に、この国でそれを入手するルートはかぎられる。一方で、インターネットはすべてを軽くしてしまった。ダークウェブと称される領域に手を突っ込めばアサルトライフルだって買えるだろう。

「たしかに、情報が足りねえな」

高円寺にある柴咲の自宅はまもなく検められる。遺族会の関係者には強行犯係の立花が連絡を取っている。同時に交友関係の把握も進む。敬意を込めて「古狸《ふるだぬき》」と呼ばれるベテラン刑事に手抜かりはないだろう。柴咲奏多を丸裸にするまでそう時間はかからない。

なのに嫌な感触は、消えるどころかふくらんでいる。「超劇場型」と呼べそうな交渉を強いられたストレスだけが原因とは思えなかった。

絶望が足りていない。もしかして、それはよけいにやっかいなことじゃないのか？　捜査であきらかになる表面的な情報が、はたして柴咲を籠絡《ろうらく》する手がかりになってくれるだろうか。

「どうします？　猫屋の手伝いでもしていましょうか？」

「おまえは座ってろ」

つい、語気が荒くなった。「ここに座って、柴咲のプロファイルだけしてろ」

きょとんと、類家は目を見開いた。

「わたしでいいんですか？」

「変人の相手は得意なんだろ？」

でも信用してないんでしょ？　――その顔が、おもしろがっているようで気に食わない。

いちいち鼻についてしまうのは、個人的な気持ちの問題でもあった。高東にとって清宮は、一人前に育ててくれた師といえる。生真面目な性格で、上司部下の関係を踏み越えるコミュニケーションを嫌う男だったが、仕事のノウハウに関してはイチから丁寧に教えてもらった。少なくとも彼を慕う気持ちに嘘はない。

冷静沈着に見えて熱い義務感をもっていた。綺麗事《きれいごと》と笑われそうな、情と正義を秘めていた。そんな上司を追いやったスズキタゴサクに対し、私憤を抱くなというのは無理だ。同時に清宮の横にいて、けっきょく彼を守れなかった後輩にも、ざわつく感情を抱いてしまう。

当の類家は、クロスワードを解くようなタッチでタブレットをいじっている。清宮が、もっともその能力を評価し、もっとも危惧していた部下を、自分は上手く利用し、制御しなくてはならない。

ノックの音がした。指揮車のドアが開き、病院に付き添っていた部下が顔をのぞかせる。

「湯村さんをお連れしました」

部下の後ろから頭に包帯を巻いた男性が現れた。短い髪は包帯とおなじぐらい白い。矍鑠《かくしゃく》としているが、七十は超えていそうだ。遺族とはいえ、平日の昼間から裁判に足を運んでいることを考えればリタイア組でも不思議はなかった。

「信じられません」

パイプ椅子に座るや、湯村は血の気が引いた顔に苦渋を浮かべた。「柴咲くんがこんなことを考えていたなんて、まったく気づきませんでした。物静かな、礼儀正しい子だとばかり」

「プライベートなお付き合いも?」

「いえ、すべて遺族会です。会は事件から一ヵ月もしないころにつくられました。わたしはべつの遺族の方に誘われて、昨年末ぐらいから参加していたんです。亡くしたのは息子家族です。小さい孫がふたりも……」

湯村は、みずからの悲劇を多く語ろうとはしなかった。

「柴咲くんが参加したのは六月ごろです。向こうから連絡があったんです。わたしは事務局のような役目を任されていたので憶えています。そろそろ裁判がはじまりそうな時期でしたから、べつだんおかしいとも思いませんでした。ほかにもぽつぽつ、新しい参加者はいらっしゃったし、若い子もいなくはなかったので」

会といっても頻繁に集まっていたわけではない。情報交換と捜査協力。あとはマスコミ対応ぐらい。いよいよ裁判が開かれると決まった最初の会合に、柴咲は出席していたという。

「長く話したのはそのときが初めてです。人数が多いので、日曜の昼間に会議室を借りて行いました。会で雇った弁護士の先生もまじえて、傍聴希望の有無だったり、確保する座席の数なんかを相談したりです。公判後の記者会見を誰が受けもつかなども決めたんですが、途中まで柴咲くんはとくに発言しなかったはずです。わたしが憶えているのは、遺影の持ち込みが議題になったときです。彼はそれを希望しました。そして弁護士の先生に『骨壷は無理なのか』と訊いたんです。先生は難しいと答え、わたしもそうだろうと思ったのですが、彼は食い下がった。激しくとまではいいませんが、語気は強かったと思います。けっきょく希望を裁判所に伝えるということでその場は落ち着いたんですが、会合が終わってから、彼は弁護士さんや会の代表、わたしにまで、わざわざ謝りにきました」

——迷惑をかけてすみません。でも、どうしても父の肉体の一部をもって、スズキの前に立ちたいんです。奴に下される審判を、いっしょに見届けたいんです。

その真摯《しんし》さに打たれた湯村が飯でも行かないかと誘うと、柴咲はあっさりと承諾した。

「昼からやってる居酒屋です。彼はわたしの身の上話を聞き、それが終わると次々に質問してきました。裁判の流れや裁判所のことです」

犯行の下準備だ。遺族会を通じて捜査関係者や弁護士と会う機会が多かった湯村は、恰好の情報源だったのだろう。

「それも、わたしは熱心さと受けとってしまった。遺影のみ許可するとの返答があったあとも、柴咲くんはあきらめず働きかけをつづけました。初公判の直前に裁判所が折れて、最後尾の端の席にかぎって許すとなったんです」

それを四回こなし、信用を得た。そして五回目の公判があった今日、柴咲は行動に出た。

「柴咲はあなたに、亡くなった父親のことをどのように伝えてましたか？」

「先ほど刑事さんに配信を見せてもらいましたが、まったくあんな感じではありませんでした。父は世の中の未来について真剣に考え、行動できる人間だった。熱心すぎて勘違いされることはあったが、自分は尊敬してるし、まだ親孝行もできていない。遺族会に参加するのは、育ててもらったせめてもの恩返しだと」

いくらでも取り繕える話。だが被害者遺族という連帯のなかで、孫ほど歳が離れた少年の想いを疑えというのは酷だろう。

「遺族会の、ほかのメンバーとはどうでした？」

「仲良くやっていたように思います。裁判がはじまってからはとくに積極的でした。毎回となると、傍聴にこられる方は決まってきます。自然と会話が多くなって、柴咲くんも裁判のことだけじゃなく世間話をするようになって。わたし以外の方とも飲みに行ったりしていたようです。当初のころに比べると、仲間に興味をもちはじめていたというか……」

湯村の語尾が消えてゆく。仲間どころか、利用するために近づいていたのだという現実に苦悶《くもん》が浮かぶ。

「まったく、わたしはいいように騙《だま》されていたわけです」

「スズキのことはどうです？　奴の口から何かありませんでしたか」

湯村は小さく首を傾げた。「――通り一遍のことしか思い出せません。つまり被害者が、加害者に対して抱く当たり前の感情です。どちらかというと、奴への憎しみを吐き出していたのはわたしのほうかもしれません」

ああ、と湯村が顎を上げた。「そういえば、印象に残っていることがあります。ノッペリアンズというのをご存じですか」

「――ええ。たしか、スズキのシンパグループですね」

どこから漏れたのか、スズキが自分たちのような存在を顔のない人間――のっぺらぼうが集まったノッペリアンズだと称していることを週刊誌が報じた。以来、彼を崇《あが》める連中はネット上でそれを名乗りはじめ、いっときミーム化したとも聞いている。一部の過激な信奉者は言葉遊びの域を越え、現在も拘置所のスズキに金や物資を送ってきている。

「世間をにぎわした凶悪犯にはよくあるパターンらしいですが、この話になったとき、柴咲くんは怒るでも呆れるでもなく、笑ったんです。嘲笑《あざわら》うような感じです。それからわたしにこういいました。『馬鹿が国を滅ぼすって、ほんとうなんですね』」

高東は腕を組んだまま顎を撫《な》でた。ここまでで唯一、柴咲の本音が臭う話である。

あらためて柴咲のプライベートについて確認したが、配信でしゃべっていた以上のことを湯村は何も知らなかった。裁判開始以降、常連の傍聴組と仲が良くなったとはいえ、世間話は世間話にすぎなかったとふり返る。

「じつは遺影を持ち込みたいと、わたしは思っていませんでした。むしろ嫌だったぐらいですが、柴咲くんに請われて付き合うことにしたんです。思うと、わたしをそう仕向けたのは自分の隣に座らせて、最初にわたしを殴りつけるためだったのでしょう。わたしのような老いぼれなら反撃できない、反撃されても組み伏せることができると考えて」

気丈な男だと高東は思った。なるべく感情を排し、こちらが必要としているであろう情報だけを伝えようとしている。犯罪に巻き込まれた一般人が、なかなかできることではない。

「共犯者に心当たりはありますか？」

「いいえ。遺族会のメンバーにそれらしい人もいませんし、思い返してみると、柴咲くんの口から友人や知人の名前はひとつも聞いていません」

「二時まで残り十五分です」

早乙女が告げると同時に、

「柴咲の、死刑執行を求める要求についてはどう思いますか？」

類家が尋ね、高東は思わずにらみつけそうになった。

湯村は意外そうな様子もなく、じっと類家を見て座り直した。

「――柴咲くんの真意はわかりません。ただ、暇だけはありますから、事件のあといろいろと勉強しました。言葉が正しいかはわかりませんが、死刑の保留にはさまざまな理由があるそうですね。いちばんは冤罪への恐れでしょう。ひとつひとつの事件について、わたしはくわしく知れる立場にない。ああすべきだ、こうすべきだと、軽々しく語れる問題でもない。無責任かもしれませんが、専門家の判断を信じるよりないと思っています」

でも、と湯村は口もとを引き締めた。

「スズキに関しては、奴だけはいますぐ殺してしまいたい。柴咲くんがしないなら、できればわたしが代わりたい」

結構です、と高東は割り込んだ。病院へ戻って、できれば事件解決まで待機していてほしいと頼むと、湯村はうなずき立ち上がった。ドアへ近寄る拍子によろけ、付き添いの部下に支えられながら指揮車を降りた。

「よけいな真似をするな」

「すみません。プロファイリングを命じられたので、つい」

しゃあしゃあといってのける小男に高東は訊く。

「収穫はあったのか」

「湯村が柴咲の共犯者である感触ですか？」

ふん、と鼻が鳴る。もちろん、高東もそれは考慮していた。被害者のふりをして仲間を外へ送り出したというケースはあり得る。付き添いの部下にも目を離すなと耳打ちしてある。

「多分に印象論ですが、湯村のスズキに対する殺意は本物だと感じます。である以上、スズキを殺すチャンスを捨てて外へ出る道理がない」

同感だ。湯村が柴咲の仲間なら、法廷に残る役を譲るまい。シンプルにスズキを殺して自首するほうが似合っている。

「無関係な人間を巻き込む計画に賛成するタイプでもなさそうだしな」

「ええ。そうとうな理由でもないかぎり」

ふと思う。スズキが殴られたとき、湯村はどう感じたのだろう。

「残り五分」

早乙女のコールにヘッドセットを装着する。考えても仕方ない。大事なのは湯村が手をくだしていないことだけだ。殺意は無罪。悪意も無罪。そう割り切らねば、世の中はあまりにも複雑すぎる。

「間違っても、しゃしゃり出るなよ」

「高東さん、わたしを無礼な芸能レポーターか何かだと勘違いしていませんか？」

戯言《たわごと》を無視して、高東はディスプレイに身構えた。スマホをいじっている柴咲が、時刻になってこちらを向いた。目が合った気がした。

※

かかってきた電話の指示に従い、伸之助《しんのすけ》はデスクのパソコンを操作した。警視庁の刑事だという男性から教えられた手順を踏むと、配信サイトのライブ動画に飛んだ。

そこに流れる映像は、間違いなく法廷だった。

法壇の左右に座って頭を下げている検察官、弁護士。中央の証言台のそばに立つ犯人と思しき男、そして長椅子に座るスズキタゴサク。

シークバーを動かして時間を戻すと、最初の数十秒に傍聴席が映っている。そこによく知った顔を見つけて一時停止し、息を飲む。

〈どうです？　奥さまはいましたか？〉

尋ねてくる電話の声を無視して、伸之助は執務室にあるテレビを点けた。手の込んだ悪戯にちがいないと自分にいい聞かせながらザッピングすると、緊張した面持ちのアナウンサーを映すチャンネルに行き着いた。

「速報です。ただいま東京地方裁判所104号法廷にて立てこもり事件が発生しました。犯人はその様子をインターネットで配信しており――」

〈どうなんですか？〉

急かしてくる声に意識が向くまで、数秒、呆然とする時間が必要だった。

## 3

柴咲が審理場と傍聴席の仕切り柵に設置したタブレットPCへ近づいていくのを、倖田沙良は上目遣いに確認した。二台ならんだタブレットPCはクリップ式のスタンドで固定され、奥の一台が配信用、手前のもう一台が交渉人とのビデオ通信に使われているようだった。

柴咲はビデオ通信用の一台を何やら操作し、ヘッドセットのマイクを口もとへ下ろす。

最初のコンタクトが終わってからの柴咲はずっとスマホをいじりつづけ、人質である自分たちに命令も対話もしてこなかった。

共犯者と接触したのも、最初のコンタクトをする直前の一回きりだ。仕切り柵を挟んで向かい合い、骨箱から取り出した何かを手渡していた。武器だろう。ちらりと見たかぎり、おそらく柴咲とおなじ警棒、そして小型ナイフのようなもの。

以来ふたりは目を合わすそぶりもなく、無言の共同戦線を張っている。

スズキもおとなしいものだった。長椅子を弁護人席の前へ移動しろと命じられたときは素直に従い、通信のあいだも黙って柴咲と傍聴席を眺めていた。ニコニコと、楽しそうに。

二回目のコンタクトがはじまった。

「どうも、高東さん。答えは出ましたか？」

「答え？」

高東の怪訝《けげん》そうな声がする。特殊犯係の刑事とのことだが、所轄署の交番巡査である沙良は話したこともなければ顔も知らない。

「ぼくの要求に対する答えです。死刑の即時執行。できれば具体的なスケジュールを発表してほしい。それが、ここにいる人々の安全のためにできる最善の策だと思いますが？」

「すまないが、もう少し待ってくれ。わかっていると思うが、これは簡単な話じゃない。人の命が懸かった――」

柴咲の左手がスイングする。握られた警棒がスズキタゴサクの左腕を打つ。うぎゃ、っとスズキが大袈裟《おおげさ》に跳ね上がる。

「命の問題は、こちらにもあることを理解したほうがいい」

「待ってくれ」

高東の口調が砕けていることに沙良は気づいた。衆人環視の交渉だからずっとお行儀よくいくのかと思っていたが、方針転換があったのだろうか。

「頼む。話をさせてくれ」

「高東さん、配信のコメントを見てますか？　SNSは？　あなた、あまり評判が良くないですね。弱腰だ、無能だとたたかれまくってますよ。気の毒がる声も少なくはないですが」

高東の返事はない。当然だと沙良は思う。この状況で何をいっても、無責任な野次馬たちを沸かせるだけだ。

「まあ、ぼくの評判に比べるとマシかもしれない。ひどいもんですね、ネット民というのは。ぼくの要求は違法なものではない。むしろ法を、ちゃんと履行せよと求めているにすぎない。もちろん法廷を占拠する行為自体は犯罪です。だからぼくは素性を明かした。逃げるつもりはありません。それは卑怯《ひきょう》ですからね。ぼくは、ぼくの罪を受けいれ、捕まり、裁かれる。当たり前のルールとしてね。犯罪は、刑罰と交換にするかぎりルールの範疇《はんちゅう》にあるんです。良い悪いの話じゃなく、システムとして」

「君は、罪のない人々を監禁して暴力をふるっている」

「だから、刑罰と等価だといってるでしょう？　それにぼくは、怠惰は罪だと考えます。社会のルールを滞らせている直接の決裁者は法務省であり法務大臣であり、ようするに権力者ですが、権力者をコントロールする義務は市民がもちます。主権者であるはずの市民が、みずからの怠惰のツケを払わされるのは当然だ。それが民主主義でしょう？」

詭弁だ。だが人質に暴力を突きつける犯人に「詭弁だ」と叫ぶことは叶《かな》わない。かといって柴咲の暴論に理解を示せば批難の集中砲火が待っている。

高東の逡巡《しゅんじゅん》が我が事のように感じられ、沙良の胸をえぐった。

「柴咲さん、冷静に話し合いましょう」

高東は退いた。くっと柴咲が嗤う。

「議論を避けるために議論をしようというんですか？　ずいぶん虫のいい話ですね」

「話し合いがしたいんだ。お互いの利益のためにとことんまで話し合う。それも民主主義だろう？」

「へえ。意外に気の利いた返しですね」

柴咲がスマホをいじる。「コメント欄もよろこんでます。『正論キタ』『高東ガンバ』『柴咲、涙目じゃね？』……高東さん、あなた警察を辞めても人気者になれますね」

顔を上げる柴咲に、沙良は優越感を探した。

柴咲が尋ねる。「ご年齢は？」

「――三十七」

「出身は？」

「埼玉県だ。南部の田舎だよ」

「ご家族は？」

「それは――」

「関係ないとはいわせない。対話には信頼が要る。ぼくは自分が何者か明かした。あなたもそうするべきです。でないなら、ここで交わされる言葉は石ころよりも価値がないとぼくは判断します」

楽しんでいる？　わからない。歯がゆいほど自分の観察眼は頼りない。

「いたってふつうさ。両親、姉に妹」

「お名前をうかがうのは控えましょう。ぼくとあなたの対話に、それこそ無関係ですからね」

柴咲が、一歩踏み出す。

「恋人は？」

「残念ながら、何年もいない」

「ひとり暮らし？」

「ああ、そうだ」

「最後にセックスしたのはいつですか？」

「柴咲さん、勘弁してくれ」

「駄目です。嘘でもいいから答えてください。まあ、ぼくがそれを嘘だと判断した場合、信頼関係は得られませんが」

拷問だ、と胃が痛くなる。自分が高東の立場だったら、いったいどう答えただろうか。

「――何年も前だよ。恋人と別れてからはない」

「まったくですか？　ワンナイトラブも？」

「ないね。つまらない仕事人間なんだ」

「つまらないのはそのお答えです。だってそれ、どうやって証明するんです？」

「無理いわないでくれ。証明なんてしようがない」

「そう。証明なんてできません。でも、もし、高東さんが三日前と答えていたらどうでしょう。多くの人が信じるんじゃないですか？　一週間前でも一ヵ月前でも、恋人以外とは関係していないなんていう教科書どおりの答えより。なぜなら、その回答は高東さんにとって都合が良いものではないからです。わざわざそんな嘘はつかないと、納得できてしまえるからです。そう。人は真実性とは無関係に、差し出した犠牲によって物事の真偽を測る生き物なんです。犠牲を差し出さない言動ほど、空虚なものはないんです」

「君は、それを差し出しているというんだな？」

「そのとおり。ぼくは人生を差し出しています。未来を差し出している。高東さんもベットしてくださいよ。ぼくと腹を割って話したいなら、ご自分の人生を」

「……わからないな。どうすればいい？　クビでも賭ければ満足か？」

「要りませんよ、そんなもの。じゃあ、左と右、好きなのはどっち？」

「なんだって？」

「左か右か。選んでください」

「左にするよ。左利きなんでね」

「では、好きな数字をふたつ挙げてください」

「数字？」

「ええ。一から九のうち、ふたつです。難しいことはいっていないはずですが？」

「……七と八」

「なるほど。では手前から七列目、左から八番目。次にあなたたちがぼくの要求を満たせなかったとき、そこに座っている傍聴人に償いをしてもらいます」

百人が息をのむ音。いや、プラス電波の向こうの高東。

ざわつきかけた法廷内を柴咲が一喝した。

「顔を上げるな！」

「みなさんの粗相は、変わらずお嬢さんが償います。一列目一番目のお嬢さんがね」

柴咲は、沙良のほうを見もしない。

切迫を押し殺したような高東の呼びかけ。「柴咲さん」

「変更はききません。一、二、三……。ふうん、男性ですね。三十代か四十代。お気の毒に。とはいえ、受けいれてもらうほかありません。社会に生きる大人の責任として」

「柴咲さん、待ってくれ」

「次のコンタクトは一時間後――もう少し余裕をみて三時半にしましょう。そのとき、最初に処刑する死刑囚の名前と日時を教えてください。おっと、嘘は通じませんよ。ネットを調べれば、その名前がほんとうに確定死刑囚なのかわかります。多くの視聴者が教えてくれます」

「待ってくれ！」

「そう、そう。水を差し入れしてください。ペットボトルで二百本もあれば充分でしょう。それに食料もお願いします。この通話のチャットメッセージで希望を送るので、必ずそのとおりの物を用意してください。段ボール箱に詰めて、運搬はふたりまで。弁護人席側の出入り口から入って箱を置いて去る。おかしなそぶりがあれば、ドカン、です」

「柴咲さ――」

「高東さん、がんばってください。ぼくはあきらめと怠惰を憎みます」

柴咲がタブレットへ近づいた。画面に触れると高東の声は途切れた。しん、と静まるなかに緊張と安堵があった。水が飲める。そして、次に殴られるのは自分じゃない。たぶん、みながそう思っている。選ばれてしまった最後尾の七列目、左から八番目の席に座る男性と沙良、そしておそらくスズキタゴサク以外。

「お手洗いは大丈夫ですか？」

柴咲の右手の銃口が、まさに選ばれた男性のほうを狙った。

「——いいんですか？」

男性の声が探るように尋ねた。ふり返りたくなるのを沙良は堪えた。

「もちろんです。いったでしょう？　あなたに恨みはない。心から、気の毒だと思っています」

だったら——と、男性はつづけなかった。だったら解放してくれ。ほんとうはそう叫びたいはずだ。

「お手洗いに行きますか？」

「はい」と恐る恐るの返事。

「では、お名前を」

「え？」

男性の困惑が伝わってくる。

「時間は五分。五分以内に戻ってこなければお嬢さんを殴ります。ぼくは付いていきませんから、逃げたければどうぞ。満天下に、わたしは他人を見捨てる卑怯者ですと宣言する犠牲と、それは等価に与えられた権利です」

返事はない。

「まあ、いつでもいいです。その気になったら申し出てください。ほかの方は？　おなじ条件でひとりずつ、行ってもらってかまいませんよ」

声はあがらない。

卑怯者はどっちだ？　沙良は奥歯を嚙み締める。呼吸を整え、覚悟を固めてゆく。わたしは警官だ。ツイている。そう考えるべきだ。殴られる。それだけで、何人かを助けることができるじゃないか。警棒の打撃。柔剣道の訓練だと思え。逮捕術の過激な演習だと思い込め。

「じゃあ、わたしが」

手を挙げたのは、スズキタゴサクだった。

「さっきから、膀胱《ぼうこう》がムズムズしてしようがないんです。いまにも飛び出しそうでたまらないんです。あ、すみません。ちょっと下品でし――」

どん。ぎゃっ！

暴力と悲鳴はワンセットだった。お手軽なファストフードのように。

「おまえは特別だと、何度いえばわかるんだ？」

「――それはまた、たいへん恐縮な扱いなのです」

スズキは涙目になっていた。なのに口もとは笑っていた。黒く丸々とした目もだ。心底、楽しんでいるように、らんらんと輝いている。

「ねえ、犯人さん。じっさい、どうなんです？　世の中の人々は、わたしが殴られて、なんておっしゃっているんです？」

「知りたいか」

「ええ、はい、ぜひとも。ぜひとも、教えていただきたいのです」

呆れたように、柴咲は薄笑いを浮かべた。

「おまえの予想どおりだよ。みんなスズキなら仕方ないといってる。『まあ、いいか』といってるよ。ほかの人間が傷つくよりはマシだって」

「むしろいい気味だと？」

「うれしいのか？」

スズキの笑みに、柴咲が表情を歪める。「おまえ、ほんとうにクズなんだな」

「ええ、そうなんです」

スズキが丸い頭をぶんぶんと上下にふって、大きな十円ハゲが目についた。

「わたし、ほんとうのクズなんです。でも犯人さん、犯人さんのおかげで少しだけクズからランクアップできました。だってわたしがあなたの標的になることで、ここのみなさんはほんのちょっと安全になっているわけでしょう？　そして外のみなさんは、大いに楽しんでおられるのでしょう？」

「馬鹿なのか？　そもそもの原因はおまえなんだよ。おまえが爆弾事件なんか起こさなければ、おれはこんな真似をしなかったし、ここにいる人たちもこんな目には遭っていない」

「あ、そうですね。たしかにそうです。でも犯人さん。ほんとうにそうですかね？　ほんとうにそうなんでしょうか。ねえ、犯人さん。これはほんとうに、わたしのせいで起こったことなんですかね？　わたしの力で。わたしの影響力で」

「――殴られるのが趣味なのか？」

「いえいえ、とんでもないことです。あり得ない事態です。わたし、痛いのは苦手で苦手でしょうがないんです。だからクズ人間になってしまったのかもしれません。痛みを恐れ、逃げ回り、だからこんなふうに――」

「黙れ。おまえと話すつもりはない」

「いいんです？　わたしと話をするほうが、視聴者さんはよろこぶと思いますよ。刑事さんをやり込めるのとおなじぐらい」

　柴咲が、長く息を吐いた。気を静めているように見えた。スズキはニコニコしている。イカれてるのはどっちか、沙良にはわからなくなってくる。

「そういえば」と柴咲が、傍聴席へ向かっていう。「さっきのコンタクトの最中、椅子から手を下ろしていた人が三人いました。ちゃんと気づいてましたよ。誰かも指摘できる。手前から五列目、左から十一番目の男性。四列目、六番目の女性。最後列三番目のあなた。メモでもしていたのかな。記者さんも多いですから、まあ、職業病みたいなものなのかもしれませんね」

　柴咲は、ちょうどスズキと沙良のあいだに立っていた。だからその動きがよく見えた。よく見えたけれど、覚悟を決める時間はなかった。右肩に激痛が走る。二発、三発。

「手を放すな」

　命令に従って、沙良は仕切り柵を握った。殴られた肩のせいで右手に力が入らなかったが、それでも放すまいとした。放せば、また殴られる。

　かがめた全身が痛みで震えた。悲鳴を噛み殺した奥歯がめり込みそうだ。腸《はらわた》が煮えくり返る。それが怒りより、恐怖であることを認めたくなくて、目尻が潤む。

「たいしたものだ。悲鳴ぐらいあげてくれないと、配信を観ている人たちが信じてくれないんですけどね」

　ああ、と柴咲が得心したようにいう。

「そうか。あなた、刑事さんですね？　今日の公判には捜査関係者が呼ばれていると聞いてます」

ちがう。ただの交番巡査だ。だが沙良は、うなずくことも否定することもできない。肩の痛み、恐怖、あと、なんだろう？

「お名前は？」

沙良の思考は止まっている。

「名前です。名乗ってください。名乗るべきだ。あなたは公僕なんだから」

「……倖田です」

倖田さん、と柴咲はわざわざ大声で復唱した。

「みなさん、ラッキーでしたね。ぼくが選んだ人柱は刑事さんでした。つまり、こういう場合、進んで危険に身を投じ、自己犠牲の精神で一般市民を救うことを使命とする職業人だ。どうぞ、お手洗いに行きたい方は挙手を。そしてお好きにしてください。きっと彼女は、あなたたちに見捨てられても快く赦《ゆる》してくれるはずです。そうでしょう、倖田さん。顔を上げて、そうだといってくださいよ」

沙良は身動きがとれない。

「さあ、彼女の勇気をみなさんで称《たた》えましょう」

柴咲は手を打ちはじめる。法廷に乾いた音が響く。

「拍手だよ、拍手！」

怒号に促され、パラパラと、やがてそれは大きく広がる。

悪夢のような祝福に顔をそむけたまま、沙良はあふれる感情を声にならない声にする。

おまえは、いったい何がしたいんだ？　なんのためにこんなことを――。

「馬鹿正直が」

蚊の鳴くようなささやきは、隣に座る伊勢が発したものだった。

※

高円寺のアパートは早々に特定できた。けれど管理会社との連絡に手間取り、杉並署の猿橋《さるはし》忍《しのぶ》は三階角部屋の前で苛々《いらいら》と時間を過ごさなくてはならなかった。

「まだなの？」爆発物処理班の班長が舌打ちとともに訊いてくる。三度目の詰問に、舌を打ちたいのはこっちだという思いを込めて、猿橋はやけくそで胸を張った。盛り上がった筋肉にワイシャツのボタンがみしりとうなった。

アパートの住人は避難させてある。昼間だからほとんどの部屋が留守だった。近隣住民には応援の制服警官が近寄らないように急いで伝え回っている。前の道は封鎖し、少し離れた駐車場に救急車や消防車が待機済み。あとは鍵が届くのを待つだけ。

時刻は二時を回ろうとしていた。柴咲との二回目のコンタクトに間に合わなかったことが、猿橋は不愉快でならなかった。いっそこのドアを蹴り壊させてくれたらいいのに。いかにも単身者向けという赤茶けた建物は築年数もそうとうらしく、薄っぺらいドアなど自分の力をもってすれば他愛ない障害物に見えた。

曇天の空が重苦しい。そのうえ妙に蒸し暑い。日中は二十度を超える予報が出ていた。十月も終わりかけているのに、いったいなんの嫌がらせだ？

嫌がらせというなら、この事件よりひどいものはない。裁判所での立てこもり。それだけでも腹いっぱいなところに、スズキタゴサクが絡んできては平静でいられない。

去年の爆弾事件のおり、野方署の女性警官と組んでちょっとした冒険をする羽目になった。冗談でなく死にかけた。思い出すと身の毛がよだつ。鍛えた肉体も精神も、爆弾という暴力の前では無力だと、それを思い知らされた。おまけに犯人の疑いまでかけられたのだから笑えない。

刑事ってのは、くそみたいな思い出を貯《た》め込んでいく仕事だよ――。

かつてある先輩がそんなことをいっていた。後ろ向きな野郎だと内心軽蔑していたが、あながち間違いじゃないのかもしれない。もっともそいつはケチな横領がバレて辞めさせられてしまったが。

住宅と背の低いビルに挟まれた一方通行の道を管理会社の車が警官に先導されながらやってきて、運転席から顔を出した担当者が「駐車場に駐めなきゃ」とかなんとかいっている。

三階の手すりから身を乗り出して怒鳴ると、管理会社の社員が慌てて車を降りた。きっとSNSに書かれる。横暴な刑事に偉そうに命令されたとか。

「鍵を！　急いで！」

鍵を受け取った警官が外階段を駆け上がってくる。ドアにトラップが仕掛けられていないことは爆発物処理班が赤外線探知とやらで確約してくれている。猿橋は手渡された鍵を差し込んだ。ノブをひねる。さすがに自制心が働いて、慎重にドアを引く。ゆっくりと中を覗く。異常がないのを確認してハンドサインを送ると、爆発物処理班を先頭に入室する。悪いが靴は脱がない。それぐらいは自業自得だ。

間取りは把握済みだった。ワンルーム、ユニットバス。申し訳程度のベランダ。隅から隅まで調べても、たいした時間はかかるまい。差し当たり、優先すべきは爆弾の有無である。ここにそれがあるなら、法廷内に持ち込まれたブツも本物と見做さねばならない。みずからそれを促した柴咲の自信からして、十中八九、あるのだろう。

問題は、それが爆発するかしないかだ。

蒸し暑さとは原因の異なる汗が背中を伝った。去年の轟音《ごうおん》が耳の奥にこびりついている。爆風。ＴＡＴＰに爆燃はないはずなのに、熱かった。死の傍らにいる感覚。その記憶を猿橋は鼻息で吹き飛ばす。筋肉ではじき返そうとする。虚勢でも、張らねばならないときがある。

ちくしょう、嫌な予感しかしねえ。

「あったぞ」

部屋の奥から班長の声がする。怯みそうな身体に鞭《むち》を打って、猿橋は中へ顔を突っ込んだ。薄暗い。明かりは正面にあるベランダの窓から差し込む日差しだけ。部屋は整頓されているようだった。というか、ほとんど空白のようにすら見えた。

その中に、三脚のような物体が立っている。

正確に三脚とはいいきれないのは、赤、黒、青のビニルコードが外側を完全に覆うほどの量でみっちりと巻きついているからだった。ビニルの皮膚に、よくわからない装置がいくつもひっついている。まるで生贄《いけにえ》を捧《ささ》げるピラミッド、あるいは召喚された魔具のようだと猿橋は思った。

「くそ」班長が吐き捨てた。「タイマーが起動してやがる」

予想どおり、またろくでもない思い出が増えるのだ。

# 4

タイマーのカウントダウンがゼロになるのは午後六時。その連絡は類家のスマホに入った。話しますか？　と目顔で訊かれ、高東はうなずいた。類家がスマホをスピーカーにする。

「警視庁の高東だ」

〈杉並署の猿橋です〉

立派な体格を想像できそうなごつい声である。

「部屋の爆弾は本物か？」

〈たぶん、としかいえません。タイマーのコードは三脚の内側にのびていますが、何につながっているかは不明です。表面に爆発物らしきものはなく、赤外線にも反応はなしですが、かといって確証を得るまではいかないそうで〉

金属探知ゲートを通り抜けて拳銃やタブレットPCを持ち込んだ骨箱とおなじ仕様の容《い》れ物《もの》に、爆弾がおさまっていても不思議はない。

〈ただ、三脚のそばに水筒やら薬品やらがわざわざ綺麗《きれい》にならべてありました。処理班がいうには、起爆装置以外、TATP爆弾をつくるのに必要なブツが一式そろっているそうです〉

武力の証明というわけだ。

「対処は？」

〈処理班が計画を立てていますが、三脚はビニルコードで隙間なく巻かれていて、表面にはタイマー以外にも温度計やらスマホやらの用途不明な装置がいくつもくっついています。起爆の条件がわからない以上、内側を確かめるのは危険です。威力の想定もできていません。三脚の中にあるのが水筒一本ならこの部屋が吹っ飛ぶくらいで済みそうですが、二本三本と仕込まれていたらアパートの全壊もあり得ると〉

「三脚を部屋の外へ移せるか？」

〈すぐにというなら、自分は辞表を出すと処理班の班長はいっています。可否の判断まで、短くても一時間はかかると〉

「部屋の捜索は？」

〈それも、処理班に止められてます〉

「なんとかできるか？」

猿橋が声を詰まらせた。爆弾の残数確認は絶対に必要だ。高円寺のアパートで終わりか、それ以外にも仕掛けられているかで話は変わってくる。現状、アパートに残された遺留物を調べることでしか、その手がかりは得られない。

いつ爆弾が爆ぜるかもしれない、柴咲の部屋の中でしか。

〈……やれってんなら、やりますよ。処理班を説得してくれるなら〉

「上に通しておく。くれぐれも仲良くやってくれ」

何かわかったらすぐに連絡をと念を押し、通話を終える。骨のありそうな男だ。それが見込みちがいでも、いまは信じる以外にない。

時刻は二時半過ぎ。柴咲が指定した三回目のコンタクトまで約一時間。

「狡猾《こうかつ》ですね」

配信を聞いていた類家が片耳のヘッドセットを押さえながらいった。配信の中で柴咲は手洗いへ行く手順の説明をし、何か話しかけたスズキを殴りつけた。そして猿橋の報告がある直前、倖田という女性警官を三発殴った。画面からは見切れていたが、フェイクではないだろう。そして拍手。

意味不明な儀式が終わり、法廷内は小康状態に入っていたが、手洗いに立つ人質はひとりもいない。

「そのための配信ともいえそうです。我々だけでなく、人質に与えるプレッシャーとしても十万人の観客はなかなか効果的ですからね」

配信では柴咲の台詞しか上手く聞きとれない。それでも高東の耳には気色悪い拍手の音色が残っていた。あんなにもグロテスクなセレブレーションは金輪際《こんりんざい》願い下げだ。

「柴咲以外の発言は？」

技術班の早乙女が「これを」とノートパソコンを突き出してくる。録画した配信のボリュームを上げ、大急ぎで確認した発言が文字起こしされていた。

「どう思う？」柴咲とスズキの会話を読みながら類家に尋ねる。

「柴咲とスズキが共犯かという点についてなら、だいぶ薄い気がします。スズキの挑発に、犯行をサポートする有効性は感じられません。警察や世間に対するメッセージにもミスリードにもなっていない。ただ柴咲をからかっているだけ。奴らしいといえば奴らしいですが」

「柴咲はちがう、か」

「ちがいます。弁が立つのは似てますが、根本的に種類がちがう。なんであれ、柴咲には目的があります」

「やけに自信満々じゃねえか」

「プロファイリングを命じられましたから。仕事はちゃんとするんです、わたし」

指揮車のドアが開く。外で待機していた猫屋の後ろに特殊犯二係の甲斐《かい》がいた。角張った身体で猫屋を押しのけ、甲斐は高東の前へきた。急襲チームの指揮をとる係長はヘルメットを外している以外、完全装備の出《い》で立《た》ちだった。

「建物の造りは把握した。準備はできてる」

「柴咲を撃ち殺しそうないきおいですね」

「可能ならそうするさ。命令さえあればな」

水と食料の差し入れは二係が行う手はずだ。武力行使に対するスタンスのちがいはあれど、甲斐が率いる二係の実力はＳＡＴにも引けをとらないと高東は認めていた。

だからこそ不安もある。

「甲斐先輩、高円寺のアパートで爆発物と思しき物体が見つかりました。柴咲がほかにも爆弾を仕掛けている可能性は否定できていません。どうあっても、奴は生かして捕える必要がある」

「おいおい、小僧がいっちょ前になったもんだな」

嫌味はなかった。信頼し合える間柄ゆえの軽口だ。

そのにこやかさが瞬時に消える。

「だが、いずれは決断しなくちゃならん」

「わかってます。その決定権を、自分が握れるとは思えませんが」

「とっくに一端は握ってる。握ってもらわなくちゃ困る」

高東は唇を引き結ぶ。そのとおりだ。上層部がくだす決断の重要な一部分を、間違いなく自分は担っている。

「段ボールに盗聴機を仕込もうって案もあるが」

「きっと柴咲は気づきます。危険な橋は避けましょう」

「いわれるまま、運び屋に徹しろってのか」

「睡眠薬はどうです？」

甲斐といっしょにおなじ方向へ視線をやる。パイプ椅子におさまった類家が、交互にふたりを見上げた。

「画面で確認するかぎり、柴咲が用意しているペットボトルは一本です。長引けば差し入れの水に口をつけるでしょう。ぜんぶに睡眠薬を仕込んでおけば、案外あっさり眠りこけるかもしれません」

「人質も飲むんだぞ？」甲斐の声が尖った。「体質に合わなけりゃ、命に関わる場合もある」

「おっしゃるとおり。すみません、たんなる思いつきのアイディアです」

悪びれる様子もなく引き下がる類家へ、いますぐこの若造を放り出せといわんばかりに甲斐の太い眉毛が吊《つ》り上《あ》がった。ふた回りも歳《とし》がちがえば感覚も変わる。いや、年齢だけのせいではない。五つほどしか離れていない高東も類家とはズレを感じる。こちら側ではないという、落ち着かなさがこの小男にはある。

膝に拳を置き、観察するように眺めてくる眼差《まなざ》しは、むしろスズキと似通っているとすら思えてしまう。

「先輩。水と食料の運搬はお任せします。目途《めど》は三時。タイミングはこちらから伝えますので、準備万全でお願いします」

「わかってる。いいか、高東。人質の安全が第一だ。難しい立場だろうが、それをけっして忘れるな。骨は拾ってやる」

甲斐が指揮車を降りる。息つく間もなく高東は電話をした。上層部の会議を抜け出した管理官と打ち合わせをする。高円寺の件は引きつづき報告待ち、差し入れは三時ちょうどで決まった。

〈視聴者が三十万に達した。これ以上の同時接続はサーバーの関係で難しくなるらしい〉

「増強を申し入れてみてください。柴咲が納得するかわからないので」

〈コメントのブロックはどうする？　かなり過激な物言いも増えているが〉

「いまも奴はスマホでせっせとSNSを調べています。ブロックされたなんて声が増えたら何をいいだすか読めません」

ふう、と管理官が息を吐く。〈あの場に警官がいることもたたかれている。なんで犯人を取り押さえられなかったんだとな〉

野方署の倖田。おなじく伊勢という刑事がいると聞いている。だが、彼らに何かを望むのは酷だろう。武器を持ち込まれた時点でこちらの負けだ。

〈おまえにも山のように批判がきてる。とくに口調が〉

「セックスについては？」

〈冗談はここだけにしておけ。奴の要求にどう応じるか、なかなか方針がまとまらない〉

「嘘の情報を伝える気ですか？」

架空の名前は通じなくても、誰かを選んで適当な執行日を伝えることはできる。応急処置的な時間稼ぎだが、最善手にも思えた。三十万におよぶ視聴者さえいなければ。

〈どう思う？　現場の意見を聞かせてみろ〉

難しい。嘘の情報は諸刃《もろは》の剣だ。バレれば報復がなされるだろう。その相手は、自分が指定された一般人だ。

狡猾。たしかに認めざるを得ない。

ふと、類家を見やる。管理官の声が聞こえているはずもないのに、高東の言葉だけですべてを了解しているといいたげな顔つきがこちらを見ている。

「伝えましょう」

と小さな具申。

高東は彼から視線を外す。

「――検討中でかわしましょう。名前は突っぱね、日時だけ決める。とりあえず今週中で」

〈納得するか？〉

「しない場合は、木曜日まで譲歩します」

通常、執行後にしか明かされない死刑の約束。法曹界が黙っているはずがない。

〈人質には弁護士もいる。あくまでポーズだと根回しすれば、日弁連も静観してくれるだろう

が〉

それとて、いつ何時ネットに暴露情報が流れるか知れない。柴咲の目にとまったら、また後手を踏まされることになる。

〈詳細が決まりしだい伝える。おまえは次の回で、最低でも高円寺以外に爆弾があるのかどうかを突き止めろ。これだけは必須だ〉

通話を切って、高東は独りごちる。「そんなこたあ、わかってんだよ」

コミュニケーションは取れている。自慢できるレベルではないものの、手ごたえはある。柴咲はしゃべりたがっている。それを対話までもっていくのが腕の見せどころだ。

「いいと思いますよ、日時だけの約束って」

類家は、さっきと変わらない姿勢でそこにいた。

「対象者の条件まで考えておいたほうがいいと思います。判決から時間が経っている順とか、非常上告に再審請求の有無、体調面なんかを精査している最中だとか」

「――楽しいか?」

丸眼鏡の奥で、細い目がわずかに開く。

「いや、なんでもない。それより柴咲の特徴を挙げてくれ。交渉に使えるやつを」

いっさいの陰りなく、類家は口もとをゆるませた。

「柴咲は無理筋な主張をぶつけてきています。一見議論を望んでいるようで、じつは対話が想定内におさまるようコントロールされているように感じます。高東さんの反論に、用意してきた主張をぶつけ、自分の望む場所へ導こうとしている。セックスについての質問は、いささか悪ノリがすぎる気もしましたが」

高東は無言で先を促した。

「観客の存在も、こちらの自由を制限する条件といえるでしょう。とても計画的です。犯罪者としては、ある意味まっとうかもしれません」

「スズキはちがったのか」

「あれは、もっと厭《いや》らしい。対話自体が目的だった気もします。対話と、それによる改変」

改変？　意味不明だが、そこを掘り下げている暇はない。いまのスズキは憐《あわ》れなサンドバッグにすぎない。

柴咲の言葉は目的をもっているという推察は、高東の実感とも合致していた。その前提で考えると、二回目のコンタクトで柴咲が目指したのは――。

「執行する死刑囚の名前と日時を用意させること？」

あるいは、と類家が引きとる。「それは煙幕にすぎず、真の狙いは『水と食料を運ばせること』かもしれません」

高東は首をひねった。たしかに盲点だが、喉の渇き以外に何があるのかという気もする。

「それより食料が気になります」

柴咲がビデオ通信のチャットで送ってきたのは、スナック菓子を八箱用意しろという指示だった。スーパーやコンビニで誰もが一度は目にしたことがある有名商品である。

「一箱、だいたい十から十二袋が相場です。掛ける八で九十袋程度」

「人質の数に足りてない、か」

「おまけに、これほど喉が渇く食い物もありません」

たしかに、握り飯で駄目な理由は浮かばない。

『『チリップス』のビッグパック……わたしも好物ですが、チリップスのビッグパックはほんとうにでかいので胃もたれします』

「――それは、意味のある感想なのか？」

さあ、と類家は小首を傾げる。遊びじゃねえぞと怒鳴りたくなるのを堪えて高東は訊いた。

「水も食料も、裏の意図があるっていうのか？」

「断定はできません。まだ布石を打っている段階とも考えられます。どちらにせよ、柴咲はおのれを理知的であると自負し、計画どおりに物事を運べる自信をもっている。それに見合う準備をしてきた、警察だって思うまま動かせる」

「打開策は？」

「想定外をぶつけるのが手っ取り早いでしょう。ご機嫌を損ねるリスクもありますが」

三時が迫る。高東は会話を切り上げ、車内の無線で甲斐に作戦決行を依頼する。同時にビデオ通信のチャット欄に文字を打ち込む。『これから水と食料を届ける』

画面の柴咲をにらみながら訊く。

「たとえば、想定外とはなんだ？」

「そうですね。たとえば、死刑を執行していい、いい、いい、しまう」

「――奴にとって、それは想定外だと？」

「たぶん」

画面の中で、柴咲がチャットのメッセージに気づいた。

※

被告人も出入りする都合上、審理場の出入口は外部から遮断されている。特殊犯二係の浅利玲央《あさりれお》は地下駐車場から一階へ上がり、先輩刑事の福留《ふくとめ》とともにバックヤードの関係者用エリアから104号法廷へ向かうことになった。

ふたりが待機する弁護士用の控室には、すでに十六個の段ボール箱が運び込まれていた。内八個に水のペットボトルが三十本ずつおさまっている。合計二百四十本。柴咲の命令より多くするべきかは議論があった。ぎりぎりの数にしたほうが、ふたたびこうした接触のチャンスがめぐってくる可能性は上がる。けれど、係長の甲斐は多めでいくと上に対して押しきった。人質の体調に急変があったさい、水不足で大事にいたらせるわけにはいかないという判断だ。

残りの八つには、スナック菓子のチリップスが詰まっている。

「感度は?」甲斐が無線に尋ね、技術班の人間が応答する。〈良好です〉

浅利と福留の背広にはマイクとカメラが仕込んであった。服の下には防弾チョッキ。直前まで拳銃と閃光《せんこう》弾を携帯する案も検討されたが、ここでも慎重論が勝った。柴咲に気づかれ、奪われてしまっては事態の悪化を招くだけ。たとえ隙があっても、強攻策は自重するように命じられている。

今回は様子見。人質の安全重視。正直、浅利は安堵していた。刑事としてそれなりに経験を積んできた自負はあったが、特殊犯係には配属されたて。人質事件に遭遇したことなどない。おまけに犯人は武装し、爆弾らしきものがあり、百人におよぶ人質を何十万人という市民の監視下で救わねばならないのだ。何もかもが異例な状況で、自分の判断と行動が正解を導き出せる自信はなかった。

「気負うなよ。宅配のバイトだと思ってこなしてこい」

防弾ベストに身を包んだ甲斐が、気さくに肩を揉んできた。「ただし細心の注意を払え。警視総監の奥方に、冴えないお中元を届けるようにな」

冗談のキレはいまいちだったが、浅利の緊張はほぐれた。

「撃たれそうになったら、動いてもかまいませんね？」

浅利の相方をつとめる福留だった。錆《さ》びた針金のような男は甲斐の同期で、刑事歴三十年の古強者である。

「必ず銃口は向けられる。そこは覚悟しておいてくれ」

「おれは、動いてもいいかと訊いてるんだが」

「極力慎重に。あとはフクの判断に任せる」

甲斐の堂々とした視線に、ふん、と福留はそっぽを向く。「水を運んで二階級特進じゃあ、笑い話にもなりゃしねえ」

口が悪いのはいつものこと。だが今日にかぎってはピリつく空気が胃に響く。

無線から高東の声がする。作戦決行の指示に「了解」と甲斐が応じる。

「よし。頼んだぞ」

甲斐に送り出され、浅利と福留はそれぞれに段ボール箱を積んだ台車を押して控室を出た。ひとつの台車に八個だからけっこうな高さになる。片手を添えなくては倒れてしまいそうだ。幸い、バックヤードの廊下は１０４号法廷に沿う恰好でまっすぐにのびている。

「ったく、むちゃいいやがる」

福留がぼやいた。マイクで音は筒抜けですよと浅利は目顔で伝えたが、先輩刑事にかまうそぶりはなかった。

「おまえ、家族は？」

「――田舎に両親がいますが」

「そうか。おれはいない」

なんの話だ？

さほどの距離もなく扉が迫り、さすがの福留も口を閉じた。審理場へつながる、弁護人席側出入口である。

顎でうながされ、浅利は扉をノックした。中から、どうぞ、と柴咲の声がする。

１０４号法廷には、息をのむ緊張感があった。目の前の弁護人席、反対側の検察官席、そして正面傍聴席に居並ぶ人質たち。下げた頭の隙間から、こちらを覗き見る視線が飛んでくる。切実な不安と期待を、浅利は肌で感じた。外部からやってきたふたり組に、よけいなことはしてくれるなという願い、あわよくば事態を解決してくれという祈り。

その最後方に、共犯者と思しき人物が立っている。中央の壁にもたれ、腕を組んでいる。黒いジャンパーのフードをかぶり、サングラスにマスク。一七〇センチ後半はありそうで、身長も体格も、柴咲より大きく見える。

「こちらへ」

柴咲から向けられた銃口が、浅利の思考を奪った。「おかしな真似はしないほうがいい。ここからあなたたちを正確に撃つのは難しいかもしれないが、誰でもいいというなら話はべつです」

柴咲は法廷の中央付近、証言台のそばに立っていた。傍聴席は目と鼻の距離で、そちらへ引き金を引けば狙わずとも誰かに当たってしまうだろう。

浅利たちは黙って台車を押した。弁護人席を回り込み、書記官席とのあいだで止まるよう命じられる。

「ご苦労さまでした。箱を下ろしたら、台車も置いて戻ってください」

終わった、と浅利は胸を撫でおろした。人質の期待には応えられなかったが、最悪の結果は避けられた。いまはこれで充分だ。

「ひとつ、訊いておきたいんだが、いいかな」

段ボール箱を下ろし終えたところで急に福留が話しだし、浅利はぎょっと彼の横顔を見てしまった。

柴咲が探るように目を細めた。それから銃口を、うなずくように上下させた。

「そこの、君がターゲットにしてる女の子と、おれを交代させてくれないか」

浅利の目に、傍聴席ではっと顔を上げる女性警官の姿が映った。

「ついでにこっちの奴と、七列目八番目の彼を入れ替えさせてくれるなら最高にありがたいんだが」

それが次の不履行で犠牲になる男性を指していることに、浅利は遅れて気づいた。

「なるほど。当然の要求といったところでしょうね」

柴咲は酷薄な笑みで応じた。

「ですが、ぼくの側にメリットがありません」

「あるよ。ここで寛大なところを見せれば、君の株は上がる。たんなる凶悪犯でないと証明しておけば、きっとこれから君が語る言葉に耳を傾ける人も増えるだろう」

くくっと柴咲は喉を鳴らした。「もっともらしい提案ですが、やっぱり受け入れ難《にく》いな。ぼくは警察を甘くみていません。よけいなリスクを抱えるほど傲慢じゃない」

「定年間近のロートルはリスクのうちに――」

「もう結構。これ以上は粗相にカウントしますよ？」

柴咲がこちらへ歩みながら左手の警棒をふり上げた。その先端の下に、慌てて顔を伏せた女性警官がいる。

「わかった。あきらめるよ。話を聞いてくれてありがとう」

両手を上げて退散の意思を示した福留にならい、浅利もおなじようにした。

後ずさりかけたふたりを、長椅子に座る男が引き止めた。弁護人席の前にちょこんと座った、いがぐり頭のスズキタゴサク。

「お名前は？」

「お名前、聞いておいたほうがよくないですか？」

柴咲へ、スズキが満面の笑みでいう。「だって間違いなく、いま見事に視聴者さんたちの評価を上げたのは、この刑事さんたちですもん」

浅利は、思わずスズキと柴咲を交互に見やった。柴咲の表情は、ぞっとするほど冷たかった。ふり上げた左手が、スズキへ向かう気配があった。

けれど警棒は、宙でぴたりと動きを止めた。踏み出しかけた足を止め、柴咲は我にかえったように左手をゆっくりと下ろした。

スズキの笑みがいっそう広がる。「ね？　聞きましょうよ、お名前」

あえて無視するように、柴咲はひとつ息をついた。視線を浅利たちへ移して命じる。「消えろ」

今度こそ浅利たちは104号法廷をあとにした。

「あれは、噂どおりだな」

来た道を戻りながら、福留が吐き捨てた。

「――スズキですか？」

「あの野郎、柴咲を嵌《は》めようとしやがった」

浅利も気づいた。スズキの茶々は柴咲への挑発だ。警棒を握る柴咲の腕に力がこもった瞬間、福留の身体が臨戦態勢に入るのを隣で感じた。証言台のそばでは届かないが、柴咲がスズキを殴りに近寄ってきたなら射程距離になる。警棒をふり下ろす動作は隙になる。取り押さえるチャンスになる。

「ですが」

「ああ、危険すぎる。おれはやらなかったよ」

仮に柴咲がスズキを殴っても、容易に動けるはずがない。何せ法廷内にはもうひとり、傍聴席後方からにらみを利かせる共犯者がいたのだから。

そう納得しつつ、浅利の胸は不甲斐なさで染まっていった。浅利が気づいたのはすべて後追いだった。スズキは誘導し、福留は備えた。柴咲は柴咲で、スズキの罠を見破った。

動かなかった福留とちがい、自分はチャンスを予期すらできず、ただ突っ立っていただけだった。

「なんで、身代わりを申し出たんですか？」

「なんでって、べつにふつうだろ」

自分は考えもしなかった。思いついてもリスクを恐れたにちがいない。

「……命令違反です」

「そうだな。これで外してもらえたら助かるが」

勝手に巻き込んで悪かったなと福留が謝ってきて、浅利は顔を上げる女性警官を思い出した。見開かれた瞳は、驚きだったのか、期待だったのか。頭を下げたあと、彼女はどんな顔をしていたのか。

控室まで戻っても、浅利の自己嫌悪は消えなかった。

**5**

スズキの肩を、腕を、警棒がめった打ちにしている。沙良は息をひそめ、その光景をどこか遠い舞台で演じられる寸劇のように眺めた。

顔面を警棒が薙《な》ぎ払《はら》ったとき、どん、と後方から壁を殴る音がして、殴打がやんだ。柴咲は肩で息をしながら音のほうを見た。その不服そうな目が共犯者を捉えていることは想像できた。

スズキの顔は無惨に腫れあがっていた。それでも口は、へらへらしていた。癇癪《かんしゃく》を起こした赤子をあやす父親のような笑みだった。

「おまえ、そんなに殺してほしいのか?」

長椅子から転げたスズキのビール腹を、柴咲のスニーカーが蹴りつけた。丸い身体がのたうち回り、げへえと胃液を吐いた。

「できないと思ってるのか?」

頭を踏みつける。床の胃液に頬が浸《つ》かる。

咎めるように、ふたたび壁を殴る音がした。柴咲はちらりとそちらへ視線を投げてから舌を打ち、踏みつけていた足をどけて地べたのスズキへ銃口を向けた。

「次に小細工をしたら撃つ」

おびえた仕草で頭を庇《かば》い、「はいです、かしこまりましたです!」とスズキが情けない声をあげる。

そのぜんぶが芝居だと、沙良にはわかった。

爆弾事件のとき、野方署の取調室で沙良がぶつけた怒りに対し、スズキは人間らしい恐怖のいっさいを見せなかった。むしろ憎しみを、みずから望んでいるようだった。あまりに歪な角度をもつその欲望が、ずるりと内臓に触れてきて、沙良はスズキに銃口を向けたのだ。

あれは職業意識とは関係ない、倖田沙良個人の殺意だった。

スズキタゴサクは、それを悦《よろこ》ぶ。他人の欲望を見抜けるとうそぶく男は、自分へ向けられる殺意に淫し、発情する。

柴咲が、腰のドリンクホルダーに差した自分の水を飲み干した。物足りなかったのか、差し入れの段ボール箱を開け一本つかむ。キャップをひねったところで思い出したように指が止まり、舌打ちをした。

「飲め」

柴咲は弁護人席へ、キャップを開けたペットボトルを突き出した。指名されたのは弁護士の重盛だった。顔面蒼白《そうはく》の彼が、恐る恐るペットボトルを受け取った。「飲め」とふたたび命じられ、意を決したように水を喉へ流し込んだ。

毒とはいわないまでも、睡眠薬、下剤のたぐいが仕込まれているかもしれない。毒見をさせるのは自然だが、しかし柴咲は、その工程を飛ばしかけた。計画どおりに物事を進めてきた男が見せた、初めてのほころびだった。

床に転がるスズキへ目が行く。丸い瞳が、うれしそうに柴咲を見上げている。

「ねえ、犯人さん」分厚い唇が、嬉々《きき》と動いた。「この状況って、わたしのほうが有利だと思いませんか?」

何をいいだすのかと、柴咲といっしょに沙良も眉を寄せた。

「だってそうでしょ? わたし、殴られるのは、とっても嫌いですけども、ほんとに嫌ですけども、でも黙っているのは、もっと耐えられないんです。こういう緊張状態に、耐える精神力がないんです。緊張をごまかしたくて、おしゃべりをするんです。そうしていないと、頭がおかしくなっちゃうんです。我慢のきかない、弱っちい人間なんです」

四《よ》つん這《ば》いの恰好で、顔だけを柴咲へ向ける。

「だから、おしゃべりをやめません。やめられません。殴られるほうが、いくらかマシだと思っちゃうんです。でもそれって、犯人さんにとっては鬱陶しくて仕方ないんじゃありません？」

柴咲は、警棒を握り締めたままスズキを見下ろしていた。

「わたしを殺します？　まあ、いいです。どうせ死刑になる身ですもん。でも、どうなんですかね。ほったらかしになっている死刑囚をルールどおりに処刑しろと求めている犯人さんが、まだ死刑囚でもないわたしを、ムカついたからって死刑にしちゃうのは、それってどうなんでしょうね。どうなんですかね。合ってるんですかね。捕まって裁かれることを前提とした犯罪は認められるんでしたっけ？　刑罰と交換するかぎりルールの範疇でしたっけ？　このとおり、わたしはぼんくらですから、いまいち理解できてる自信はないんですけども、カッコいい気がするんです。そうやって、ビシッと真実らしいことをいいきるのって、イカしてる気がするんです。でも、どうなんでしょうね。いまここでわたしを撃ち殺すのは、それってたんなる、野蛮な暴力じゃないかって思うんです」

ニカッと開いた口から血が落ちた。

「初めにおっしゃってましたよね？　わたしのような人間は、他人が犠牲になっても少しも心が痛まないって。さすがにひどい言い草だと思わなくもないですが、まあ、たしかにそうかもしれません。わたしは誰からも見捨てられた人間ですから、誰を見捨てても、あまり気にしないところがあるんでしょう。鈍感の極みです。まったくお恥ずかしいかぎりです。でも、だから、犯人さんがここに集まっている人たちを何人痛めつけたところで、殺したところで、おしゃべりをやめるこれといった理由にはならないんです」

法廷内に無言の焦りが広がった。いいかげんにしてくれ。これ以上、柴咲を刺激するな。死ぬなら、おまえだけ、勝手に死ね。

「ルールの速やかな履行をお求めになる犯人さんには、きっとそれに殉じる美学があるはずだと思うんです。なくちゃ嘘だと思うんです。それともご自分は例外ですか？　他人に厳しく、自分には甘めの方針ですか？」

のろのろと身体を起こし、

「まあ、人間ですものね。犯人さんも、当たり前の人間ですもの。当然、都合のいい解釈だってしますよね。ああ、そう考えると、なんだか急に親しみを覚えます。仲良くなれそうな気がしてきます」

腫れた顔が、醜悪な笑みをつくった。

「おっと、そろそろ次の通信のお時間ですね。わたし、ずっと我慢していましたけれど、今度は無理だと思うんです。おしゃべりをしてしまう気がします。あなたが刑事さんと話してる最中に、耐えきれなくって、どうでもいい戯言を口にしちゃうにちがいないんです。無様な奇声をわけもなく叫んでみたりね。それって、ひどくカッコ悪いと思いません？　多くの視聴者さんの、失笑を買ってしまうと思いません？」

正座になって呼びかける。ねえ犯人さん――、

「ふたりでゲームをしませんか？　それにお付き合いいただけるなら、通信のあいだはお口にチ

ャックで我慢します。どうです？　息抜きだと思って、人助けだと思って、どうかお願いしますです」

スズキが、ずいっと柴咲へ顔を突き出した。

「なあに、簡単なゲームです。その終わりに、きっとわたし、犯人さんの心の形を当ててみせます」

異様な熱が柴咲へ直射していた。スズキの粒になった体臭が、こいつの支配する領域を濃くしていくような妄想を抱いてしまう。

だから、つづけざまに起こった一連の光景を、沙良はいっさいの現実感なく受け止めなくてはならなかった。

柴咲の右手が動く。銃口がスズキを狙い、そして撃つ。

## 6

「生きているのか？」

真っ先に、高東はそれを確認した。

「さあ」と、画面の向こうで柴咲が無感動に応じた。

ビデオ通信のカメラは柴咲しか映していないが、配信画面では彼の背後まで見通せた。

床に転がったスズキの身体はぴくりともせず、頭部は長椅子に隠れて見えない。

通信がはじまる直前、柴咲は拳銃の引き金を絞り、正座した恰好のスズキタゴサクは仰向けに倒れた。銃声と、人質の誰かが漏らした悲鳴のような声をマイクが拾った。

その一部始終を、高東は配信画面のこちら側から見守るよりなかった。たしかに柴咲は撃った。しかしスズキがどこを撃たれたか、正確に見定めることはできていない。

銃撃後、柴咲はスズキのもとへ歩み寄り、腰をかがめてじっくりのぞき込んでいた。生死の確認はしているはずだ。

「生きていたらどうします？　死んでいたらなんなんです？」

「生きているなら、治療が要る」

「本人がかまわないといってましたよ？　どうせ死刑になる身だから平気だと。それでも殺人になりますか？　自殺幇助《ほうじょ》で勘弁してもらえませんかね」

「――難しいだろうな。だから早く、治療したほうがいい」

「なるほど。なら、それで結構です。ルールに則って、ぼくは殺人の罪を背負う」

ふざけやがって――。心の中で高東は毒づいた。類家の読みは外れた。計算高い知能犯なんかじゃない。どれだけ理屈を弄《もてあそ》ぼうと、こいつはイカれた人殺しだ。

雑念を切り離し、画面へ神経を注ぐ。感情にのまれている余裕はない。自分が対峙《たいじ》している若者は、ついさっき人を撃ったばかりだというのに興奮も動揺も見せない化け物なのだ。

「見捨てるわけにはいかない。それもルールなんだよ、柴咲さん」

「では先に、そちらがルールを守ってください。ぼくとあなたのルールをね」柴咲が目を細める。「処刑する死刑囚の名は？」

「名前はいえない。だが、近いうちにある」

「いつです？」

「今週中には」

「その言い方、ぼくとは関係なく予定があったようにも聞こえます」

「そういう場合もあり得るだろ」

「予防線としては及第点かな。おっと、コメント欄が荒れてますよ。すごい数だな。ふーん。『犯罪者の言いなり草』、『べつに死刑囚なんだからいいんじゃね？』。ははっ、ぼくの支持者もわりといるみたいです。『税金も浮く』か。うーん、ちょっと問題がちがうんだけどなあ」

「柴咲さん。こちらは誠意をもって対応してる。だから君も――」

「『どうせフェイク』」

画面越しに、柴咲と目が合った。

「まあ、妥当な意見でしょうね。名前もなしで信じろというのは無理がある。残念ながら、ルールは履行されなかった」

「待ってくれ」

高東の狼狽《ろうばい》を楽しむように、柴咲は口を閉じた。

「――明後日《あさって》、木曜日だ」

「死刑囚の名は？」

「それは、いえない。わかってくれ」

「わかってくれ」

ロボットのようなオウム返し。

「『わかってくれ』──と、ぼくも何度もいいました。父親が起こした訴訟のときにね。『自分は巻き込まれただけなんだ、わかってくださいい』『六歳の子どもに判断能力なんてないんです、わかってください』。『これだけの裁判費用を支払う能力はありません、わかってください』。『人生がおかしくなってしまうんです、わかってください』。法律の返答はシンプルでした。『ルールなので』」

柴咲が、わざとらしく肩をすくめた。

「貧乏人に闘うすべなんてない。死ぬ気で弁護士になれ？　もしくは官僚？　政治家？　そうじゃなきゃ自己責任？　おいおい、待てよ。ぼくのどこに過失があった？　どこを改善すればよかった？　あきらめろ？　前向きに？　嫌だよ、馬鹿。まっぴらごめんだ。自己責任というんなら、そうしましょう。自分の人生を懸けて、ぼくは暴力に訴える。そして刑を受けいれる。こんなにも潔い自己責任はないのでは？　誰の否定も認めません。だってこれは、あなたたちが望んだ社会だ」

駄目だ。誘導されている。柴咲の望む展開に運ばれている。

横から、ノートの切れ端が割り込んできた。かろうじて読める汚い文字で『死刑、どうやってカクニン？』

「柴咲さん。君の想いは受け取った。我々も最大限の努力をする」

だが、と高東は間髪をいれずにつづけた。「君のルールのとおりにしたとして、どうやってそれを確認するんだ？　さっき、わたしは約束をした。君は信じなかった。執行に対しても、その不信をもたれたままではどうにもできない」

隣に陣取った類家がノートにペンを走らせ、それを破って追加で差し出してくる。高東は視線が柴咲から外れないように文字を捉え、解読する。『不完全、ハナソウ』

「――我々のルールは不完全だ。そこを話し合う必要があるんじゃないか」

柴咲が小首を傾げた。見定めるようにこちらをうかがっている。

類家のノート。『イエ、バクダン、ルールいはん』

くそっ、足りねえよ！

「――君の自宅から、爆弾らしきものが見つかっている。君は、死刑執行を要求している。ルールが、ルールとして履行されていないのはおかしいと、そういっていたはずだ。だが――だが、アパートの爆弾について説明はなかった。それは、そんなルールは聞いてない」

考えをまとめながらの応答はひどく不恰好《ぶかっこう》になった。『は？　こいつ何いってんだ』『爆弾ってマジ？』見ないようにしていても、視界の隅でコメントが流れてゆく。

柴咲は、余裕の薄笑みを浮かべていた。

「知らされないルールなんて、世の中に腐るほどありますよ」

「その腐った世の中を、君自身は良しとするのか？」

返した高東自身の言葉に、柴咲の唇が笑みを大きくした。「まるで、スズキみたいなことをおっしゃるんですね」

『スズキのほう、スジある』

殴り書きの文字を、思わずにらみつけそうになった。

「――筋を通す男を相手にしているのだと、わたしは信じている」

ペンが乱暴にノートを叩いた。さっきの台詞に『君よりも』と書き足されている。わざわざ丸で囲んである。

駄目だ。挑発的すぎる。何より、執拗《しつよう》にスズキと比べさせたがるこいつの意図がわからない。

「――柴咲さん。お互いの信頼なしに、目的を果たすことは難しいと思いませんか？」

柴咲は薄笑みのまま、吟味するそぶりを見せた。拳銃を、わざとらしく自分の頭にこつんとぶつけ、「どうやって？」と尋ねてくる。

「まず、自宅の装置の止め方を教えてください。口頭でもいいし、チャットメッセージを使ってくれてもいい」

「ぼくから譲歩する理由は？」

「あなたのほうが、はるかに有利だからです」

ペースを取り戻した手応えがあった。ノートの指示もやんでいる。

「なるほど」柴咲に動揺は少しもない。「わかりました。いいでしょう。この通信が終わったら手順をチャットで伝えます」

あっけない譲歩に、え？　と声が出そうになる。

「あとは、死刑執行の確認方法でしたね。こちらは当然、ぼくの要望を受け付けてくれるんでしょうね？」

「ルールに沿っていれば、可能なかぎり」

「玉虫色の答弁に聞こえるなあ。ま、いいです。高東さんがいうとおり、ぼくは筋を守りたい。可能なかぎり、ね」

前進だ。交渉の形になりはじめている。

そのとき、ふたたびノートの切れ端が割り込んできた。

『スズキの生存確認。強く求めて』

このタイミングで？　いや、たしかにそれは必要だ。

「柴咲さん。もうひとつお願いがある。スズキの治療をさせてほしい」

「ああ、それもありましたね。ええ、お気持ちはわかります。でも、駄目です」

「駄目？」

「はい、駄目です」

「——なぜ？」

「駄目なものは駄目です。こいつには、ここで死んでもらいます」

急に道を塞がれた感覚だった。人質ならほかにもいる。水を運んだやり方でスズキを連れ出したところで、柴咲に不都合があるとは思えない。

『もっとねばって』ノートの字が、今度は乱れている。

「見過ごすわけにいかない。それは理解してくれているはずだ」

「高東さんの立場だとそうなんでしょうね。たとえ無差別爆弾魔でも」

「法律上、判決がくだるまで彼の罪は確定しない」

「そう。ですから、これは個人的な殺人です」

「スズキに恨みはないんじゃないのか？」

「装置の解除方法を教えなくていいというなら、考えましょう」

高東は言葉を失う。柴咲の自宅に置かれた爆弾らしきもの。その解除は必須だ。一方でスズキを見捨てることもできない。

ついい、コメントへ目が行く。『あー黙っちゃったよ』『悩んでるな』『この取り引きはえぐい』『そりゃあスズキの命と一般人の命はちがうでしょ』

ノートが差し挟まれる。『ねばって』

くその役にも立ちゃしねえ！

「――ちがうものと交換させてくれ。差し入れでもいいし、何か条件でもいい」

「じゃあ高東さん、歌います？」

「なんだって？」

「歌です。ここで、そうだな、『上を向いて歩こう』なんてどうですか？　ちゃんと歌いきってくれたらスズキを解放してもいい」

高東は、いっさいコメントを見なかった。

「――かまいませんよ。歌詞を検索させてもらえるなら」

「いやいや、冗談です。ははっ。高東さんの熱唱に興味はありますが、ぼくに得がなさすぎる」

気がつくと、左手が太腿をちぎりそうなほど力んでいる。

「この件はおしまいです。また取り引きの材料を探しておいてください。そのときに、ちゃんと考えますから」

ノートの切れ端。『次へススんで』

黙ってろと怒鳴りつけたい衝動と、頭の冷静な部分でスズキの件はもういいのかと疑問が浮かんだ。だが類家のいうとおり、これ以上粘って機嫌を損ねるリスクは冒せない。

「死刑執行の確認方法でしたね」

柴咲の余裕の口ぶりを、高東は奇妙な思いで見つめた。

「ぼくだけでなく、ここに集まった視聴者も証人になれる方法が望ましい」

「断っておくが、配信はできない」

「なぜです？」

「……その説明が要るのか？」

「もちろん。高東さんは警官という立場上、現行法を犯せない。ぼくはそれを尊重します。あなたに法律違反は求めない。ですから、死刑を公開できない法的根拠を説明してください」

啞然とする高東を無視して、柴咲がつづけた。

「刑事訴訟法第四七七条にこうあります。『死刑は、検察官、検察事務官及び刑事施設の長、又はその代理者の立会いの上、これを執行しなければならない』。そして二項。『検察官又は刑事施設の長の許可を受けた者でなければ、刑場に入ることはできない』。どこをどう読んでも、配信が不可能とは記されていない。検察官又は刑事施設の長の許可さえあれば配信クルーはその場に居合わせることができるし、これを広く国民に放送することを禁ずる文言はありません」

というか、と大袈裟に肩をすくめる。

「現実的に、ぼくが高東さんの誠意を確認する手段は配信以外に考えにくい」

『ジュンビにジカン』

類家のノートで我にかえった。「――検討させてくれ。法律の確認が必要だ。内規に抵触しているかどうかも」

「どのくらいかかります？」

「――二日」

「ふざけんなよ、高東」

突如、斬りつけるような声色に変わる。

「てめえらのくだらない駆け引きで、人質がどうなるか真剣に想像しないでどうすんだ。殴られて傷つく痛みを甘くみてんじゃねえのか？　殺されやしないと高をくってるのか？　後悔するぞ。すぐに行動に移さなければ、おまえらは後悔することになる」

怒号の余韻がおさまる前に、

「でも、高東さんの言い分もわかります」

柴咲は驚くほど平静に戻った。まるで映画のシーンが切り替わったように。

「無理にゴネたいわけじゃない。猶予を差し上げましょう。次回――五時の通信のときまでに返事をください」

薄笑みすら浮かべ、

「今回、約束が果たされなかった罰はスズキに免じてサービスします。次はないですよ。最後尾七列目、左から八番目の彼が高東さんの不履行を償う羽目になることをお忘れなく。それと配信の視聴者数を五十万人までのばす努力をしてください。これが達成されない場合も償いが発生しますのでどうぞよろしく」

返事の間もなく、柴咲のウインドウが消えた。時刻は午後四時を過ぎたところだった。

「サービスだと？　ペテン師が」

混乱をねじ伏せるべく、高東は太腿を拳で打った。情緒不安定とはちがう。柴咲のどれが計算された演技で、どれが素の感情か、見分けがつかない。プレッシャーを与えるための振る舞いならば、充分効果的だったといっていい。

まともじゃない。少なくとも、まともを期待する選択肢はなくなった。

自分の人生を懸けて、ぼくは暴力に訴える――平気でそう宣言をする男に、どんな言葉が届くというのだ？

「おかしい」

類家のつぶやきは、柴咲から届いたチャットメッセージによって流れていった。

※

電話がかかってきたとき、猿橋が手にした漫画の中で黒ずくめの主人公が大三元をあがった。

ビニルコードにぐるぐる巻きにされた三脚は部屋の中央に残ったままだ。それが包んでいる爆発物と思しきものの無力化を爆発物処理班は検討したが、けっきょく実行に移せないでいた。理由は三脚にくっついた計器のせいだ。カウントダウンをつづけるタイマーに加え、温度計、湿度計、スマートフォン。そして天頂部で、これみよがしな存在感を放っている水平測定器。これらが爆発物と連動していない保証はなく、持ち運びも解体も、生半可な覚悟ではできない。

覚悟というなら、自分だって負けていない。タイマーのカウントダウンは発見時からおよそ二時間減りつづけ、午後六時にゼロになる計算だったが、果たしてこのとおりに起爆するかはわからない。苦肉の策で周囲を防護盾で囲ってはいるものの効果は怪しく、一秒後にボカンといっても文句はいえない。

半ば自棄《やけ》になって、猿橋は漫画本のページをめくった。柴咲の住まいは不自然なほど片づけられていて、デスクもなければソファもなく、クローゼットには寝袋とタオルケットがしまってあるだけだった。下着すらないのは異常だ。今日のため、意図的に整理したにちがいない。ほかに目立つものといえば電子レンジ、単身用サイズの冷蔵庫、そして壁際に立つ本棚ぐらいだった。

横幅一メートルほど、八段に分かれたそれに漫画本がぎっしりとならんでいた。どれもこれも傷み、黄ばんでいる。背表紙に値札シールが貼られたままで、古本を手当たり次第に買い集めたのだろうと思われた。隅のほうから検分をはじめたが、手に取った麻雀《マージャン》漫画からは挟まったメモどころか落書きのひとつも見つかっていない。過剰な冊数の漫画本自体が、この部屋に縛りつけておくための嫌がらせじゃないのかと疑いたくなる。

漫画本を置き、スマホを通話にする。

「はい、猿橋」

〈特殊犯係の類家です。いまからいう番号をメモしてください〉

初めましてもすっ飛ばし、男は早口にいった。猿橋はスマホを肩で挟み、急いで手帳を取り出した。類家と名乗った男は「０９０」からはじまる番号を唱えた。十一桁。問わずとも電話番号だとわかる。

メモを終えると復唱してくれとくる。命じられるまま手帳に書いた番号を読みあげた。

「なんなんです、いったい」

〈柴咲いわく、爆弾の解除コードだそうです〉

え？　と声が上ずった。

〈装置にスマホがありますね？〉

ある。ビニルの皮膚にくっついている。コードが奥にのびていて、いっさい触れないようにしてきた。

〈四時半ちょうどに、その番号にかけろとのことです〉

「おれのスマホからですか？」

〈いえ、装置にくっついたスマホからです。ほかからかけるとコードは無効になるそうです〉

そんなことが技術的に可能なのか？

いや、それよりも――。

「起爆コードではないんですね」

〈わかりません〉

「冗談でしょう？」

声が上ずるどころじゃない。

〈番号検索をかけてみましたが、一般向けの個人番号で間違いはないようです〉

「つまり、こいつの中にもうひとつスマホかガラケーがあって、それが起爆装置でも不思議はないってことじゃないか」

〈いまは奴を信じるしかありません〉

「こっちは命がけなんだぞ！」

〈猿橋さん。心配は無用です。これはその手の罠じゃない〉

落ち着き払った声だった。いや、落ち着いてはいるが、どこかしら挑むような響きである。自信に満ちたというよりも、早くつづきを読ませろとせがむような。

〈大丈夫。靴のコレクションを賭けてもいい。ぜんぶ安物ですがね〉

なんだ、こいつは。

〈申し訳ないが試してください。どうか、何卒、速やかに〉

「――そこで聞いててくださいよ、おれの断末魔を」

猿橋はスピーカーにしたスマホを叩きつけるように本棚に置いた。防護盾に囲われた三脚へ向かう。残念なことに、一歩で手が届く距離になる。

処理班を外へ避難させたが、班長だけは残ってくれた。ふたりで防護盾をよけると、赤、青、黒のビニルコードが目の前に現れる。

猿橋はしゃがみ、くっついているスマホに顔を近づけた。有名メーカーの機種だ。指がディスプレイに触れる。画面が灯《とも》る。ロックはかかっておらず、スワイプすると素っ気ない待ち受け画面になった。電池は九十パーセント以上残っている。

電話のアイコンをタップし、０９０――とメモのとおりに打ち込んでゆく。汗が額から頬へ滑った。

十一桁を入力し終え、時刻を確認する。まもなく四時半になる。

発信アイコンに触れようとして、ふと疑問がよぎった。

その手の罠じゃない、だと？　では、どの手の罠ならあり得るってんだ？

くっと奥歯に力が入る。去年の爆弾事件が脳裏によみがえる。爆音、熱風。呆《ほう》けた顔で立ち尽くしている野方署の倖田。

御無礼――漫画で目にしたばかりの台詞をお経のようにつぶやき、人差し指を発信アイコンに押し当てる。

トゥルル、トゥルル。

コール音が三度、四度とつづいた。ビニルコードに包まれた三脚は静かなままだ。タイマーが止まるわけでもない。危機は去っていないのに、なぜか拍子抜けした気持ちになった。これは、なんの茶番だ？　いったい誰にコールしている？　柴咲の仲間？　あるいは警察庁長官、国会議員、刑務所職員……いや、死刑囚が収監されているのは拘置所か。

埒《らち》のない想像を広げていると、

〈はい、どちらさま？〉

応答があって、猿橋はとっさに言葉が出なかった。中年女性の声だ。見憶えのない番号に警戒した人間の、ごくありふれた調子である。

柴咲は、おれに何をさせようとしているんだ？

「あの――」

慌てて名乗ろうとした瞬間、爆音がスマホの向こう側で轟《とどろ》いた。

※

麻希《まき》は手術を終えた直後に事態を知った。電話をくれたのは遺族会の人間だった。お母さんが104号法廷で人質になっている――。

両親はさほど裕福でなかったが、麻希にできるかぎりの教育を与え、医大に入る金を工面してくれた。父がスズキの爆弾で殺されたのち、塞ぎ込んだ麻希の身の回りの世話をしてくれたのは母だった。自分より辛いはずなのに、じっと寄り添ってくれた。

遺族会の人間に警察からも協力を求められていると聞き、麻希は病院を早退し車を走らせた。ホルダーに固定したスマホでライブ配信の動画を流し、母が暴力の標的にされないことを祈りながら東京地裁を目指したが、途中でべつの電話がかかってきて目的地を自宅へ変えた。

犯人たちに怒りが込み上げてくる。何が『上を向いて歩こう』だ。

しかしこれ以上、家族を奪われるのは耐えられない。母を失えば独りぼっちになってしまう。

彼女を救うためならばなんでもすると覚悟を決め、麻希は速度を上げた。

## 7

爆発は青梅《おうめ》市郊外の食品販売所で起こった。正確には敷地《しきち》の外、店舗の裏手に面した雑木林から爆発音が響き、地面を揺らした。通報は五分後、午後四時三十五分。すぐさま最寄り署の警官、消防と救急が駆けつけた。怪我人《けがにん》も火事も出なかったのは幸いだったが、これが唯一の爆弾でないかぎり、柴咲奏多が同様のものを104号法廷に持ち込んでいる可能性は高まった。

〈ほかにないともかぎらん〉

管理官の神経質に尖った声が高東の耳を打つ。外に仕掛けられた爆弾がひとつだけである保証はないという意味だ。

「電話を受けた女性は何者なんです?」高東も早口になる。五時の通信まで残り十分をきっている。

〈柴咲冴子《さえこ》。奴の義理の母親だ〉

「すると――」

〈狙われたのは柴咲の両親が入会しているオーガニック関連団体の販売所とみて、まず間違いない〉

解除コードとして教えられた番号は母親のものだった。それはダミーにすぎず、爆弾はたんにタイマー式だったか、104号法廷から密《ひそ》かに起爆装置へ電話をかけたかしたのだろう。スマホを起爆装置に使うのはスズキ事件でも用いられた方法だ。

自宅アパートの爆弾が、これで安全になった保証もない。

〈母親の聴取内容は随時そちらに報せる。高東〉

苦虫を嚙み潰すような間があった。

〈油断するなよ。予想以上に、奴は厄介かもしれん〉

いまさら何を。だが高東自身、突きつけられた現実に身震いする思いがあった。柴咲はたしかに爆弾を所持し、そして爆発させた。町から離れた販売所の、さらにひと気のない場所を選んではいるものの、被害が最小限に済んだのは結果論でしかない。たとえ怪我人や死人が出ても「かにらんだ。
いいながら、メモ紙の束を抱えた類家がそばに陣取った。その邪魔くさい天然パーマを高東は
「三分前です」
まわない」と奴は考えているのだ。

「もう一度お返しします。サポートがわたしの役割である以上、アドバイスはします。採用する
かしないかは、高東さんが決めてくれたらいい」

「もう一度いっておく。よけいな口出しはするな」

想定どおりの小癪《こしゃく》なやり取り。皮肉にも、それが平常心をよみがえらせてくれる。

類家の手もとにはメモ紙のほか、タブレットPCが用意されていた。インストールされた情報
集約アプリは各所で行われている聴取や捜査の情報を随時更新し、リアルタイムで閲覧できる仕
様になっている。生体認証と暗証番号をパスすればタブレットやスマホからでもアクセス可能
で、スズキ事件でも使われたものである。

残り一分。

「類家」

ビデオ通信に柴咲が参加するのを待ちながら、訊きそびれていたことを思い出す。

「前回の通信で、おまえ、何を『おかしい』と感じたんだ?」

だぼだぼの背広を前かがみに丸め、真剣な表情で類家は答えた。「わかりません」

「――冗談か?」

「いいえ。でも、おかしい」

横目でうかがうと、丸眼鏡の奥の瞳が食い入るように配信に映る柴咲を見据えていた。上司や先輩に物怖《ものお》じせず、慇懃《いんぎん》無礼《ぶれい》な態度で我を押しとおす変わり者。人間性に懸念《けねん》あり。警察組織においては致命的ともいえる欠点をもちながら、それを補うぶっ飛んだ頭脳はスズキ事件でも大いに発揮されたと聞く。奴を追いつめたのが清宮ではなくこいつだとされているのも、根拠あっての噂であった。

その小男が、「わからない」とつぶやいている。たんに柴咲が特殊なのか。それとも類家が冴えていないのか。

スズキタゴサクというノイズがセンサーを狂わせているんじゃないのか？

買《か》い被《かぶ》りすぎないほうがいい――。高東は密かにいい聞かせた。かつて清宮も危惧していた。新人だった類家に対し、その能力を最大限に評価しつつ、「いずれあいつは、自分の頭脳が通じない事件に出くわすだろう」と。

ビデオ通信用のディスプレイに柴咲が現れた。

「視聴者数が三十万で止まってますよ、高東さん」

挨拶もなく切り出し、「接続できないという不満もＳＮＳで散見されています」

「サーバーの増強を頼んでいるところだ。技術的に、どうしても時間がかかる」

「なるほど。でも不履行は不履行です」

あまりにもあっさりというものだから、一瞬その重大さをつかみ損ねてしまう。

「柴咲さん――」

「ねえ、高東さん。『萌黄《もえぎ》ファーム』で死者は出ましたか？」

世間話を楽しむように、柴咲は画面の奥へ歩いた。

捜査段階の爆発事件について、どこまで世間の耳目に晒《さら》すべきか。

逡巡を、高東は素早く切りあげる。

「――みな無事だよ。それに萌黄ファームさんの敷地で爆発があったわけでもない」

「残念。あんな悪辣《あくらつ》な連中は、少しくらい痛い目をみたほうがよかったんですけどね」

柴咲が、空の台車を引いて戻ってきた。二係の刑事が水と食料を運んだものである。

「ちょっとだけ愚痴をこぼさせてください。萌黄ファームは有機農法と化学調味料の不使用によって、健康で美味《おい》しい食の提供を謳《うた》っている団体です。でも実態は、ようするに健康不安や育児不安につけ込んだカルトにすぎない。丸め込んだ会員を便利な兵隊に仕立て上げ、次のカモを探させるやり方は完全にマルチです。出処の知れない水やら野菜やら味噌《みそ》やらを、ずいぶん荒っぽい値段で会員に爆買いさせて、会員は抱えた在庫を必死に売りさばいているわけです。これは善き事だと信じきってね。耳触りのいいスローガン、いかにもフレンドリーな雰囲気を偽装していますが、正体はたんなる金儲《かねもう》け集団だ。会長はザ・成金《なりきん》のスケベ親父って面ですよ。ぶくぶく太って、どこが健康なんだって感じのね。みなさん、ぜひ検索してみてください」

証言台の前に台車を置いて、柴咲はカメラを向いた。「父親は幹部――いわゆるメンターってやつですか？　そんなポジションの人間で、おまけに健康より闘争に発情した過激派だった。そんな男を重用していたんだからお里が知れるってもんです。まったく、真面目にやってるオーガニックの人たちが気の毒になりますよ」

かぶりをふって、柴咲はスマホを手にした。何気なく画面を見やるその口もとが、妙にくっきりとほころんだ。

「まあ、どこの界隈にも迷惑な輩《やから》が一定数いるってことです。警察だってそうでしょ？　汚職にセクハラ、証拠の捏造《ねつぞう》までよりどりみどりだ。ある一定数の愚か者のせいで、組織全体が白い目で見られるわけです」

「……耳が痛い話だよ」

「ぼくは小さいころ、宇宙飛行士になって火星へ行くのが夢だったんです」

唐突に話題を変え、柴咲は微笑《ほほえ》んだ。自分の台詞が、ちゃんと高東に届いたのを確認するような間があった。

「だってカッコよくないですか？　宇宙服を着て、スペースシャトルに乗り込む姿に、子どもの胸はときめきました。いまの人類の科学じゃ火星へ行けそうにないと知ったのは中学です。ぼくが生きているあいだには、月へ移住できるかも怪しいってね。何よりコックピットにたどり着くまでに越えなきゃいけないハードルの数と高さに絶望しました。肉体も知性も、それを得るための時間とお金も」

「――よくわかるよ。おれはジョッキーに憧れていた」

「へえ、競走馬の？　何かきっかけが？」

「君とおなじさ。小学生時代――」

「あ、はい、けっこうです。じゃあ償わせますね」

え？　と高東は絶句する。

「最後尾七列目、左から八番目のあなた。こちらへいらしてください」

「柴咲さん！　サーバーはすぐ増強する」

柴咲は相手にしてくれず、傍聴席へ話しかける。

「来てくれないとこのお嬢さんが痛い思いをします。かといって、あなたも無事で済むわけじゃない。つまり拒否しても、誰も何も得をしないシステムなんです」

柴咲が警棒をふる。「そう青い顔をなさらずに。ぼくだって、なんの理由もなく高東さんに指名されてしまったあなたには同情しています。だから、罰は一回こっきり。これが終わったら外へ解放して差し上げましょう」

展開の速さに振り落とされそうになる。柴咲に悩むそぶりはいっさいない。萌黄ファームや夢の話は余韻すら残さず去ってしまった。

これも、予定どおりの進行なのか？

「もちろん、命を奪うこともしません。怪我もない。おとなしく身を捧げてくれるなら、その点は保証します」

いって傍聴席のほうへ銃口を定める。

「そう。それが賢い選択です。たいへんな勇気です。みなさん、彼を称賛してやってください。ほら、拍手！」

方々から、ぎこちなく手を叩く音が響いた。疑心暗鬼に満ちたセレブレーションのなか、やがて画面に男性の背中が入り込む。細身な身体、小奇麗な身なり。

「お名前は？」

「……田畑《たばた》です」

「ああ、背中を向けてちゃもったいない。カメラに向かって名乗ってください」

ためらいながら、田畑はふり返ってカメラを向いた。柔和そうな顔立ちだ。年齢は高東と似たり寄ったりといったところだろう。

「田畑、克也《かつや》です」

「お歳は？」

「四十三です」

「ご職業は？」

「――ライターです」

「へえ。そのわりに、一般席にお座りでしたね」

「ウェブの、フリーで」

「ああ、なるほど。記者クラブに入れない身分というわけですか」

「柴咲さん。おかしな真似はやめてくれ」高東は割り込んだ。「お願いだ。話し合おう」

「話し合い？　その段階は過ぎました。正確にはあなたたちが拒否したんです。どんなかたちであれ、ぼくの要求を満たせなかったんですからね。ぼくも残念に思いますが、感情を交えてはいけません。契約とはそういうものじゃないですか？」

銃口が、田畑を狙う。「これ以上ごちゃごちゃ言い訳をするなら、それも粗相と見做します」

高東は言葉を失う。田畑は全身を震わせ、それでも気丈に立っていた。

何もできない。しないほうがいい。黙って見ているのが最善。くそったれ！

「田畑さん、ここに座ってください」

銃口が台車を指した。田畑が訴えるような顔で柴咲を見た。

「約束は守ります。なぜならそれが、ぼくのアイデンティティだから」

よせ！　と叫びたくなる感情と、黙って従えと諭したい理性がせめぎ合う。ここまで断言したのだから、柴咲は約束を守る。だがそれは、刑事に許された期待ではない。

恐る恐る、田畑が台車に腰を下ろした。「手を後ろに」と柴咲が命じた。田畑がそうすると、台車の裏にかがんで何事か作業をする。

『てじょう』

視界の端のメモ紙に、類家が乱雑に書き殴る。ビデオ通信のカメラでは判然としなかったが、配信画面の画角ならどうにか見える。柴咲は台車のハンドルの後ろに回した田畑の両手首を、刑務官から奪った手錠でつないだのだ。

何をする気だ？　高東の疑問をよそに、柴咲はふたたび画面の奥へ向かった。無造作に置かれた段ボール箱を開ける。中から二係が届けたチリップスの袋をつかみ、台車のもとへ戻ってくる。

そして袋を開ける。

「口を開けろ」

冷徹な声色。田畑は涙目で歯を鳴らしている。

「銃弾とチリップスのどっちがいい？」

田畑が震えながら口を開ける。「もっと大きく」柴咲が叱責する。

「チリップスを、まずはひとつかみ」

見せつけるように袋をカメラに近づけてから、中に手を突っ込む。

「チリップス、チリップス」

歌うように唱え、つかみ取ったチリップスを口の中へ押し込む。田畑が咳《せ》き込《こ》む。「こぼすんじゃねえ！」柴咲が怒鳴る。「チリップス、チリップス」唱えながらもうひとつかみ。「チリップス、チリップス」口へねじ入れる。「チリップス、チリップス。おい、おまえらも声を出せ！　チリップス、チリップス！」三度目、四度目。「チリップス、チリップスだっつってんだろ！　おまえらが手を抜いてたら田畑の脳味噌《のうみそ》が弾け飛ぶぞ！」

チリップス、チリップス……蚊の鳴くような斉唱がはじまる。「声出せっつってんだよ！　チリップス、チリップス！」田畑はもうぐしゃぐしゃに泣いている。咀嚼《そしゃく》もままならずチリップスが口もとからこぼれ落ち、そこへ容赦なく柴咲が次のチリップスを押し込んで、ねじ込んで、チリップス、チリップスの斉唱をうながす。高東の拳は潰れそうなほど固くなっていた。顎が壊れるまで歯を食いしばらないと暴言が漏れてしまう。

「はい、おしまい」

いって柴咲は、手に付いたカスを払った。ゲホゲホと、むせ込む田畑の背後にしゃがんで手錠を外す。

「よくがんばりました。立てますか？」

解放された田畑は倒れ込み、それでも「はい」と弱々しく返した。優しげな調子に反し、よろけながら立ち上がる彼を柴咲の銃口はしっかりと捉えている。

「これで視聴者五十万人に達しなかった高東さんの罪は償われました。田畑さん、どうぞあちらの扉からお帰りください」

いいんですか？　半信半疑の瞳に柴咲がうなずく。「ぼくはルールを重んじます」

田畑は、いったん傍聴席や審理場の面々を見ようとし、すぐにうつむいた。まるで安全を手にした自分を恥じるように。

「あ、そうそう。最後にカメラに向かって一言、笑顔でチリップスのキャッチコピーをどうぞ」

もう、田畑に意思は残っていない。いわれるまま正面を向き、涙と鼻水と涎《よだれ》にまみれた顔でCMの台詞をいう。「辛くてしゃっきりチリップス」

こうして田畑は、弁護人席側出入口から悪夢の104号法廷をあとにした。

隣で類家がタブレットから指示を送っている。被害者保護、治療、できるなら聴取――。

そうした手続きを思い浮かべる一方で、高東の神経はぐつぐつと脈打っていた。柴咲のやり方は、暴力としてはマシな部類だ。あの空間から解放されるなら、悪い取り引きではないかもしれない。

だが、尊厳はどうか。永遠にアーカイブされる醜態を、何十万人に晒した人間の心は。

それを眺めていることしかできなかった、自分は。

変態野郎、ぶっ殺してやる！

感情をぶちまけていいなら、どれほど楽か。

「柴咲さん」落ち着いた声が出せた。「もう一度、話し合いましょう」

「あれれ？」柴咲の顔が画面に迫った。「どうしたんです？　言葉遣いが変わりましたよ、高東さん。もしかしてびびっちゃいました？」

「ええ、びびってます」

高東の頭から、好奇の餌に群がる聴衆や警察の威信だとかはきれいになくなっていた。徹する。手練手管でも取り引きでもなんでも使って、被害を少しでも食い止める。

「主導権を握っているのはあなただ。あらためてそれを痛感しました。同時にあなたが、ご自分の決めたルールに則っていることも確信しました。信頼できる相手だと」

だからこそ、と高東は力を込めた。「だからこそ、話し合いたい」

「話し合う？」柴咲が皮肉に唇を歪ませる。「ぼくの望みはずっとお伝えしているはずです。死刑を速やかに執行してくれたら、すべては簡単に終わります」

「あなたの望みと、わたしたちにできること。そのすり合わせをしたいんです」

「余裕ぶっこいてんじゃねえぞ！」

柴咲が喉を震わせた。「いつまでも引き延ばせると思ってんじゃねえ。次はおまえだ。おまえを、おなじ目に遭わせてやる」

大映しにしたチリップスの空袋を、柴咲は警棒で床へ殴り落とした。

「七時だ。あと一時間ちょっとのあいだに行動を起こさないなら交渉の余地はない。全国民が向こう三十年、おまえの名を耳にするだけで吐き気をもよおす残酷ショーを披露することになる。その覚悟をしておけよ」

唾を飛ばし、そしてまた激情と冷静が入れ替わる。

「いいですね、高東さん。あなたの誠意に期待しています」

「母親と話す気は？」

柴咲の、ビデオ通信を切ろうとする仕草が止まった。

「――ずいぶん、つまらない質問ですね」

「こういうときの常套《じょうとう》手段なんです。下手な真似をして、あなたを不愉快にさせたくないから確認しています」

「ははっ！　英断です。いきなりあの女が画面に現れたら、たぶん誰かが償いをする羽目になったでしょう」

ぶんと警棒を素振りする。「どうせ聴取するんですよね？　でも無駄です。ぼくがあの女について話すことがないように、あの女もぼくについて話せることは何もない。ぼくらは家族ごっこと呼ぶのもおこがましい関係だったんです。それこそ地球と火星くらい離れた距離で」

「希望しないんですね？」

「声が聞こえただけでもペナルティです」

そのとき、視界にメモ紙が滑り込んできた。『つぎを1・2』

「――次を、選ばなくていいんですか？」

次？　と柴咲が怪訝そうにする。

「次に、不履行を償う人物です」

柴咲の表情が固まった。高東こそ、全身に怖気《おぞけ》と後悔が走っていた。類家のメッセージを読み解いてしまったこと、それを口にしてしまったこと。

当然、コメント欄は見られない。

「さっきの彼は、わたしが選んだ。次はちがうんですか？」

「――なるほど。すっかり忘れていました」

やめろよ！　叫び声がした。画角の外、人質が座る傍聴席から男の癇癪が響く。何考えてんだよっ！　なんでそんなこと訊くんだよ馬鹿野郎！

「黙れ」

柴咲がそちらへ銃口を向けた。

「柴咲さん、ルールを守ってください」

「わかってますよ。でも、これで高東さんの責任は少しばかり軽減されることになりそうです。次の人身御供《ひとみごくう》は決定しました。そこの、うるさくした彼です」

「柴咲さん――」

「ああ、そうそう、忘れるところでした」ヘッドセットのイヤーパッドを、拳銃のグリップでこつんと叩く。「ぼくにも不履行がありましたね。解除コードといいながら、爆弾を爆発させてしまった罪です。代償として、人質を解放します。弁護士さん、検事さん、それに書記さん。あなたたちはお帰りくださってけっこうです」

法廷内のざわめきが伝わってくる。指名された検察官らも困惑を浮かべている。

柴咲は傍聴席を見回し、

「傍聴人からも一名。そうだな。――じゃあ、手前から二列目、左から十二番目のあなた」

ふたたび、静かなざわめきの気配がする。

「そう、あなたです。早くこちらへきてください。こちらへきて、カメラに向かってお名前を」

画面の左手から、よたよたと現れたのは五十代ぐらいの女性だった。および腰のまま、カメラの正面に立つ。手入れが行き届いていそうなパーマ、上品なセーター、ネックレス。化粧だけが涙で崩れている。

「さあ、お名前を」

「——江嶋《えじま》、かおるです」

「はい、けっこう」

口調が変わる。

「さっさと出ていけ。ぼくの気が変わらないうちに」

ビデオ通信が途切れた。


「予定どおりなんでしょうね、これも」

せわしなくタブレットPCをいじっている類家に「どれがだ」と高東は吐き捨てた。目標に達しなかった視聴者数、萌黄ファームに対する痛罵、チリップスによる制裁、弁護士や検察官らの解放……。

「ほとんどすべて」タブレットとにらめっこをしながら類家が応じた。「とくに人質の解放はマストだったはずです。前後を挟まれたかたちで百人をコントロールしつづけるのは至難の業だ。すでに立てこもりから七時間ほど経っています。柴咲にも疲労はある。奴自身も空腹やトイレの心配をしなくちゃならない」

排泄《はいせつ》を抑える薬はある。しかしそれだって限界はあるだろう。共犯者と交代で済ますにしてもリスクは高い。

「オムツをしている可能性もありますが」

「垂れ流す覚悟なのかもしれん」

「それはない」

断言に、高東は目顔で根拠を求めた。

「奴は見映えを気にしています。視聴者が離れる粗相はしません」

「――人質が傷つく姿より、クソのほうが見るに堪えないってわけか」

「残念ながら、エンタメ的には」

エンタメ。けっきょく、そこに落ち着くのか。死刑執行云々《うんぬん》や法制度への疑義、両親への恨みもぜんぶ自己顕示欲の燃料にすぎず、まともな目的すらもたない劇場型犯罪者。それが柴咲の正体なのか。

しかし、類家の見立ては迷走している。初め、こいつは柴咲には明確な目的があると踏んでいた。見映えを気にしているという推測自体、どこまで信頼できるか疑わしい。

「田畑や江嶋と話しますか？」

事務的な問いかけで現実に引き戻される。次の通信まで五十分。直接話を聞きたいのはやまやまだったが、いまは交渉の準備をすべきだ。

「望月さんたちに頼んでくれ」

「わたしが行きましょうか？」

類家が、ごく自然な調子でお伺いを立ててきた。

「なぜだ？」

「なぜも何も、たんに望月さんたちより近くにいるからです」

高東の右腕はいまも警察庁庁舎で関係者を相手にしている。田畑に加え、今回解放された人質は十人弱。小間使いの猫屋を足しても人手は足りない。

しかし高東は、そのもっともらしさに作為を嗅いだ。

「おれに、駆け引きをするなよ」

にらみつけると、類家はあきらめたように息をついた。

「スズキの様子をくわしく知りたかっただけです」

たしかに、それは今回の通信で確認できなかった重要事項のひとつだ。配信画面にはだらしなく横たわる両足と盛り上がったビール腹しか映っておらず、微動だにしない下半身からその生死を見定めることは叶わなかったが――。

「望月さんたちでいい。おまえは、ここで情報収集と分析だ」

わかりましたの返事に反発の響きはないが、それでも釘《くぎ》を刺さずにいられなかった。

「スズキにこだわりすぎるなよ」

「わかってます」

ほんとうに？　説明し難い不安が胸の中で靄《もや》になる。

だが高東こそ、類家にこだわっている場合ではない。やらねばならないことがある。

「五十万人か」

つぶやきが、立ち上がりかけた高東の邪魔をした。

タブレットをいじる指を止め、類家は呆けたように宙を見つめている。

「セックス、上を向いて歩こう、宇宙飛行士……」

「おい、何をいってる？」

「いえ、なんで柴咲は同接を五十万で良しとしてるのかと思って」

同時接続者数の要求を、そんな視点で考えるのは初めてだった。

「承認欲求が目的なら百万でいい。キリもいいし、いうだけならタダです」

「……さすがに現実的じゃないと思ったんじゃないのか？　三十万でもそうとうな数だ」

ストリーミング配信の相場など高東は知らないが、百万人が簡単な数字でないことぐらいはわかる。

「五十万が達成されないのを奴は想定していた、じゃないと田畑を制裁できない……」

「待て。田畑の制裁自体が目的だったというのか？」

しかし類家は答えない。じっと顎を上げ、目に見えない何かと交信している。

高東には、その疑問がピント外れに思えてならなかった。田畑が被害に遭ったのは高東が指定してしまったせいだ。初めから奴を標的にしていたというのは無理がある。

「同接の数字に意味なんてない。どうせ誰かがアーカイブに残すんだからな。それより江嶋が選ばれた理由のほうが気になる。家族にも連絡を取って、柴咲との関係を洗うよう指示しておけ。念のため田畑もな」

了解ですとうなずく様は落ち着き払っていた。すでに手配済みなのだろう。

指揮車のドアへ向かう。

「どちらへ?」

背中に投げられた声を無視してドアを開けたとき、

「確実にチャンスをつくる方法ならあります」

類家の追い打ちに後ろ髪を引かれた。ふり返ると、まっすぐに目が合った。すべてを見透かしたような顔つきだった。

「我々に、痛みを引き受ける覚悟があるなら」

高東は外へ出た。類家のいわんとすることが理解でき、それゆえに足取りが荒れた。

十メートルほどの距離に地裁の建物がある。いたるところに、それと対峙する警官の姿がある。彼らの後ろを高東は突っ切ってゆく。

「あ、係長」

猫屋がどこからともなく寄ってきた。「ご相談が」

「飯は?」

「え? はい、まさにそのご指示をいただきに――」

「すぐ用意しろ。現場に近い順からさっさと食わせて、全員万全の準備をしておけ」

呆気にとられる猫屋を置いて、高東は走りだす。地裁の包囲には最終的に千人近い警官が動員されている。建物自体を四百人から、北の内堀通《うちぼりどお》り、東の都道301号、西の桜田通りに南は国《こっ》会通《かいどお》りまでパトカーと警官が張り付いている。加えて救急、消防、爆発物処理班が待機し、指揮車の背後に建つ弁護士会館のテラスや周辺のビルには上空からの撮影班。握り飯を配るだけでも大仕事だが、ここは無理を承知で猫屋に踏ん張ってもらわねばならない。

走りながら電話をかける。すぐに管理官が応答する。〈状況は最悪だ〉ありがたい第一声を聞き流し、高東は腹に力を込めた。「これから二係の甲斐さんと打ち合わせをします」

管理官は黙った。こちらの意図を正確に読みとった沈黙だった。

上司の逡巡を蹴散らすべく、高東は告げた。

「急襲作戦を練ります」

※

「ええ、信じます。必ず無事に帰ってくると」

父の槙夫《まきお》は電話をしながら帰ってきた。東京地裁から自宅まで車で二十分もかからないから、彼が地裁を出たのは犯人が江嶋かおるを解放した直後だと、速雄《はやお》は頭の中でざっと計算をした。

「はい、わかってます。すぐに」

いって父は廊下に立つ速雄に気づき、狼狽した仕草でスマホの送話口を隠した。「部屋へ戻ってろ」と叱る口調で命じ、自分の書斎へ入ってしまう。

昼に104号法廷が占拠されたと父から報され、速雄は大学を早退した。母はスズキ事件で彼女の兄を亡くし、遺族会の一員として公判に通っていたのだ。

危ないから現場にはくるなといわれ、さっきまで家でひとり、ライブ配信の動画をじりじりと見つめていた。

「父さん」

呼びかけて書斎を開けようとしたが、鍵がかかっている。なんで父は、地裁から帰ってきたのだろう。売れっ子デザイナーの彼だから、外せない仕事が入ったとか？

あり得ない、と速雄は否定する。息子の自分が呆れるくらい、父は母にぞっこんだった。そろそろ熟年といわれる年齢なのに、手をつないで買い物に出かけるぐらいに。

「父さん？」

もう一度呼びかける。警察から、何か情報を得たのだろうか。そしてそれは、息子には伝えられない内容で……。

「父さん！」

不安に駆られ扉を叩くが、中から応答はなかった。

## 8

「あなたは残ってください」

高東との通信が終わり、江嶋かおるたちが弁護人席側出入口を出ようとしたまさにそのとき、柴咲は弁護士の重盛を引き止めた。「最後の仕事をしてもらいます」

銃口を向けられたまま、重盛は水が入った段ボール箱を運ばされた。一列に一箱ずつ置かれていく箱の中から、端に座った沙良は柴咲の指示でペットボトルを一本取り出した。それを横へ渡す。十四番目の左端まで、二本三本と流してゆく。二列目、三列目もおなじようなリレーを繰り返し、やがてペットボトルが人質全員にいき渡る。その様子を柴咲は証言台のそばから見守っていた。

「ご苦労さまです。あなたがここから去ることを、きっと視聴者は責めないでしょう」

カメラへ後ろめたげな視線を送りつつ、重盛はそそくさと104号法廷をあとにした。

「では一列目のみなさん、どうぞ水を飲んでください。時間は一分。先ほど説明したとおり、おかしな動きがあった場合は罰が発生しますのでお気をつけて」

はじめ、と合図があって、沙良たちはいっせいにペットボトルの蓋を開けた。水はまだ充分に冷えていて、カラカラの喉が潤いに震える。止まらない。飲み干したくなる衝動を自制したのは、トイレへ行かないためだった。自分が席を外しているあいだにほかの誰かが傷つけられる事態は避けたい。人質の粗相を代わりに償う人身御供。課せられた任務だと、沙良は無理やりに思い込もうとしていた。そうでもしないと、心がもたない。

「そこまで。一列目は終了です。姿勢を戻してください」

ペットボトルを床に置き、いわれるまま頭を下げて目の前の仕切り柵に両手をのせる。二列目に許可が出て、背後からペットボトルの蓋をひねる音、水を飲む音がする。飲み足りなさはあったものの、それでも水分は、沙良ののぼせかけた頭を多少なりとも冷ましてくれた。

考えろ。役に立つか立たないかはいったん脇へ置いて、状況を把握しろ。いずれきちんと証言できるように。何よりも正気を保つために。

三列目、四列目と順番が進んでいる。柴咲は監視の目を休めていない。その油断のなさに、まず気づく。このために審理場の人質を解放したのだ。水を飲ませるというステップを無事やり過ごすのに、前後を挟まれた状態ではいつ不意をつかれてもおかしくない。

考えてみれば、いくら武装しているとはいえ百対二。多勢に無勢の側に立つ不安をすっかり見落としていた。柴咲にとって、水の入ったペットボトルは武器だ。たとえばいま、何十人かがそれをいっせいに投げつけたらどうか。同時に前後から襲われたら？　柴咲が証言台から離れないのも、そこにある爆弾と思しき水筒をいつでも起爆できるのだという牽制《けんせい》にほかならない。

現実的には、行動を起こすリスクは高い。さっきの高東とのやり取りで、外で爆発があったことを沙良たちは聞かされた。そう。文字どおり「聞かされた」。柴咲は間接的に爆弾の信憑性《しんぴょうせい》を伝え、法廷内のイニシアチブを強く握り直した。

田畑というライターに対する制裁も、おなじ効果があった。同時に、彼を約束どおりに解放した事実が、ある種の秩序をもたらしている。おとなしくしていれば、むやみに傷つけられないし、水も飲ませてもらえる。あるいは江嶋のように、運よく無傷で解放されるかもしれない。命までは奪われない。スズキのように、よけいな真似をしないかぎりは。

いや、ちがう。あの銃撃がパニックを生まなかったのは、撃たれたのがスズキタゴサクだったからだ。夥《おびただ》しい数の死傷者を出した犯罪者、おそらく死刑になる極悪人。だから、仕方ない。自業自得。一般人が被害に遭うのとはちがう。

沙良自身、それを否定できない気持ちがあった。田畑とスズキ、どちらかを標的にと問われたら、間違いなく、スズキを差し出す。

ならば自分は？

右肩の痛みを思い出す。柴咲がふり下ろす警棒に手加減はなかった。頭部をやられていたら、意識を失う程度で済んだとは思えない。

あのとき、この法廷にいる何人が、配信を観る何万人が、「こいつは警官だから仕方ない」と思っただろうか。

ふっふと、呼吸が乱れる。急に背筋が冷たくなり、心細さに襲われる。

スズキの下半身が目に入る。沙良の位置からは長椅子が邪魔をして頭部は見えない。あそこに倒れているのが、倖田沙良であってはならない理由などあるのだろうか？

一方で沙良は、スズキがああも簡単に撃たれた事実を受け止めきれずにいた。

柴咲が倒れたスズキに近寄っていったとき、とっさに腰が浮きかけた。伊勢が左手首をつかんで止めなければ、「やめろ！」と叫んでいたかもしれない。

最初の老人が殴られたときも、田畑のときも、自分はただ傍観していた。なのにスズキがとどめを刺されると思った瞬間、反射のように身体が動いた。

けっきょく柴咲は顔を寄せ、スズキの状態を確認しただけのようだったけれど、スズキの無事を願った気持ちが警官の常識的なそれなのか、もっと個人的なものなのか、見極めるのが怖かった。

「五列目、どうぞ」

この考えは駄目だ。むやみに物事をこねくり回し、暗いほうへ暗いほうへ、気持ちをもっていこうとしている。

かつての自分はもっと能天気だった。たかだか数年の交番勤務でも、つらいことやひどい事件はそれなりに経験してきた。そのたびに素朴な怒りを沸騰させた。哀《かな》しみにふさぎ込むこともあったけれど、雑事に身を任せ、たまに道場で汗を流せば次へ進めた。

去年の爆弾事件で、自分の無力と浅はかさ、獰猛《どうもう》さと狡《ずる》さを知った。大事な人とそうじゃない人の線引きが、たしかに存在している事実を突きつけられた。

スズキが逮捕されたのち、沙良は監査対象となり、並行して治療を受けさせられた。心的外傷後ストレス障害――ＰＴＳＤ。二度も爆発に巻き込まれ、一度は目の前で同僚が重傷を負う現場に居合わせたのだから当然だろう。その後の問題行動もふくめ、おそらく復職は難しい。最低でも内勤に飛ばされる。じっさい沙良は沼袋《ぬまぶくろ》交番から外され、いまは庶務課に籍を置いている。だがそれは、裁判が終わるまでの暫定的な措置だと聞かされていた。異動の直前、希望するなら現場に戻してもらえると野方署の刑事課長から耳打ちされた。その代わり、スズキの裁判で証言する。一言一句、組織が望むかたちで。

自分がどうしたいのか決めきれないまま、その提案にうなずいた。

「六列目、どうぞ」

怖いほど、沙良には後遺症がなかった。街中でふいに大きな音がしても以前と変わらず「うおっ」と驚き、なんでもないとわかるや平然と歩いていける。テレビで爆発の映像が流れても、映画のドンパチを目にしても、心はまったく乱れない。そこにこそ何がしか根本的な乱れがあるんじゃないかと疑いもしたけれど、平熱に「おかしい」と文句をいってもはじまらない。いささか刺激に欠ける事務仕事をこなしながら、日常は日常の顔をして過ぎていった。

それでも折にふれ、見慣れぬ倖田沙良と出くわすことがあった。子どもの虐待死を報じるニュースを見て思う。かわいそうに、運が悪かったね――。性加害で五回も訴えられた金持ちの息子が五回とも不起訴になったと知ったとき。仕方ないよ、世の中ってそういうものだから——。あきらめで傷を隠そうとするように、しょせん他人事《ひとごと》だと割り切る声は、いつもひどくのっぺりとしていた。匂いのない声だと沙良は感じた。汗も血も香らない、言葉が言葉どおりにしか響かない声。

その声が、仕切り柵に手をかけた自分に話しかけてくる。誰かの粗相を肩代わりする憐れな人柱に、かわいそう、でも仕方ない、運が悪かったんだ、どうしようもないね——と。

「七列目、どうぞ」

ふと、違和感を覚えた。腕に止まった蚊が、血も吸わずにじっとしているようなむず痒《がゆ》さ。なんだ？　何が引っかかっている？

沙良はこの籠城がはじまってからの人の動きを計算した。最初に解放されたのは警備員、地裁職員、刑務官、法壇にいた裁判官や裁判員たち。そして柴咲の隣に座っていた老年の男性。さっきの回で田畑、江嶋、弁護士や検察官らが解放された。法廷内にはふたりの犯人以外に、九十三人の傍聴人がとどまっている。

沙良が目をつけられたのはスズキのよけいな言動と、一列目一番目という場所のせいだろう。角席は、両サイドを挟まれた席に比べて邪魔が入る恐れが低く殴りやすい。

田畑は七列目、八番目の男。高東によって指定された「人身御供」で、ここに作為はあり得ない。彼はツイてなかった。いや、あの程度で解放されたのだからラッキーというべきか。

だが、江嶋は？

江嶋を指定したのは柴咲だ。前から二列目、左から十二番目の女。彼女はなんの代償も支払わずに解放された初めての傍聴人といえる。正真正銘のラッキーガール。いかにも一般人然とした風貌で、ガールという歳には見えなかったけど……。

あっと声をあげそうになる。二列目、十二番目。柴咲から見て十番目より右側は、報道と被害者遺族の区画になる。江嶋の服装と雰囲気は、ジャーナリストどころか勤め人ともちがっていた。多分に偏見ぶくみではあるものの、的外れではないだろう。

つまり、被害者遺族なのだ。スズキの爆弾によって亡くなった誰かの家族。

思い返すと、最初の老人もそうだった。彼が「柴咲くん？」と話しかけたから、沙良たちは日本中の誰よりも先に犯人の名前を知った。いい換えるなら、柴咲は被害者遺族と、顔と名前を知られる程度には親しくしていたと考えられる。

次のステップは速かった。「一から九までの数字」。柴咲が、人身御供を高東に決めさせたときに使った台詞だ。キリのいい数字を挙げただけかもしれないが、それによって高東は、どうやっても被害者遺族を選ぶことができなかった。

前から二列目、左から十二番目のあなた――。

沙良は、ようやく自分の引っかかりにたどり着く。

柴咲は、なんで江嶋を名前で呼ばなかったんだろう。どうせカメラの前で、それをいわせる手はずだったのに。

江嶋のことを知らなかった？　名前をど忘れした？　たんなる気まぐれ？

もし、そうじゃなかったら。

柴咲が、偶然を装うために名前を呼ばなかったのだとしたら――。

「はい、そこまでです」

柴咲の号令に、水を飲む音がやむ。七列目の面々がキャップを締める気配を背中に感じながら、沙良の思考はフル回転していた。

これを、高東に伝えるすべはないだろうか？

「お手洗いを希望の方は？」

「はい」

反射的に、沙良は手を挙げていた。意外そうに眉をひそめる柴咲と目が合って、演技ではなく挙動不審になってしまう。

「――漏れそうです」

※

急襲部隊が待機する二台の装甲車は、地下駐車場の隅に駐められていた。１０４号法廷まで全力で駆ければ三分とかからず、野次馬の目も届かないおあつらえ向きの場所である。厳密には館内を無人にしておけという柴咲の指示を破っているが、ここを譲っては話にならない。

特殊犯二係の面々は装備を整え、いつ起こるか知れない不測の事態に備えていた。甲斐が乗る一号車には五名。ピクニック気分では困るが、いささか張りつめすぎている。彼らを率いる甲斐にとって、隊員のコンディションを整えるのも重要な任務であった。

とはいえ、この状況ではやむを得まい。ついさっき、装甲車に乗り込んできた高東が「急襲作戦を立てる」と宣言したばかりなのだから。

装甲車の荷台に設置した簡易テーブルに、東京地裁の図面を広げる。１０４号法廷に出入りする扉は奥の裁判官席にひとつ。審理場の弁護人側、検察官側にひとつずつ。傍聴席後方の左右にひとつずつの計五箇所。鍵がかかっていようと突破は容易《たやす》いだろう。

問題は犯人たちのリアクションであり、人質の安否だった。

「柴咲は証言台のそばに。共犯者は画面では確認できていませんが、傍聴席の最後方でにらみを利かせているものと思われます。どの扉から突入するかですが」

「五つとも同時に、がセオリーだな」

甲斐の返答に高東がうなずく。「急襲班の人数は」

「おれを除いて十二人」

「扉ひとつあたり約二名ですか」

「裁判官席のやつは無視してもいいだろう」

四つの扉から三名ずつが同時に突入すれば包囲するかたちになる。

「――いや、裁判官側も要ります。高低差はありますが、奴の背後をとれるかもしれない」

その人員は一係から出すと高東が請け合って、甲斐はスリーマンセル五チーム体制に同意した。

「柴咲の指示で人質は頭を下げています。閃光弾の使用には好条件です」

「弾は？」

「――ＰＧＬのゴム弾をメインにしましょう」

ＳＩＴに許された特殊銃にはＭＰ５もあるが、ＳＡＴのものとはモデルがちがい連射機能を有していない。高東が挙げたＰＧＬ－65は回転式拳銃と変わらない構造の多用途ランチャーで、殺傷力の低いゴム弾の発射ができる。多数の人質がいる状況には適している。

それぞれのチームリーダーに実弾入りベレッタを持たせてバランスをとり、これを上に具申することで決まった。

「犯人の制圧まで、何秒でいけますか？」

「長くて二十秒。これを超えたら失敗といっていい」

じっさいは扉を開けてから五秒間が勝負だ。フラッシュバンで視力を奪い、拘束する。同時に武器を奪う。

「奴の銃はおそらくトカレフの廉価品でしょう。銃弾はフルで八発。すでに二発撃ってますから残りは六発。それより脅威なのは爆弾です。後方に処理班が要りますね」

速やかに犯人と人質を移動させ、入れ替わりで爆発物処理班が爆弾を無力化する。

「突入のタイミングですが――」

ここで高東は言葉を切った。その悩みが伝わってきて、甲斐も唇を結んだ。

爆弾と思しき二本の水筒は証言台に立っている。フラッシュバンの急襲に、多くの者は反射的に身体を丸める。そうとう訓練されていても、これを裏切る行動はほぼ考えられない。一方で、柴咲がその場に倒れ込む拍子に証言台にぶつかり、水筒が地面に落下する事態もあり得る。落下の衝撃が起爆につながる可能性は無視できない。

つまり突入は、奴が証言台とできるだけ距離をあけているタイミングでなければならない。

「柴咲がトイレへ行くのを待つか？」甲斐の無難な提案は、即座に打ち返された。「それは相手も、最大限に警戒しているはずです」

共犯者は法廷に残る。そもそも柴咲が水筒を持って移動するかもしれない。だから二本用意していると考えるのは、けっして考えすぎではないだろう。

べつの狙い目が要る。

「たとえば――」

高東が絞り出した提案に、甲斐は息をのんだ。

たとえば、気の毒な女性警官が誰かの身代わりに殴られているあいだとか――。

それが高東の発想だと、甲斐には思えなかった。彼が師と仰ぐ清宮の思考ともちがっている。誰かの入れ知恵、サジェスチョンを感じずにいられない。

脳裏に、丸眼鏡の奥から実験動物を観察する天パ男の瞳が浮かぶ。

高東が、決心をつけるように「やるしかねえ」と独り言をいう。ヒラ捜査員だったころからの変わらない悪癖だ。

「前回、倖田が傍聴人の責任をとらされて殴られた時間はだいたい一分。柴咲が彼女の席まで移動する時間がせいぜい十秒。ここから１０４へ向かうのでは間に合わない」

「もっとそばで待機しろってのか？　だが、倖田が殴られるタイミングが不確定すぎる」

中と意思疎通ができればこちらから仕掛けることもできるが、現状、その方法はない。

「爆弾がある以上、多少の無理はとおすしかありません」

「それなんだが」と、甲斐は顔を近づける。「あれは本物だろうか？」

「爆弾が？　しかし奴が本物を所持しているのは確実です」

「いや、法廷内に持ち込んでいる水筒がそうだとは確定してない。柴咲が自爆覚悟なのはまだわかる。顔も名前も晒しているんだから甘い見込みは禁物だろう。だが、共犯者はどうだ？　ふたりとも死ぬ覚悟で犯行に当たっていると思うか？」

高東は、一瞬考えるそぶりを見せた。

「おれには、あの二本はブラフに思える」

「――だからといって、作戦は変わりません」

本物と想定する以外にない。たしかに正論だ。

「じゃあ、どうやって倖田に指示を？」

高東に迫ったとき、

「甲斐」

隊員から呼ばれた。この装甲車の荷室の中で、自分を呼び捨てにするのは同期の男だけだ。

物資運搬に備えて背広を着たままでいる福留が、ノートパソコンを見ながらいった。

「倖田が手を挙げているぞ」


倖田の希望が許可され、五分以内というルールが念押しされた時点で館内へ向かうよう命令が甲斐から浅利に飛んだ。浅利に白羽の矢が立ったのは背広のままでいたためで、万一犯人に見つかったとき完全武装の隊員よりは言い訳が利くという判断だった。

郵便はがき

料金受取人払郵便

小石川局承認

1141

差出有効期間
2025年12月
31日まで

112-8731

〈受取人〉
東京都文京区
音羽二—一二—二一

講談社
文芸第二出版部 行

書名をお書きください。〔　　〕

この本の感想、著者へのメッセージをご自由にご記入ください。

〔　　〕

おすまいの都道府県　　　　性別　男　女

年齢　10代　20代　30代　40代　50代　60代　70代　80代〜

頂戴したご意見・ご感想を、小社ホームページ・新聞宣伝・書籍帯・販促物などに使用させていただいてもよろしいでしょうか。　はい（承諾します）　いいえ（承諾しません）

TY 000044-2311

**ご購読ありがとうございます。**
**今後の出版企画の参考にさせていただくため、**
**アンケートへのご協力のほど、よろしくお願いいたします。**

**■ Q1** この本をどこでお知りになりましたか。

①書店で本をみて
②新聞、雑誌、フリーペーパー〔誌名・紙名 〕
③テレビ、ラジオ〔番組名 〕
④ネット書店〔書店名 〕
⑤Webサイト〔サイト名 〕
⑥携帯サイト〔サイト名 〕
⑦メールマガジン ⑧人にすすめられて ⑨講談社のサイト
⑩その他〔 〕

**■ Q2** 購入された動機を教えてください。〔複数可〕

①著者が好き ②気になるタイトル ③装丁が好き
④気になるテーマ ⑤読んで面白そうだった ⑥話題になっていた
⑦好きなジャンルだから
⑧その他〔 〕

**■ Q3** 好きな作家を教えてください。〔複数可〕

〔 〕

**■ Q4** 今後どんなテーマの小説を読んでみたいですか。

〔 〕

住所

氏名 電話番号

ご記入いただいた個人情報は、この企画の目的以外には使用いたしません。

浅利は104号法廷のバックヤードにつながる階段を駆け上がった。与えられたミッションは倖田と接触し、こちらの作戦を伝えることだ。つまり、ある特定のタイミングで、意図的に、殴られてくれ――と。

常軌を逸している。いくら警官といえど、暴行を前提にした作戦なんてまともじゃない。それを機械的に命じる自分が、ひどく薄情に思えてならない。

浅利も配信は観ている。倖田は気丈だ。殴られたときも、泣き言ひとつ漏らさなかった。そして今回、おそらく彼女は偽りの挙手をした。

ちがったら？　ほんとうにトイレに行きたいだけだったら？　あるいはあの状況に耐えられず、もう戻らないつもりで104号法廷を脱け出したのだとしたら。

自分は倖田に、「戻れ」と命じることができるだろうか。戻って、殴られてくれ――。

身代わりになろうとした福留の気持ちがわかった。楽なのだ。処刑台へ誰かの背中を押すよりも、多少の痛みを受けいれるほうが、はるかに。

多少で済むからこその発想だった。銃で撃たれると決まっているなら、身代わりになんてなれない。クビになっても従わない。

そう考えて、浅利はまた自己嫌悪を深くする。

倖田が弁護人席側出入口から104号法廷を出たのは配信画面で確認できている。浅利は水とチリップスを届けるために待機した控室のそばにある手洗いにたどり着き、女子トイレを覗いた。人の気配はない。倖田はまだバックヤードの廊下を歩いているのだろう。犯人たちがあとを追ってきた場合は無線に連絡がくる。104号法廷の爆弾より先に、自分の心臓が破裂しそうだ。

と、無線のイヤホンが呼びかけてきて「ひっ」と声が漏れそうになった。甲斐の切迫した声がする。〈浅利、見られてる。身を隠せ〉

とっさに男子トイレへ逃げ込もうとしたが、それより先にスーツ姿の倖田が現れた。浅利を認め、彼女は一瞬目を見開いて立ち止まりかけたが、かろうじてそのまま歩いた。

倖田は独りだった。けれど浅利は動けなかった。倖田の手にスマホが握られていたからだ。画面を自分自身に向けて固定している。ビデオ通話だ。そう気づいて頭が真っ白になった。

柴咲は、ちゃんと対策を用意していた。スマホのビデオ通話で自分を映させ、外部との接触を阻止しているのだ。当然、音声もつながっているだろう。

倖田はこちらを見ず、唇を真一文字にして女子トイレへ入って行った。浅利はカメラに映らないよう床に這《は》いつくばり、通り過ぎる彼女を横目に息をひそめることしかできなかった。

五分の制限時間が刻々と消えてゆく。このままだとミッションは失敗に終わる。倖田がトイレから出てくるまでにコミュニケーションの手段を捻り出さねばならない。声がビデオ通話に拾われたらおしまいだから無線を使うのもためらわれる。誰にも相談できない。自分で決めるしかない。

浅利は背広から手帳を取り出し、ペンを走らせた。必要なメッセージを書き込んでゆく。だが一点、どうしても決められないことがある。無線を使いたい。声さえ届かないなら――。

トイレの中から、水を流す音がした。反射的に、袖口に通したマイクへ告げる。「浅利です」連続して水を流す音。わざとだ。倖田も知恵を絞っている。

「倖田と会話不能。新しい、端的な合図を」

当初の合図は高東からの「突入準備完了」、倖田からの「状況良し」の返答、そして「決行」の三段階があった。それだと複雑すぎて、文字で伝えきれる自信がない。もっとシンプルな合図がほしい。

無線は沈黙した。水を流す音が消える。三度目はない。くそっと浅利はその場を離れて距離をとった。

ボツっと接続のノイズ。〈合図は――〉一係の高東係長の声。

それを聞きとり、浅利は無線を切る。大急ぎで手帳に合図を書き足し、ページを破る。靴を脱ぎ捨て、靴下で女子トイレへ。音を立てないように、けれど最速で。呼吸をひそめ、トイレへ入る。ページを水に浸そうとして、それも水道の音がすると気づき、とっさに唾をつけた。舌はからからに乾いていたが、無理やりに絞り出し、濡《ぬ》らしたページを洗面台の鏡に貼りつける。

三度目の水の音。浅利は洗面台の下に膝を丸めて座り込んだ。

個室から倖田が出てくる。浅利を捉えた目の端がわずかにぎょっとし、そのまま洗面台へやってくる。

倖田はスマホを自分自身に向けたまま左手を洗った。カメラのレンズを背にした鏡を見つめる。浅利が貼った手帳のページを。

〈何をしてるんです？〉

スマホから声がして、血の気が引いた。

柴咲だ。倖田の挙動不審を見抜かれた？　どこかで自分の姿が映ってしまった？

柴咲が、一拍あけて無機質にいう。〈まもなく残り一分をきりますよ〉

「はい」

と倖田は返した。「戻ります」

硬く、悲壮感すら漂う返事だった。それが手帳のページに書かれた命令に対する応答であることが浅利にはわかった。

倖田が足速にトイレを出る。浅利は震える膝に顔をうずめた。気丈なんかじゃない。覚悟でもない。トイレを去る倖田の足取りは、けっしてまっすぐではなかった。恐怖と痛みの影を引きずっていた。

彼女の返事が、耳にこびりついて離れない。戻ります――。


止まらないタイマーのカウントダウンに追い立てられて、猿橋たちは高円寺のアパートを出た。半径五十メートルの住人が避難済みであることを確認し、そばの青空駐車場からアパートを遠巻きに眺めた。部屋から持ち出せたのは漫画本だけだ。ビニール袋に詰めたそれを、しかし猿橋は検める気になれなかった。

まもなく時刻は午後六時になる。陽は落ちかけ、涼しい風がのんびりと吹いている。タイマーがゼロになった瞬間、このありふれた風景が爆音とともに形を変える未来があまりにも非現実的すぎて、つい、悪い冗談に付き合わされている気分になる。

「面倒なことしてくれるよな」

爆発物処理班の班長が愚痴った。「どうせならタイマーも四時半にしといてくれたら話が早かったのによ」

「それも、柴咲の計画のうちなんですよ」

三脚にくっついたタイマーが四時半の設定だったら、自分は指示された番号に電話をかけられなかった。現場に近づくことすら躊躇したはずだ。

「おれたちは、あいつに踊らされるエキストラなんだ」

よくわからんという顔で、班長は会話をやめた。

猿橋の中で、このアパートは楽屋裏にすぎないという疑いが強まっていた。萌黄ファームの爆発にしても、柴咲の義母にかけた電話が起爆と直結していたとは思えない。奴はここに警察を張り付かせ、演出の中継基地として利用しているだけじゃないのか。

あの三脚は爆発しない。半ば確信がある。六時というタイムリミットが意味をもつなら、きっと次の展開のための仕掛けが用意されているのだ。

奴のゲームに付き合うしかない、この状況が腹立たしい。104号法廷に監禁された人質とおなじだ。わけがわからないまま巻き込まれ、囚《とら》われている。

なめやがって――。待ちの姿勢がもどかしかった。こちとら、困難はだいたい馬力で解決してきた男だぞ。スズキ事件のときだって。

「あと十秒」

班長が腕時計を見ながらいった。

萌黄ファームの爆破後、法廷内に倖田がいることを知った。彼女が柴咲のターゲットにされていることも。

幸いというべきか、倖田が殴られている姿は配信では映っておらず、だから猿橋は平静を保てている。

ろくでもない縁だが、仕方ねえ。もういっちょコンビを組もうや。

心の中で呼びかけて、腕を組む。筋肉に力を込める。

「四、三……」

班長のカウントダウンがつづく。「二、一……」

猿橋は歯を食いしばってアパートをにらみつけた。

「――六時だ」

しん、と辺りは静まっていた。三秒ほど、誰も何もいわなかった。

やがて班長が、ちっ、と呆れ気味に舌を打った。それでみなの緊張が解けた。

「よし。戻って解体するか？」

ええ、と返しかけ、猿橋は班長の口を制した。じっと耳を澄ませると、かすかな電子音が上のほうから聞こえる。アパートからだ。アパートで、着信音が鳴っている。

猿橋は駆けだした。百メートルを十秒で走れそうないきおいで地面を蹴った。電話がかかってきている。間違いなく、あの三脚にくっついたスマホに。

アパートまでたどり着き、階段をすっ飛ばし、柴咲の部屋へ。予想どおり、耳が壊れそうなボリュームでスマホが悲鳴をあげている。猿橋はスマホへ突進した。スワイプして通話にしてから、これが起爆の罠だったら――と気づいてぞっとした。

〈次は国立競技場です。急いでください〉

スピーカーから流れてきた声は、女性のものだった。生声とはちがう、あきらかに録音された機械音声。

〈次は国立競技場です。急いでください。次は国立競技場です。急いでください〉

延々とそれだけを繰り返す音声に、ふたたび猿橋は、かつて先輩だった男の台詞を思い出す。

刑事ってのは、くそみたいな思い出を貯め込んでいく仕事だよ――。

## 9

104号法廷へ戻ると、ビデオ通話のために持たされたスマホを弁護人席のテーブルに置くよう柴咲から命じられ、沙良はその澄まし顔におもいっきり投げつけてやりたくなった。たじろいだ隙に組み伏せる未来を想像してみるが、あまりの無鉄砲さに苦笑すら浮かばない。柴咲まで三メートルは距離がある。スマホを投げつけ、飛びかかり、組み伏せているあいだに共犯者が駆けつけてくるだろう。何より、こいつは爆弾と思しき二本の水筒が立つ証言台のそばにいる。

女子トイレの鏡に貼りつけられた手帳のページには、こう書かれていた。水筒を倒すのはNG。突入は柴咲が離れたタイミング。奴を呼び寄せてくれ。合図は――。

走り書きの内容だったが、読み解けないほど鈍くはない。急襲班が準備を整え、いざ決行となったらビデオ通信で高東が会話を誘導し、ある文言を口にする。沙良の仕事は、頃合いを見計らって柴咲の注意を引くこと。証言台から引き離すこと。つまり、殴られること。

挑発するか、ヒステリーを起こしたふりでもするか……。

「早くしろ」

柴咲に急《せ》かされ、沙良は弁護人席のテーブルに近づいた。ふと床を見下ろすと、仰向けに寝転んでいるスズキがいる。

「何度いわせる？　早くしろ」

慌ててスマホをテーブルに置き、沙良は最前列端っこの席へ戻った。仕切り柵に手を置いて頭を下げる。

「ほかにお手洗いを希望する方は？」

柴咲が傍聴席へ呼びかけ、戸惑いが波となる。やがて何人かが、手を挙げる気配があった。

「ではそちらから、順番にひとりずつ。時間は五分。そこにあるスマホのビデオ通信をつないだ状態で、必ず自分を写しながらにしてください。でなければ、このお嬢さんが罰を受けます。もちろん逃げてもかまいません。ただ、予備のスマホはそれしかないので、誰かが逃げ出した場合、残った人たちはそれ以降、ここで用を足してもらう羽目になります。生配信をされながら」

ではあなたからどうぞ、と柴咲が指名する。「まずは配信用カメラの前で、しっかり名乗ってくださいね」

周到だ。何十万人という視聴者に顔と名前を晒し、プレッシャーを浴びながら、残った人々を見捨てる真似はなかなかできない。そして柴咲は、本気でひとりやふたりは消えてもいいと思っている。ここにはまだ、九十二人もいるのだから。

警察が人質と接触することもないだろう。一般人が心の準備もなしに、捜査員を目にして平静を装えるとは思えない。沙良だって、ごまかせたのはほとんど運だ。

「あのう」指名されたと思しき女性が、恐る恐る声を出した。「五分では、ちょっと……。少し延ばしていただけませんか」

「お好きにどうぞ」軽やかに柴咲が応じる。「ただし一分の延長につき一発、お嬢さんに償いが発生します」

女性の絶句が伝わってくる。

「どうします？　行くのなら、そろそろ五分のカウントダウンをはじめますが」

駆けだす足音がして、女性が審理場に入ってきた。三十代ぐらい。パンツスーツの着こなしはマスコミ関係者に見える。カメラの前に立ち、「甲本《こうもと》ハルカ」と名乗るや、スマホに飛びついて法廷を出て行った。果たして無事に帰ってきてくれるだろうか。

しかし無事とは、誰にとっての無事だ？　甲本の？　残された人質の？　それとも罰を受けたくないわたし自身の？

よけいな思考をふり払おうとし、けれど今度は、自分の閃きを高東たちに伝えられていない現実について考えてしまう。

柴咲が解放する人質を意図的に選んでいる可能性。理由があって、それを隠そうとしている可能性。

こちらから伝える術はなかった。トイレへは、もう行かせてもらえないだろう。コミュニケーションは途絶えた。一方的な命令を受け取っただけで。

事件解決のために、殴られてくれ――。

ふっ、と短く息を吐く。任務なのだ。義務なのだ。そう、おのれにいい聞かせる。たかが痛み。引き換えに九十二人が救われる。安いものじゃないか。

「残り一分ですよ」

柴咲がビデオ通信に話しかけた。待って！　と甲本の応答がある。もうちょっとだけ！　早く――と、沙良は思った。理屈抜きの反射だった。お願いだから、早く戻ってきて。

「ひとり目でこれじゃ、先が思いやられますね」

柴咲の声が自分へ向いていることに気づいて、沙良は顔を上げた。柴咲はうっすらと笑みを浮かべてこちらを見ていた。サディスティックな喜色はない。家を出た最初の信号が赤だったような、突然の渋滞に捕まってしまったような、不運を慰め合う苦笑じみた表情だった。

「気の毒ですが、ルールはルールです」

柴咲の左手が腰に差した警棒を握る。するりと引き抜く。退屈な作業へ向かう足取りで近づいてくる。仕切り柵をつかむ手が強張った。皮膚の毛穴という毛穴から汗が漏れだす。

「残り五秒」

待って！　すぐ戻るから！

甲本の懇願を、柴咲は一顧だにしなかった。沙良の前に立ち、警棒をふり上げる。現実味がない。五秒後におとずれる痛みから目が離せない。いや、もう二秒未満。

右肩が破裂する。骨が陥没したと疑うほどの衝撃に貫かれ、身体中で火花が散った。吐き出しかけた悲鳴を、無理やり嚙み殺した。嚙み殺してから、叫んでしまわない理由がわからず、よけいに奥歯に力を込めた。右肩で噴火した痛みはヘドロとなってとどまって、あふれそうになる涙を、やっぱり沙良は堪えた。

「次の一撃まで三十秒」

ドアのほうを見られなかった。背中を丸め、一心に思考を封じる。考えたら壊れてしまう。忍耐か感情か、もっと大事な何かが。

「十秒」

甲本の声はしない。沙良は祈った。勝ち負けのルールを知らされないままめくられるカードを待つような、中身のない祈りだった。

ダンッ、と音が響いた。「戻りましたっ」と甲本の声がする。

「残り三秒。ぎりぎりでしたね」

おさまりつつあった痛みとともに、ほっと力が抜けた。

「あー、残念。ドアを閉めるまでです」

なんの準備もしていなかった。右肩に落ちてきた塊は、たやすく沙良の意気地を砕いた。すべるように悲鳴がこぼれ、身をかがめて右肩に手を当てる。涙腺が決壊する。

「手を放すな」

命令と同時に警棒が仕切り柵をぶち、反射的に右手を柵に戻した。右肩を押さえた左手は動かなかった。痙攣《けいれん》のように吐き出される自分の嗚咽《おえつ》がパニックに拍車をかける。

「黙れよ」

警棒で頭をつつかれ、沙良は必死に喉を絞った。

「あんたも、さっさとスマホを置いて席へ戻れ」

視界に、甲本のパンツスーツが映る。せわしなく弁護人席のテーブルにスマホを置いて、審理場と傍聴席をつなぐスイングドアへやってくる。沙良の真横に備わったそれを通る一瞬、触れ合う距離で彼女がこちらを見やる気配を感じたけれど、応じる余裕はなかった。

「ほかに希望の方は？　あとふたりまでです」

胃の底から震えが生じた。あとふたり。あと二発。二度の痛み。二度で済む保証もない。箍《たが》が外れそうになる。行くな！　叫びたい衝動が込み上げる。行かないで。また殴られるのは耐えられない。

「じゃあ、そこのあなたで」

絶望が、堪えていた嗚咽を誘う。ぎゅっと目をつむる。右手の指が折れそうなほどの力で仕切り柵を握った。誰かが名乗っている。男性の声。どうでもいい。誰でもいいから走れ。走ってくれ。お願いだから。

「戻ってこなくてもいいですよ、べつに」

駆ける足音。ドアの開閉音。沙良は薄目を開けて、柴咲の濃いネイビーのスニーカーだけを見つめた。証言台のそばに立つあの足が、次に近づいてきたとき、正気でいられる自信がない。

「次のひとりも決めておきましょうか。希望者は？」

何人かが手を挙げる気配があった。もう我慢できないんです！　そんな声。わたしも限界だっ。そんな声。わたしも、わたしも――声、声、声。

沙良は、もういい、と小さくつぶやいた。さっきの男でも、次の誰かでも、いっそ戻ってこないでくれ。たぶん罪とやらを背負わされ、しこたま殴られるんだろうけど、その一回で終わるなら。毎度毎度、期待と裏切りに心を乱されるより。

「ルールはルールです」

柴咲がいう。

「あとひとり。そして五分間。これ以上騒ぐなら、罰を科さねばならなくなります」

声がやむ。代わりに、そこここからすすり泣きが聞こえだす。

ドアが開く。時間以内に男が帰ってくる。スマホを置いて席へ戻ってゆく。

「じゃあ次は」柴咲が傍聴席を見回す。「――視聴者の受けを狙って、若い女性にしましょうか」

熱が、沙良の脳味噌を沸騰させた。顔を上げる。にらみつける。柴咲は涼しい顔で「ロングヘアーのあなたで」とほざいている。距離は五メートル少々。柵を越え、飛びかかるまでに三秒とかかるまい。いや、ならば呼び寄せるべきだ。近づかせて、警棒をふり上げた瞬間を狙う。たとえ失敗しても、一言投げつけてやる。この卑怯者め！　と。

だが、沙良はできなかった。柴咲に選ばれた彼女がカメラの前で名乗り、スマホを持って出ていくのを、ただ見送った。

彼女が戻ってくるまでの五分間、手帳のページに書かれた命令のことだけを考えた。

※

新宿《しんじゅく》区霞《かすみ》ヶ《が》丘《おか》町十番一号。六万八千人規模の収容人数を誇る国立競技場の敷地面積は十万平方メートルにおよぶ。約三万坪。一辺の長さが三百メートルと考えれば、その広大さに嫌気が差す。

　スタジアムは地上五階、地下二階。観客席から選手用の控室、コンコースの売店、駐車場、警備員や裏方の作業部屋にＶＩＰ室。挙げればキリがないほど、爆弾の隠し場所はある。幸い観客はおらず、時刻も遅い。爆発したとて人命に関わる可能性は低いが、かといって放置するわけにもいかなかった。


　警視庁捜査一課強行犯係の班長をつとめる立花勘太《かんた》は、おのれの不運を嘆いていた。多忙を極める強行犯係にあって奇跡のように仕事が片づき、緊急の呼び出しさえなければ溜《た》まりに溜まった書類作業に没頭できるはずだった。長年の経験から、そんな平穏は仮初《かりそめ》だと心得てはいた。呼び出しは想定内。禍福倚伏《かふくいふく》。だが、その中身はまったくの想定外だった。

　管理官から援軍として招集され、班員とともに柴咲奏多なる男の身辺調査に乗り出したのが正午。スズキ事件の遺族会を当たり、勤め先の食品加工会社を当たり、柴咲の個人情報を集めて、けれど奴の人物像が立花にはまだ見えてこなかった。表面的な情報は、本人が嬉々と披露しているとおりだ。しかしそれらは記号にすぎない。柴咲の人格、性向、衝動の核には届いていない。

　唯一、引っかかりを覚えたのが職場の同僚の証言だった。日焼けした肌の彼は十年勤める正社員で、係長の肩書をもっていた。柴咲の直属の上司にあたり、たまに雑談もしていたという。

　彼は柴咲の蛮行に驚き、動揺を見せつつも、「信じられない」とは口にしなかった。

　勤務態度は可もなく不可もなく。加工工場で黙々と作業をこなし、とくに問題を起こすことなく帰宅する。欠点は自主性に乏しいこと、人付き合いに消極的であることぐらい。職場での聞き取りは、ほぼこの内容で統一されていた。口裏を合わせた様子もなかったから、ほんとうに柴咲は透明なマントをかぶった状態で働いていたのだろう。

プライベートについて聞けたのは、日焼け肌の上司ひとりだけだった。

――入って一年目は、ぜんぜんマシだったんです。とにかくがんばって、早く認められたいっていう感じで。変わったのはやっぱり、スズキ事件のあとですかね。あのとき、ちょうど夜勤に異動になって、残業も増えて。手当てがつくから、給料が楽しみだっていってたんですけど……。

その先を男は濁したが、聞かずとも察しはついた。たいした額をもらえなかった、期待していたものとはちがった。

――そのあたりから、どんどんやる気がなくなっていった感じで。今年の二月だったかな。初めて無断欠勤したんです。その前の日だったかに、おれの給料がどんなもんかって話をしたんです。手取りを教えたら、あいつ絶句してました。おれからすれば、保険や年金を引いたらこんなもんだろって額なんですけど、まあ、社会人二年目の奴からしたら、やってらんねえってなっちゃうのもわからなくはないですが。

あいつ、野球が嫌いでした――。最後に、日焼け肌の上司はもらした。おれはジャイアンツファンで、よくペナントレースの話をふってたんですけど、いつも不機嫌になるんです。ついおもしろがって、毎回しつこく話しかけてたら、あるときいわれました。『テレビの前で応援してる暇があったら、自分で投げます』って。

去年の日本シリーズが終わったころの話だという。スズキ事件のあとである。

そんな彼でも、柴咲の私生活や過去を知っているわけではなかった。

職場の聞き込みを終えたところで、国立競技場へ行けと指示が飛んだ。正直、冗談じゃないよと文句をいいたかった。しょせん援軍の身で、爆弾が仕掛けられているかもしれない現場へ行かされるなんて割に合わないにもほどがある。

それで断れるなら、刑事も楽な仕事である。

所有者や管理会社には連絡がいっていて、立花が到着したころには国立競技場はもぬけの殻と化していた。四谷《よつや》署をはじめとする近隣署からの応援と機動隊員、そして爆発物処理班が集まるなかで、立花は「やれやれ」と薄い頭を撫でた。

柴咲が仕込んだと思われるメッセージは「次は国立競技場です。急いでください」だけだ。何があるとも、何をしろとも指示されていない。爆弾があるという懸念も、いわば蓋然性にすぎなかった。

この広大な施設の中を、あるかないかもわからない爆発物を探し回る捜査員たちが不憫《ふびん》になる。片や自分は現場責任者の身分をいいことに、指示を出すだけ出して、あとは報告を待つばかり。陰で「古狸」と揶揄《やゆ》されるロートルには分相応といえなくもないが、さすがに申し訳ない気持ちになる。

冴えない自嘲をこぼしていると、聞き込みを継続している部下から連絡があった。柴咲の義母から実りある証言はまったくなし。我関せずどころか、威力業務妨害と名誉毀損で訴えるという話しかしてくれない。解放された江嶋の家族とは連絡がつかず、つまり収穫ゼロという報告だった。

「オッケー。引きつづきよろしくね」

ため息まじりに電話を切る。同時に疑問がわいた。柴咲くん、君は何がしたいんだ？自分で投げます——。

ここは、奴のマウンドなのか。それともまだ、ブルペンなのか。

ピピっと腕時計のアラームが鳴る。午後七時前。まもなく五回目の通信がはじまる。

## 10

甲斐との打ち合わせを終えて指揮車に戻った高東を待っていたのは、タブレットを手にした類家の矢継ぎ早の報告と、倖田沙良を殴りつける柴咲の姿だった。

「これの前にも、一発殴られています」

類家は短く補足をし、何事もなかったように高円寺のアパートの件や解放された人質の証言について報告をつづけた。高東は配信の録画を見つめながら、脳をふたつに割るような気分で現状把握につとめた。一方で冷静に情報を処理し、もう一方ではぐつぐつと感情が煮えたぎっている。

もたないかもしれない——と、分かれた脳がおなじ答えを出した。倖田は殴られすぎている。とくに二発目のダメージは深刻に見えた。この先、もう一、二発の加撃があれば、彼女の心は折れてしまうかもしれない。

「立花班から新情報です。口座情報を調べたところ、柴咲名義でスマホが十台契約されています」

「十台？」

「勤め先や遺族会に伝えている番号以外のものが、複数社で計十台。五月に二台、あとはすべて先月の契約です。けっこうな値段になりますが、分割の頭金以外払う気はないんでしょう」

番号は全台入手しているが、起爆装置に使われている恐れもあるためこちらから発信はできない。法廷に持ち込んでいる一台は元々使っていた本人のものだろう。確実なのは高円寺のアパートの一台だけで、倖田沙良が持たされた監視用のものを除いても、あと八台あることになる。

位置情報取得の令状を申請中とのことだが、百人近い人質の命がかかった立てこもり事件に禁じ手などない。銀行口座を開示させたのと同様、上層部は全力で通信会社に協力を迫るはずだ。現場が現場だけに裁判所が二の足を踏むはずもないから、これは時間の問題だった。

とはいえ、事件解決にどこまで役立つかは不透明だ。GPS機能をオフにしている場合、電話をかけても最寄りの基地局までしか特定できない。

「そちらは？」と類家が詰め寄ってくる。高東は配信画面をにらんだままざっと伝える。急襲作戦は上の承認待ちであること。暴行が配信されている状況を鑑み、おそらく早々にGOサインが出るだろうこと。

そして倖田と浅利とのやり取り。

「及第点ですね」

その物言いに反発しかける感情をなだめ、高東は話題を変えた。

「なんで国立競技場なんだ？」

返事はない。本日をふくめたこの一ヵ月、目立った催しはなし。なんらかの方法で爆弾を仕掛けた可能性もなくはないが、高東にはこれが無意味な誘導に思えてならなかった。

「ちなみに――」と類家が顔を寄せてくる。「解放された人質の証言ですが、スズキは目をつむって、ピクリとも動いていなかったとのことです。ただし頭が吹っ飛んでいたわけでもありません」

「生きている、か」

「発砲の直前に殴られまくっているせいで顔は血まみれ。被弾してるかどうかの判断は難しいようです」

法廷に、トイレへ行った三人目の人質が帰ってきた。「たいしたもんです」類家が感心したようにつぶやき、その意味が腹立たしさとともに腑に落ちた。配信カメラの前で名乗らせる。殴られるのは倖田だけ。名誉と保身を天秤《てんびん》にかけ、彼らは素直に戻ってくる道を選んでいる。柴咲はそのように仕向けつつ、戻ってこないときはそのときだと割り切ってもいるのだろう。

まもなく十九時。五回目の交信がはじまる。

「何かいっておくことはあるか」

「聞いてくれるんですか」

「途中で割り込まれるよりはいい」

類家は黙った。意外な思いで、高東は顔を向けた。こちらを見つめる小男に、似合わないためらいがあった。ピンとくる。何か、考えがあるのだ。だが確信はもっていない。優先順位は低く、いまから説明するには時間が足りない。だから中途半端に伝えるべきか迷っている。

「よければこれをご参考に」

差し出されたメモ書きは、彼の迷いが読み解ける内容ではなかった。

「ほんとうにいいんだな？　おまえの考えを聞いておかなくても」

「人命保護が優先ならば」

ふたりの視線が交錯した。やがてメッセージが届く音がして、類家がタブレットへ目を落とす。「管理官からです」抑揚のない声でいう。「急襲は現場で適宜判断せよ——と」

ビデオ通信用ディスプレイに柴咲が現れた。


「果たすべきミッションはみっつでしたね、高東さん。まずは明後日に処刑する死刑囚の名前の公表。その様子を配信する許可。そして同接五十万人の聴衆」

聴衆は、と柴咲が目を細める。「なんとか達成したようだ」

高東は表情を変えなかった。サーバーの増強は間に合っていない。融通のきかないプラットフォームを恨みかけたが、配信者が確認できる同時接続者数の表示を捏造できると聞いて話は変わった。

それでも三十万強の聴衆は、飽きることなく柴咲のショーに食いついている。

「では、死刑囚の名前をお願いします」

「まず確認させてください。柴咲さんのほうに、ご希望はないんですか？」

画面上の柴咲が、探るようにこちらを見つめてきた。

「あなたは正当なルールの履行とおっしゃるが、現実的にこれがそうとうイレギュラーなケースであることはご理解いただけているはずです」

「つまりこういうことですか。どうせならできるかぎり希望に応えて、ぼくから譲歩を引き出したい。無駄撃ちはしたくない」

「解釈はお任せします」

ふーん、と柴咲が小首を傾げる。彼と見合う高東の周りでは、早乙女ら技術班が配信画面越しに現場の状況把握を行っている。

類家がオーケーマークを寄越してきた。甲斐たちの準備が整ったのだ。高東がひとつ目の合図を出せば類家がタブレットから指示を送り、急襲班が104号法廷のそばまで接近待機する。フル装備の隊員が配置に着くまでの所要時間は約三分。次に決行の命令を送った場合、三秒後に急襲作戦が発動。突入まで十五秒。完全制圧まで二十秒。フラッシュバンの効果を高めるために電気ブレーカーを落とす案も検討されたが、犯人側に起こるパニックのほうがリスキーだとして見送った。一方で、タイミングを合わせて配信の一般視聴を停止するようプラットフォーム側に申し入れている。何が起こるかわからない突入を国民の監視下で行うほど、上層部は豪胆ではない。

懸念はまったく姿を見せない共犯者の動向だが、後方中央の壁際に立ったままでいるという重盛らの証言には一定の信頼度があった。

あとは配信停止の準備を待つだけだ。法廷内の倖田に作戦開始を報せる合図を、高東は喉の奥で転がした。

「残念ながら、ぼくに目的の人物などいません。死刑囚は等しく死刑囚でしかない。そこに価値の大小はない。当てが外れましたか？」

いいえと返しながら、あらためて確信を得る。ここまでお膳立てが整った状態で、ごまかす理由は考えにくい。柴咲には、ほんとうに目当ての死刑囚がいないのだ。

ならば、と次は疑問がわく。何度も繰り返してきた根本的な問い。

おまえは、なぜこんな真似を？

「さあ高東さん、指名選手を発表してください」

「その前に、配信についてのお話を」

「おやおや。姑息《こそく》な時間稼ぎはひんしゅくを買いますよ」

「名前を口にする重大性はおわかりでしょう？　あとから配信方法に納得してもらえなかったとするわけにはいきません」

柴咲が、余裕の仕草で「どうぞ」と促してくる。

内心、高東は舌を巻いていた。類家から渡されたメモ書き。そこに記されていた想定問答と柴咲の反応はほぼ一致している。宿題の確認からはじまり、名前の公表についてのやり取り、目的の死刑囚がいないこと、配信の話を優先させるところまで、怖いほどトレースできている。少なくとも高東に、希望者をいわせる発想はなかった。

しかし、いずれ想定は尽きる。その先は高東が操縦桿《かん》を握らねばならない。一般視聴を停止する準備が整うまで、新しい被害を出すことなく会話をつづける。あるいは説得を試みる。

どちらにせよあと数分間が、柴咲と言葉を交わす最後の機会になるかもしれなかった。

「配信は、します」

「へえ」柴咲は、興味深げに指で顎をさすった。

「ただし固定カメラ一台。刑場を映すワンカットのみ。ほかを映すことはできません」

「教誨師《きょうかいし》だとかボタンを押す刑務官だとかは映せない、という意味ですか」

「そうです。彼らのプライバシーを侵す根拠はどこにもない」

「なるほど」うなずきつつ、柴咲はからかうような笑みを見せた。「英断です。ただ、少し都合が良すぎる気もするな」

「勘弁してください。できないといえば罰を与えられ、やるといって疑われるんじゃどうしようもありません。こちらは覚悟をもって、明後日の木曜日、午前十時に東京拘置所で刑執行をライブ配信すると宣言しているんです。信じてもらうよりない」

「了解、了解。いったん取り引きは前進というわけですね」

余裕は消えない。そこに高東は、こちらの提案をまったく信じていない柴咲の内面を読みとった。

興味がないのだ。真実、刑が執行されようがされまいが。

「ではお名前を」

「その前にうかがっておきたい」想定問答を外れ、高東は自分の言葉で語りかけた。「あなたはここで目的を果たしたあと、どうするつもりなんです？」

「どうする？」

「はい。将来です」

二十歳の青年は、虚をつかれたような表情を晒した。

「捕まって刑に服す。それがルールならば従うと、あなたはおっしゃっていた」

「――そう。そうです。犯罪は刑罰とバーターであるかぎりルールの範疇にあるんです」

「その後は?」

応答はなかった。

「刑期を終え、社会へ戻って何をしますか? どんな人生を望みますか」

なぜ、こんな質問をしているのか。自分でも判然としなかった。時間稼ぎの延長ではある。だとしても、もっと当たり障りない話題を選ぶほうが安全なのに。

おれは期待しているのか? 高東は訝《いぶか》った。倖田や田畑らにふるった暴力を許す気はない。武力による制圧を決断したのはプロフェッショナルとしての合理性、加えて怒りだ。卑怯な犯罪者に対する怒りこそ、腹をくくるきっかけだった。

迷っているのか。もしも柴咲が、まともな人間の片鱗《へんりん》を見せてくれたら。建設的な話し合いが成立し、穏便な投降という未来を思い描けるならば、おれはそれを選びたいのか。

刹那《せつな》の逡巡は、柴咲の声で遠ざかった。

「より多くの人間を幸せにする。それがぼくの望みです」

柴咲は、まっすぐに高東を見つめていた。

「――被害者に償うという意味ですか」

「いいえ、もっと原理的な話です。ペイ・フォワードをご存じですか? 恩送りというやつです。誰かから受けた恩を、数を増やして誰かに返す。単純明快なルールです。その誰かがまた、誰かと誰かに恩を返して、恩の連鎖と増殖がつづいてゆく。いわば善意のネズミ講です。おもしろい思想ですが、残念ながら、ぼくとは縁のないシステムでした。だって誰からも、恩を受けた憶えがないから」

でも、と表情がやわらいだ。「気づいたんですよ。恩を待っているから駄目なんだって。誰も恩をくれないんなら、ぼくからはじめればいい。ぼくがそのシステムの、最初の送り手になればいい」

画面に映る若者に、高東は困惑を覚えた。青臭い理念を語りきった彼の姿に、得意げな傲慢さと、いっさいの衒《てら》いをなくした素顔を同時に見る思いがしたからだった。

「いまもあなたは、誰かに恩を送っているつもりなんですか？」

「いまも？」と柴咲は高東の台詞を繰り返す。その確かめるようなつぶやきをかき消すように尖った顎が跳ね、「ははっ！」と笑った。

「いや、失礼。話が飛躍しましたね。高東さんが悪いんですよ。将来の話なんかしだすから。いまのぼくは犯罪者です。ただの犯罪者です」

類家がメモをすべらせてくる。『配信停止、準備ＯＫ』

「柴咲さん」高東はメモを握り潰しながら画面を見据えた。「わたしにはわからない。罪のない人々を監禁し、暴力で脅しつけ、死刑執行を求めるあなたの行為が、誰のどんな幸福につながるのか、まったく想像ができません」

「けっこうです。どうせただの無駄口ですから」

無駄口？　小さな疑問符が、高東の胸に刺さった。

しかしそれを吟味する時間はなかった。

「高東さん、話し合いでわかり合おうだなんて、ぼくにいわせれば怠惰です。行動でしか、意志は証明できません」

画面の前で拳銃を、これみよがしに泳がせる。

「いいかげん、名前をおっしゃってください」

「……わかりました」

柴咲奏多に触れかけた指は空を切り、高東は徒労感を腹の底へしまい込む。

息を整える。類家がタブレットに指を置いて待っている。早乙女から進言もない。

「十七年前、三人を殺した男です」

ひとつ目の合図。類家がタブレットに触れる。甲斐たちへ行動開始の指示が飛ぶ。三分後にスリーマンセル五組の隊員が１０４号法廷のそれぞれの扉に接近待機状態になる。別途用意したディスプレイに、隊員たちが装着したヘッドカメラの映像が十五個のウインドウになって映し出されている。

「強盗殺人です。家主と家族を殺害後、家に火をつけています。父親、母親、息子」

高東はゆっくりとした口調で事件のあらましを話してゆく。墨田《すみだ》区菊川《きくかわ》の一軒家、雨天。午後十一時半に犯行を開始し、逃走は午前一時過ぎ。

「事件の三日後に逮捕。初公判はおよそ一ヵ月後」

「高東さん」柴咲が呆れ気味にいう。「それ、ぜんぶ聞かなくちゃ駄目なんですか？」

「できれば我慢してください。なぜ彼が、十七年以上も刑を執行されずにいたのか、理解してほしいんです」

「なんのために？」

「あなたが、あなたの知らないルールを知るために」

柴咲の返事は、呆れ気味の苦笑いだった。

もちろん、これは架空の事件だ。架空の被害者、架空の犯人。高東は時を重ねるストップウォッチアプリを横目に、裁判の様子を語ってゆく。検察の起訴状、弁護側の意見陳述、証拠の数々……。

柴咲は薄笑みのまま、それを黙って聞いていた。

一本目より鋭利な疑問符が、高東の胸に刺さった。

なぜこいつは、こうまで素直になすがままを受けいれているんだ？

ストップウォッチが一六〇秒に迫ったとき、類家のメモが差し出される。『配置完了』

「——以上の審理を経たうえで、裁判長は死刑判決をいいわたします」

「それで？」

柴咲が肩をすくめる。「ありがちな粗筋の紹介がようやく済んで、いつになったらぼくの知らないルールが登場するんです？」

プレイボールはかかっている。あとはボールを投げ込むだけだ。

みずからを奮い立たせるべく、高東は心の中で強く唱えた。教えてやるよ、柴咲。法治国家で暴力を行使する者の末路についてのルールを。

「死刑囚の名前は、カワセナツヒコといいます」

しん、と静寂がおとずれたその三秒後、高東の全身から脂汗が噴き出した。頬が強張るのを止められない。

カワセナツヒコ。打ち合わせどおりに合図は送った。

静まったままの104号法廷へ心の中で呼びかける。どうした？　まだか？

倖田、なぜ騒ぎださない？

「くくっ」

柴咲が、身体をかがめて笑いだした。

「いやあー。こうまで予定どおりだと、楽しさよりも憐れみの感情に包まれますね」

「聞こえてないんだ」ぎりぎりまでディスプレイへ顔を寄せた類家のささやき。それがマイクに拾われる危険も忘れ、高東は愕然《がくぜん》とした。ビデオ通信の声が人質に届いていない。いままでは聞こえていたはずだ。げんに高東が「次に不履行を償う人物」に言及したとき、法廷内から反発の声があがったじゃないか。解放された人質たちも高東の声は聞こえていたと証言している――。

「おい、高東。てめえやってくれたな。法廷の外に完全武装の馬鹿どもがいるんだろ？　入ってくるなら入ってこいよ」

柴咲の左手に棒状の物が握られていた。警棒ではない。爆弾と思しき銀色の水筒である。

「こいつは振動に強くないぞ。床に叩きつけたら即アウトだ。それでもいいなら試してみろ。おれを、おまえらの暴力で黙らせてみろ！」

「待て。待ってくれ。突入なんて――」

「おまえ、頭溶けてんのか？　自分だけがこっちの様子を知ってると本気で思ってたのか？　んなわけねえだろ。事を起こすまで、おれたちはふつうの傍聴人だったんだぞ。小型カメラのひとつやふたつ、仕掛けるに決まってる」

共犯者か。奴は柴咲が「異議あり」と叫んだ直後、一般傍聴人用の出入り口から戻ってきて警備員の後ろをとった。トイレへ行くふりをして、どこに何を仕掛けていても不思議はない。

報道と遺族が使う関係者用出入り口も同様だろう。立てこもりがはじまって以降、共犯者の姿はまともに確認できていない。カメラを設置する時間はあった。ボタンサイズの無線カメラなど、ネットを漁《あさ》ればすぐ手に入る。

そして柴咲は、警察が強硬手段に打って出るさい、必ず傍聴席側にあるふたつの扉からも突入すると読みきっていた。共犯者がいるからだ。後方にずっとそいつを立たせておくことで、彼を拘束する必要をつくった。審理場側の出入り口だけが使われる可能性を排除した。

見誤った。おれは柴咲をなめていた。

だが、おかしい。

配信カメラは複数の捜査員が一秒たりとも見逃さずにチェックしている。審理場側のみっつの出入口を柴咲や共犯者が通った形跡はなく、カメラを仕掛ける隙はない。つまりバックヤードで行われた倖田と浅利のやり取りが、知られているはずがないのだ。

なのに柴咲は、今回の通信にかぎって高東の音声を切った。自分のヘッドセットだけに流すよう設定を変えていた。まるで急襲作戦を、事前に承知していたように。

あり得ない。内通者でもいないかぎり——。

「わかってねえなあ」

柴咲の笑みから、澄ました様子は消え去っていた。

「おまえが心配すべきは、犯した裏切りの償いのほうだろ？」

類家が視線で問いかけてくる。突入しますか？

新しい被害者が出る前に。爆弾が本物とはかぎらない。犯人がふたりとも命をかけている保証はない。だが水筒は柴咲の手に握られている。フラッシュバンによる全身屈折で、あれは床に叩きつけられるだろう。爆発した場合、二本目も誘爆する。およそ百人が死ぬ。その責任は高東にゆだねられている。

突入すべきだと理性がいう。自重しろと、やはり理性がいう。感情は引っ込んでいる。呆然自《ぼうぜんじ》失《しっ》になりかけている。

「――引き揚げさせる」

高東はいった。「一分だけ時間をくれ。全員、そばを離れる」

「当たり前だ、ボケ」

柴咲は嗤っていた。「一分だぁ？　いますぐに決まってんだろ。いますぐ建物の外へ散れ。バックヤードの連中もだ。次に小細工をしたら人質をひとり殺す」

はっきりと、柴咲は「殺す」と口にした。罪を償わせるだとかいう曖昧さのない断言だった。

「それと、配信を止めたな、てめえ」

「待ってくれ。柴咲さん――」

「すぐに再開させろ。一分遅れるごとに倖田を殴る」

「わかった。いうとおりにする」

すでに類家がタブレットに齧《かじ》りついて指示を送っていた。急襲班用のディスプレイが道を引き返すヘッドカメラの映像を映している。

「やればできんじゃねえか」

配信が再開したのだ。「よし。次はこの建物の電気を消せ。１０４号法廷以外のな」

「電気？　しかし、それは中に入らないと――」

「できないとはいわせない。三十分以内に実行しろ」

柴咲はスマホを見やる。確認するようにうなずいてからカメラを向いた。そして高東の想像を超える展開を披露した。

「紺野《こんの》、内川《うちかわ》、勝又《かつまた》。おまえらを解放する。次の通信は九時だ」

ディスプレイからウインドウが消える。ビデオ通信のものも、再開されたばかりの配信も。

※

高円寺のアパートにとどまっている自分はツイているのかいないのか、猿橋にはわからなかった。

タイマーが予告した六時を無事に過ぎ、現場の緊張は薄まっている。張り付いたスマホに電話がかかってきたことでビニルコードで巻かれた三脚の正体は爆弾ではなかろうという空気があった。犯人がこのスマホにまた連絡をしてくるつもりなら、爆発させるわけにはいかないからだ。

猿橋が居残りを命じられたのも、あり得る次の連絡を受けるためだった。べつに自分でなくてもいい。だが、誰かがやらねばならない。その誰かに指名されたことは不運かもしれないが、三脚が爆弾でなければここは安全な場所である。少なくとも身の危険はない。

猿橋は、もう何度目か知れない舌打ちをする。

爆発物処理班を尻目に部屋の捜索をつづけたが、事件のヒントになりそうな情報はひとつも見つけられていない。柴咲は徹底的に自宅をクリーニングしている。予想される爆弾の個数を把握せよ——厳命されたミッションは果たせそうになく、猿橋はまた舌を打つ。

苛立ちの理由は犯人にふり回されている現状であり、成果をあげられていない事実であり、ここにとどまることに安堵している自分自身に対してでもあった。

スマホが鳴る。一瞬、ひやりとするが、それが自分のものだと気づいて息を吐く。

〈捜査一課の立花です〉

「ご苦労さまです。杉並署の猿橋です」

国立競技場へ出向いている刑事からの連絡に背筋がのびた。階級も立場も年次も上。それ以上に、自分が行かせたという負い目があった。国立競技場が爆発しない保証はない。

立花は、警視庁の猛者《もさ》とは思えないのんびりとした口調でいう。

〈こっちは静かなもんだ。君が聞いたメッセージはほんとうにあれだけ？〉

次は国立競技場です。急いでください——。

「はい。延々と繰り返すだけです。機械音声かと思われます」

〈発信基地は調べてる？〉

「基地局は調査中ですが、着信履歴が残っています。おそらく電話アプリを使ったものかと」

〈すると発信源は１０４号法廷か〉

柴咲が持ち込んだスマホかタブレットＰＣだろう。

「立花さん、１０４はどうなってるんです？」

五回目の通信は異例尽くしだった。途中で配信が停止し、数分後に復旧し、柴咲は三人の人質の解放と次回の通信時刻を告げてふたたび配信を切った。

急襲作戦があったことは察しがついた。最初の配信停止は警察側の措置だろう。しかしなんらかの事情でそれは失敗した。柴咲の要望で配信が再開され、そして今度は自分の意思で配信を停《と》めた……。

もうひとつ不審な点がある。今回の通信では途中から、交渉に当たっている高東の声が聞こえなくなったのだ。これが警察側と犯人側、どちらの都合だったのかも伝わってきていない。

〈わたしにもわからんよ。しょせんは援軍、下っ端ってことさ〉

「集約アプリの権限をお持ちなのでは？」

スズキ事件でも使われたもので、現場からの情報がリアルタイムで更新される優れものだ。ただし中身を見る権限は基本的に班長以上にかぎられている。

〈本隊も混乱しているんだろうね〉

つまり更新されていないということだ。あるいは、猿橋に明かす気がないだけか。自分こそ、れっきとした下っ端である。

〈じつは柴咲が野球嫌いという情報があってね。それらしいものはなかった？〉

「野球嫌いの物証は、難しそうです」

〈だよなあ。スポーツ全般に無関心なのかもしれないし、たんなる気まぐれかもしれない〉

猿橋の理解を置き去りに立花はぼやいた。

〈何かない？　彼の人となりがわかりそうなもの〉

率直に、猿橋は「ない」と返した。目立つ私物はゼロ。生活用品も最小限。あったのは本棚の漫画本だけである。

〈ゴミは調べた？〉

「回収日が昨日だったんです。捜査員が収集場へ行ってますが」

期待は薄い。

「ちなみにスポ根漫画ではないです」

〈漫画本かあ〉

どうでもいい会話にしかならない。それほど手がかりに乏しく、それでもつづけたくなるほど立花も猿橋も手持無沙汰なのだった。

「遺族会のほうからは、何か聞けたんですかね」

〈うん、それもわたしらが受けもってるんだけど〉

国立競技場へ向かわされるまで、立花は鑑取りを任されていたようだ。職場や出身校に聞き込みを行い犯人の事情や人間関係を探る部隊である。

〈少しおもしろい情報がある。柴咲は毎回傍聴に参加するメンバーとずいぶん親しくしていたそうでね。職場での振る舞いとは印象がちがってる〉

「下調べってことでしょうか」

〈たぶんね。湯村以外に、とくに仲良くしていたメンバーが五人ぐらいいたようなんだ。残念な

がら、そのうち三家族からはろくに話が聞けてなくてね〉

「なぜです？」

〈連絡がつかない。まあ、事件以降ドタバタしている可能性もなくはないけど〉

「あの、もしかしてですが――」

思いつきを猿橋が口にする前に、立花が答えた。

〈江嶋ってのは、仲良しメンバーにふくまれてるよ〉

無傷で解放された女性だ。

〈紺野、内川、勝又も〉

「待ってください。つまり柴咲は、仲が良かった人質を優先的に解放しているってことですか？」

〈奴も人の子――なのかなあ〉

歯切れが悪い。納得できないのは猿橋も同様だった。

「江嶋は、何かいってないんですか」

〈それは本隊の仕事だからさ。こっちにはまだだね〉

もう間違いなかった。立花が進んで手札を明かしているのは、柴咲の自宅という重要拠点にいる自分から手がかりを引き出すためだ。猿橋自身が見逃している何かを。

「――おれは、どうすればいいですか？」

〈柴咲が遺族会のメンバーとやり取りしていた痕跡を探してみてくれ。やり取りにかぎらず、関わりそうなものならなんでも〉

うなずいたものの、しかし筋肉は盛り上がらない。

この空っぽの部屋に、どんな痕跡があるというのか。鑑識を入れて調べれば柴咲以外の指紋や髪の毛の一本ぐらいは見つかるのかもしれないが、安全が確定するまではさすがに憚《はばか》られる。

スマホをしまい、猿橋は部屋の中央で仁王立ちになった。ぐるりと見回す。いくら目を凝らしてものっぺりとした白壁にフローリングの床があるだけだ。スカスカのクローゼット、冷蔵庫、キッチン棚……。

猿橋は玄関へ向かった。数時間前に電話をかけてきた男の台詞が頭をよぎったのだ。靴のコレクションを賭けてもいい――。

猿橋は下駄《げた》箱の戸を開けた。ワンルームアパートにふさわしい小さな棚は、ともすると存在を忘れてしまうほどさりげなく備わっていて、中には最初に覗いたときと変わらず、履き潰されたランニングシューズと派手なバスケットシューズ、新品同様の革靴が一足ずつおさまっているだけだった。沓脱《くつぬぎ》にはサンダルが一足で、すべて男物である。

靴だけに無駄足かと、思いついた駄洒落《だじゃれ》に苛立ちが増し、いきおいよく戸を閉める。

リビングへ戻りかけ、はたと歩みが止まった。衣類は処分されていた。にもかかわらず、靴は残っていた。自分が犯罪者だとして、身辺整理をするさい、靴を捨てるという発想にいたるだろうか。しかも柴咲は、身許を隠したいわけではない。あくまで計画の暴露を阻止するためのクリーニングなのだ。

少なくとも自分は下駄箱自体、ほとんど使った記憶がない。仕事用とプライベート用の二足か三足を常に沓脱に放置して、買い替えるまで履き潰す。下駄箱におさめられているのは冠婚葬祭用の小マシな品とハイカットの防水靴ぐらいだ。

男のひとり暮らしなんて、そんなもんじゃねえか？

なればこそ、盲点になり得る。

もう一度、猿橋は下駄箱を開けた。無造作にしまわれた三足の靴を見つめ、手に取った。最初に調べたときとちがい、じっくりと確かめて、やがて息をのむ。ランニングシューズと革靴はサイズが二十六センチ。なのにバッシュだけ、二十八・五センチ。

## 11

静まったディスプレイの隅、表示されたデジタル時計へ目をやると時刻は十九時半を過ぎていた。柴咲が指定した次回の通信まで一時間半。その猶予をどう使うべきか決めなくてはと思いつつ、幾つもの懸念が高東の思考を鈍らせた。

急襲作戦の中止はある程度覚悟していた。事件の性質上、対応はケース・バイ・ケースでしかあり得ない。一方で柴咲の周到さを侮り、それが原因で後手を引いたのも事実だ。

柴咲の狙いが読めない。突然の人質解放、そして配信停止。

加えて、無視できない問題がある。内通者の可能性。

「高東さん」

類家が話しかけてきた。「地裁職員にヒアリングした結果、外から電気を消す方法はありそうです。あと甲斐係長から、臨戦態勢で待機、命令を待つと」

ああ、と返しながら高東はその横顔を見た。類家はタブレットへ目を落とし、一心に情報収集に勤《いそ》しんでいる。

「類家。おまえは急襲作戦のことをおれたち以外に伝えたか？」

丸顔の部下が、ちらりと視線を寄越してくる。

「たとえば望月さんたちに」

「いいえ」と断言する。「直前まで決行か否か不確定でしたし、情報漏洩《ろうえい》の観点からも無用な共有は避けました。いつそうなってもいいように現場の空気をつくっておけと、猫屋にアドバイスはしましたが」

猫屋には高東も指示を出している。

「なぜです？」

類家はタブレットから顔を上げ、こちらを見ていた。

「気づいていないとはいわせない。どこかから情報が漏れてる」

「柴咲の仲間が身内にいると？　ですが協力のメリットはなんですか。まさか死刑執行ではないでしょう」

柴咲に加担する理由。翻《ひるがえ》ってそれは、奴が事件を起こした動機ともつながってくる。いったい柴咲は、何を得ようとしているのか。思えば法廷内に、最低ひとりは共犯者がいるのだ。理念だけを動機にした犯罪に、望んで参加する者などそうはいない。

柴咲に具体的な目的があるとして、それはなんだ？　今日この日、この裁判でなければいけなかった理由――。

ひとつだけ思いつく。スズキタゴサク。

「ノッペリアンズという、スズキのシンパのグループをおまえはどこまで把握している？」

類家が座り直し、こちらを見据えてきた。

「おれたちの中に、そのメンバーがいると考えるのは無茶か？」

「事件の目的はスズキの奪還だと？」

「おまえは柴咲に、スズキと比較する言葉をぶつけようとしていたな？」

三回目の通信のときだ。メモ書きでしつこく求められた。『君よりも』『スズキのほう、スジある』

「柴咲の反応を見て、スズキとの関係を探りたかったんじゃないのか？　おまえにも、ノッペリアンズが事件に関わっている感触があったんだ」

「――というか、むしろそれ以外の動機が思い当たらなかっただけです」

「なら答えろ。おれたちの中にノッペリアンズはいるのか？」

類家が、小さく息を吐く。

「あり得なくはないでしょう。ノッペリアンズという呼び方自体はスズキを信奉する者たちの総称ですが、なかにはもっと組織化されたグループがあるという分析もされています。おそらく主宰者は豊富な資金力を備えているんじゃないかとも」

「根拠は？」

「スズキに届く援助物資の質と量。金のないスズキの弁護に重盛を雇ったのもノッペリアンズの人間だといわれています。しょせんネット上のフィクションだとスルーされていますが――」

「ちがう。おまえがその噂話を語る根拠だ」

「——わたしを疑っているんですね？」

高東はスズキ事件の現場を知らない。野方署の取調室で、こいつがスズキとどんなやり取りをしたのかを聞いてない。

類家は黙った。ふたりの不穏な対峙に、早乙女ら技術チームが困惑の視線を向けてくる。

だが高東に退く気はなかった。

「おまえはノッペリアンズの情報をネットと週刊誌だけで得てるのか」

「情報源がいるんだな？」

「ＹＥＳでありＮＯです」

「ＹＥＳ」

「ふざけるなよ。それは誰だ」

「いえません」

右手が類家の胸倉をつかんだ。「ふざけるなといったはずだ」

「ふざ、けて、ません」

表情を歪ませながら、類家も高東から視線を外そうとしなかった。

「情報源の名は」

「いえ、ません」

「貴様っ」

左手も使って締め上げる。抵抗するでもなく、類家はされるがままでいる。

「そいつが内通者じゃない保証はあるのか？　おまえが情報を流してしまっている恐れはゼロか？　どうなんだ！」

「ゼ、ロです」

スマホが鳴る。高東はしばらくそのコールを無視して類家をにらみつづけた。

駄目だ。白か黒か判断できない。無難な対処法ならある。いまいるメンバー、早乙女や猫屋、望月に梅野、甲斐たちもぜんぶまとめて取り換えればいい。

だがそんな余裕は、逆立ちしたって捻り出せない。

「情報源は――」荒い息とともに、類家がいった。「わたしの恩人です」

くそっ！　高東は両手を放して類家を解放した。スマホをつかみ通話にする。管理官の声がする。〈なぜ配信が途切れた？〉

知るかっ。怒鳴りつけたかった。柴咲に訊きやがれ！

〈こっちには再突入を支持する声もある〉

「おなじ数だけ慎重論もあるんでしょう？」

〈口の利き方に気をつけろよ、高東〉

取り繕う気は失《う》せていた。どうせ外すことなどできやしない。柴咲と心中する道以外、自分に残された道はない。

まるっきりスズキ事件だ。圧倒的に不利で、理不尽な勝負をさせられている。

「――くそっ」

〈なんだと？〉

「いえ。二十一時の通信までにできるかぎり情報を集めます。用がなければこれで」

管理官の怒りに震える姿を想像したが、もはやどうでもいいことだった。

通話を切って、あらためて類家と向き合う。十九時五十五分。

「おまえの考えをいえ。柴咲はおれたちが急襲するタイミングを知っていた。部隊は隠しカメラで確認できても、あのタイミングだと知ることはできなかったはずだ。なのに奴は事前に配信の音声を切り替えていた。これをどう説明する？」

「――わたしへの疑いは晴れたんですか？」

「いいから話せ。役に立たないようなら放り出す」

類家の口もとが笑った。そこに萎縮や憤慨は見いだせない。ただ、沸き立つ高揚を高東は嗅ぎとった。まるで競技者が、やっとゲーム盤の前に座れたような。

「ノッペリアンズのメンバーが身内にいる――あり得なくはないですが、その確率は低いです」

理屈が滑らかに放たれる。「高東さんが事件の担当についたのはなぜですか？　出勤日で手が空いていたからでしょう？　甲斐係長もそうです。上の指示次第では、現場にこれなかったかもしれない。猫屋にいたっては高東さんの気分ひとつで地裁関係者の聴取をさせられていた」

早乙女たち技術チームもだ。二係が臨場したから指揮車にいるが、でなければ急襲作戦の情報は得られない。

「なんの保証もなく犯行に踏みきるのはギャンブルすぎます。二人も三人もメンバーがいるとも考えにくい。捜査に関わる期待値が高く、内情を知れる立場となると管理官や課長クラスとなりますが、さすがに彼らがノッペリアンズというのは現実味がない。第一この仮定では、スズキを殴りまくった柴咲もノッペリアンズということになる」

「演技かもしれない」

あの容赦ない暴力が？

自問の答えはNOだった。

しかしスズキの奪還のほか、共犯者が集まる目的が思いつかない。

ふいに、類家の視線が宙へ向く。「あ」と小さな声をもらす。

「――そうか。べつにいいのか、それでも」

「なんのことだ？」

虚空《こくう》へ向いた視線が高東に戻ってくる。

「事件に関わることが確実で、なおかつ捜査状況に触れる機会がある――。条件を満たす内通者の候補はかぎられます」

「捜査関係者以外だと、104にいた者ぐらいか」

地裁の職員、警備員、裁判官たち――。解放された人質は聴取で捜査員と接触している。

だが彼らに、急襲作戦は周知されていない。

そのとき、類家が唇に人差し指を立てた。無言を強いてくる眼差しに、高東の背筋が粟立《あわだ》った。

被害者もだ。条件を満たす候補には、被害者もふくまれる。

「だが」と声を出してしまう。

「ええ」類家が咎めるように首を横にふりながら応じる。「現実的ではありません」

その台詞が、本心から出たものでないことはあきらかだった。

高東の頭には、ひとりの老人が浮かんでいた。柴咲に殴打され、まっ先に解放された遺族会の男性——湯村。

彼に会うと決めたのは高東だ。しかし高東が呼ばずとも、本人が希望すれば叶う見込みは高かった。柴咲と直接話す捜査官に、奴のプライベートな情報を伝えたいとかいえばいい。そうだ。治療のため病院へ運ばれた湯村は、志願して指揮車までやってきたのだ。

だが。

「突入のタイミングを知る機会は——」

にらまれて、今度こそ高東は唇を結んだ。

「そのとおり」類家が、両手を左右の耳へ当てた。「不可能です。つまり、内通者なんていないないんです」

目つきが鋭さを増していた。ここでようやく高東は気づいた。盗聴器。たった一度のチャンスを使い、湯村がこの指揮車に盗聴器を仕掛けたのだとしたら。

思い返せば、柴咲は最初からヘッドセットを着けていた。音を出しっぱなしにしていたときからずっと。

あれがマイクのためだけでなく、イヤーパッドの下に嵌めた盗聴用のイヤホンを隠す工夫だとしたら。

高東は息をのみ、類家に向かってうなずく。「たしかに、そうだ。突入のタイミングは、誰にも知りようがない」

「偶然なのか驚異的な洞察力なのか、柴咲はこちらの動きを読みきっていたんでしょう。あるいは自分から誘導するつもりだった。どちらにせよ五回目の通信で人質を三人解放し、配信を切る計画だったんです」

類家がパイプ椅子を指さした。湯村が座っていたものである。

「見事にしてやられたってわけか」

ぼやきを演じつつ、不安げにこちらを見ている早乙女に目配せをする。高東の意を察し、早乙女が慎重にパイプ椅子の裏を覗く。突っ込んだ頭を抜いて、青ざめた顔でオーケーマークを見せてくる。「あった」と。

「それよりも検討すべきは、柴咲を懐柔する方法です」

類家がノートにペンを走らせる。乱れた文字を、高東は読み解いてゆく。

『聞いているのは柴咲でしょう。湯村の身柄は押さえますが、それを柴咲に知られるわけにはいきません』

湯村は病院へ戻っている。スマホを取り上げれば104号法廷との連絡は阻止できる。

「――甲斐さんの意見も聞くべきだろうな」

「わたしはここで情報収集をつづけますか?」

「ああ、頼む」

高東が立ち上がると、類家もそっと腰を上げた。完全に気配を消し、高東の後ろを付いてくる。

外へ出たふたりは指揮車の陰で肩を寄せ合った。報道各社には現場の中継を控えるよう申し入れをしているが、どこで誰がカメラを回しているかわからない。

「湯村が、共犯だったとはな」

「見誤りました。ですがたぶん、ズレています」

「ズレている？」

「はい。湯村と柴咲の動機は嚙み合っていない」

感覚的には理解できた。湯村が柴咲の協力者なら、目的はスズキへの復讐以外に考えにくい。であれば籠城などせず、速やかに実行すればいい。そう考えたからこそ、高東たちは湯村共犯説を脇へ置いていたのだ。

「柴咲はスズキを撃った。それが報酬じゃないのか？」

「だったら、もっと明確にスズキを殺害すべきです。撃たれた有様《ありさま》を映すでもいい。せっかく配信しているんだから――」

言葉を切って、ふたたび類家は宙を見やった。すでに日は暮れ、地上十九階建てを誇る東京地裁の上から下まで点《つ》けっぱなしの明かりが窓をくっきりと照らしている。

そのすべてが、パッと闇に同化した。柴咲の要求どおり、104号法廷以外が消灯したのだ。

類家がつぶやく。「……そうか。だから、配信なのか」

「おい、何をいってる？」

先にタブレットへ通知があって、類家が眉間《みけん》に皺《しわ》を寄せた。「湯村、消えてます」

思わず悪態をつきそうになる。被害者の立場にあった男だ。見張りはつけていたが、べったりと監視していたわけではない。

「スマホも切っているようです」

「位置情報を割り出せ。ＳＳＢＣにいって柴咲と連絡を取る一瞬を捉えさせろ」

ＳＳＢＣ（捜査支援分析センター）はスマホやパソコン、ＳＮＳから防犯カメラまでデジタル情報を扱う専門部署で、本件でもすでにサポートに入ってくれている。

「足取りも追え。急がせろ」

「はい。ですが――」

「なんだ？」

「いえ。たしかにそれも必要です」

それも？

「高東さん。これを見てください」

渡されたタブレットが映しているのは立花が聞き込みで得た情報を要約したものだった。

『柴咲と解放された人質（江嶋、紺野、内川、勝又）に親交あり。現在勝又以外の家族とは連絡つかず』

「――こいつらも共犯だというのか？」

「ちがう。そうじゃない」宙を見上げた丸眼鏡は高東を見ていない。「……なんてことを考えるんだ、柴咲」

「ちゃんと説明をしろ！」

タブレットに触れようとする部下の肩をつかんだ。

「声が大きい。車内に響きます」

「黙れ」なけなしの理性でボリュームを落とす。「いいからぜんぶ話せ」

「時間がないんです。指示を出します」

「おまえひとりのゲームじゃねえぞ！」

息がかかるほど顔を寄せる。「おれたちはチームだろう？　じゃなきゃこんな勝負はやってられねえ。ちがうか？」

類家の顔からいっさいの表情が消えた。

「――似たような状況で、おれは清宮さんを巻き込みました。そしてあの人は責任をとらされた」

「だからなんだ？　だから何も教えず、勝手に突っ走ったことにする気か？　ふざけんなよ、クソガキが」

類家の丸眼鏡に唾が飛んでも、高東は距離を縮めた。

「おまえの情報源は、清宮さんなんだろ？」

現場を退いても、スズキを信奉する者たちの動向を密かに探っていたのだ。みずからが関わった事件の落とし前として、間違いなく組織に黙って。

類家は能面のままだった。

「おれの独断でやるほうが早い」

迷いのない口ぶりに、本気が伝わってくる。本気でこいつは、自分が勝手にやったほうが早いと思っている。

「お叱りはあとでいくらでも聞きます。いま優先すべきは事件解決以外にない」

「……何をする？」

「江嶋や紺野たちの家族を捕まえます」

予想外の方針に、肩をつかんでいた手に力がこもった。「共犯だと踏んでいるのか」

「ちがいます。でも事情を聞かなくてはなりません」

わけがわからない。すでに類家はタブレットを叩いている。共犯ではないのに「捕まえる」？

それも本人でなく家族を。

「本人たちの聴取は望月さんと梅野さんにお願いしました。柴咲との仲がどれほどだったのか、プラス彼ら自身について。住所、家族構成、職業」

「江嶋の聴取は済んでる」

彼女が解放された四回目の通信から、すでに二時間以上が経っている。

「柴咲と親交があったなら情報が届いてるはずだ」

「隠しているんでしょう。江嶋には社会的地位がある。彼女の夫は繊維会社の経営者です」

差し出されたタブレットに江嶋かおるのプロフィールがあった。四十九歳、主婦。夫が経営する会社名を高東は知らなかったが、二部上場とある。子どもはなし。スズキ事件で妹と姪《めい》っ子を亡くしている。

「外聞を無視できる立場じゃない。まともに訊いても柴咲との関係は濁します」

凶悪な立てこもり犯と仲良くしていた――。たしかに進んで明かしたいことではないが。

「紺野と内川もたぶんそうです」

「そう、とは？」

「だから選ばれた」

会話にならない。類家はタブレットに齧りついている。せわしなくタップをしながら聞こえないつぶやきを漏らしている。言葉にするのももどかしい速度で思考がジャンプしているのが見てとれる。

危うい。この男のバランスは、平気で崖を転げ落ちる歪さを帯びている。

清宮の言葉を思い出す。いずれあいつは、自分の頭脳が通じない事件に出くわすだろう――。

「……みっつだ。みっつの思惑を、奴は同時にコントロールしていた」

「なんだと？」

「だから、そうか、そうなんだ。セックス、上を向いて歩こう、宇宙飛行士、ノッペリアンズ」

「類家っ！」

「高東さん。指揮車に戻って監視をつづけてください」

猫屋が仕掛けた隠しカメラを？　１０４号法廷をうかがう手段といえば、あとは弁護士会館のテラスや周辺のビルに陣取った捜査員による上空からの映像ぐらいだ。

「それと大事な仕事を」

類家はこちらを見もしない。

「都内の警官を総動員してください。上と掛け合ってなるべく多く」

「地裁の包囲は完了してる。国立も」

「それ以外の場所もすべてです」

「都内全域を？　無茶いうな」

明確な理由もなく認められるはずがない。

「せめて場所を限定しろ。どこだ？」

「どこ――」類家が虚空を見上げる。「どこだ？」

この野郎――。苛立ちが爆発しかけた。

「柴咲は、どうするつもりなんだ？」

「類家っ」

背丈の低い襟首に手をかけ、こちらを向かせる。その拍子に腕時計の針が見えた。次の通信まで残り三十分少々。

「話せ。悩んでる暇があるなら、おれに」

直感が告げる危うさは増している。だがおなじぐらい、こいつの能力を使うべきだとささやいている。

「柴咲は何を企《たくら》んでいる？　みっつの思惑とはなんだ？」

襟首を締め上げる高東の手をふり払い、類家が早口に話しだす。

「違和感は二回目の通信からあったんです。『最後にセックスしたのはいつですか？』。三回目の通信では『上を向いて歩こう』。四回目には『宇宙飛行士』。これらは法廷に立てこもった犯人から出る台詞として、絶対に予測できないものだ。なおかつインパクトがあって聞き逃す恐れが少ない」

話はわかる。だが、それがいったいなんだ？

「『上を向いて歩こう』のときは死刑執行を配信しろという要求に『二日待ってくれ』と高東さ

んが返した直後、柴咲は突然怒鳴った」

——ふざけんなよ、高東。てめえらのくだらない駆け引きで、人質がどうなるか真剣に想像しないでどうすんだ。殴られて傷つく痛みを甘くみてんじゃねえのか？　殺されやしないと高をくくってるのか？　後悔するぞ。すぐに行動に移さなければ、おまえらは後悔することになる。

「『宇宙飛行士』のときはチリップスの制裁と、やはり不自然な激昂《げっこう》があった」

——余裕ぶっこいてんじゃねえぞ！　いつまでも引き延ばせると思ってんじゃねえ。次はおまえだ。おまえを、おなじ目に遭わせてやる。

「そして江嶋が解放された」

たしかに、あれは唐突だった。急に話を終わらせ、奴は制裁をはじめた。

ちがう。制裁の準備をしてから、子どものころの夢を話しだしたのだ。そう。スマホの画面を確認してから。

脳裏に、柴咲の笑みがよみがえる。妙にくっきりとほころんだ口もとが。

ついさっき、内川たちを解放する直前も、奴はスマホを確認していた。

「奴の激昂はメッセージだったんです。高東さんに怒鳴るふりをしながら、柴咲は配信を観ている第三者にメッセージを送っていた」

「誰に？　外の仲間にか？」

「いえ、それはメールか何かで済ませていたんでしょう。奴がパフォーマンスを必要とした相手は人質の家族です」

「なんのためにだ！」

「身代金《みのしろきん》交渉」

どん、と胸を殴られる感覚があった。

「高東さんに対する激昂は、身代金を出し渋る人質家族への警告でもあったんです」

人質たちや、三十万人の視聴者さえも飛び越えて。

「いわゆる掛け子——恐喝者は家族にコンタクトを取り、配信を観るように命じる。最初に柴咲が傍聴人をじっくり全員映したのは、確実に自分の家族が人質になっていることを知らしめるためだった」

だから、配信が必要だった。

「サーバーの強化を命じてきた理由もです。人質家族がこの配信を見れなくなってしまうことを奴は避けなくちゃならなかった。ぶっちゃけ、視聴者数自体はどうでもよかった」

三十万だろうが、百万だろうが。

「交渉を成立させるために必要なのは人質家族との信頼です。つまり、『間違いなくこいつは犯人の仲間で、いうとおりにすれば家族が助かる』という保証」

「じゃあ、便乗犯を疑われないために——」

「いくつかの台詞を事前に打ち合わせてあったんでしょう。人質家族に柴咲の台詞を予告し、現実化することで信頼を勝ち得ていたんです」

偶然の一致を疑われないよう、犯罪の場面にそぐわないものをあえて選んだ。『最後にセックスしたのはいつですか？』、『上を向いて歩こう』、『宇宙飛行士』。

「そのうえで、柴咲は画面の中から人質家族を恫喝していた。金を払わないとひどい目に遭わすぞと」

スズキや倖田への殴打、チリップスによる制裁。死刑執行やそのライブ配信という無理筋な要求は、自然なかたちで暴力を見せつけるためだったのか。

「萌黄ファームの爆破にも意味があった。人質を解放する理由づくりです」

――ぼくにも不履行がありましたね。解除コードといいながら、爆弾を爆発させてしまった罪です。代償として、人質を解放します。

「一方でふたり目の人身御供を、奴は高東さんが提案するまで失念していた。なぜならもう、優先順位が低かったから」

田畑を制裁したことで、人質家族へ恐怖を植えつける目的は果たした。必要が生じれば倖田を殴るで足りる。もっというなら、初めから人身御供の存在自体、事を都合よく進めるための演出にすぎなかった。

「柴咲が遺族会のメンバーと親交を深めていたのはターゲットの選定。裕福で家族仲が良く、素直に身代金を用意しそうな者の見極め」

選ばれたのが江嶋たちだった。

「複数家族と同時に交渉は難しい。誰かが通報すれば全滅もあり得る。恐喝者はひと家族ずつ集中して相手をしていたはずで、つまり『セックス』は江嶋の家族に、『上を向いて歩こう』と『宇宙飛行士』はほかの家族に向けた符牒《ふちょう》だったと思われます。正確にこれとはかぎりませんが、似たような言葉を使って」

そしてスマホのメールで身代金の支払いを確認し、払った者から解放していった。

「……法廷の外にも、共犯者がいるんだな」

「ええ。別動隊が」

片方のチームが立てこもり、片方のチームが人質の身代金をせしめる。

「奴らは人質家族にこんな忠告もしたでしょう。『もし警察にタレ込んだら、誰かが死ぬ。そしてそれがおまえのせいだと、何十万人の前で明かしてやる』」

法廷内でさんざん繰り返した手口だ。恐喝者が柴咲とつながっていると確信している以上、この脅しに逆らうことは難しい。先に解放された江嶋の家族と連絡がつかないのはこのためか。事件が完全に終わるまで、口を閉ざすつもりでいるのだ。

「だが――」

理屈はわかった。蓋然性の高さも認めよう。それでも高東の脳裏には疑問が浮かぶ。

「柴咲は捕まる」

「ええ。素性も明かしています」

身代金を奪っても、柴咲自身が金を手にすることは難しい。すると奴は手駒なのか？　身代金チームのほうが主犯格で、嫌々立てこもりをさせられている？

「法廷内の共犯者は？」

「だから配備が要るんだ」

類家の声が荒ぶった。「こんな真相に意味なんてほとんどない。すでに身代金は奪われてるに決まってる。手遅れすぎる。なんていう間抜けだ！　もっと早く気づいていれば金の受け渡しを追跡できたはずなのに」

乱暴に天然パーマを掻きむしる。「チャンスはあったのになぜ見逃した？　救いようのないアンポンタンめ！」

「類家」

高東は部下の肩をつかみ、正面を向かせた。

「この先はどうなる？」

まっすぐに見つめて訊いた。

「答えろ。おまえの脳味噌は、この先をどう予想する？」

「――共犯者は脱出します。でなければ柴咲同様、素性を明かしているはずです」

そして、と類家はつづける。

「高い確率でスズキを連れ出す」

盾だ。スズキの命を盾にして１０４号法廷を出る気なのだ。

だから、それを阻止するための配備が要る。

「身代金の強奪はつづくのか？」

「配信を切った状態では成立しません」

「二十一時の再開以降は？」

類家は黙ることで否定する。高東も同意見だった。一時的にでも配信を切った効果は大きい。不安に駆られ、警察に頼る人質家族がいると考えるほうが自然だ。その状態で身代金の強奪をつづけるのは自殺行為といっていい。

「おまえの推理だと、最後に解放された三人とメッセージの数が合ってない」

「家族と連絡が取れている勝又はダミー。おそらくですが」

どちらにせよ調べるしかない。法廷に残っている人質全員の家族も。

高東は確認を込めてうなずき、手のひらに拳を打ちつける。

「よし。仕切り直しだ」

無理やり腹に力を込めた。

「まだ何も終わっちゃいねえぞ。金を奪われたことも、恐喝者を逃がしたこともいったん忘れろ。ゲームに負けた。それだけだ」

ぽかんとこちらを見る類家にいう。

「後悔はあとでいい。おまえは黙って命を救え。いいな？　これは命令だ」

高東はスマホを取り出して管理官へ電話をした。犯人が逃亡を試みた場合に備え東京全域の配備を願うが、反応は鈍かった。全域である必要は？　地裁周辺を固めれば充分だし、追尾班を組んでおけば万が一にも対応できる――。

〈柴咲に逃げる意思があるとも思えん。最悪、共犯者については奴を確保して吐かせればいい〉

反論の材料は乏しい。せめて全署に厳戒態勢の通達をすることで折り合いをつける。

「もうひとつ、人質家族と柴咲の仲間が接触している可能性があります」

〈なんだと？　確証はあるのか〉

いえ、と濁すほかなかった。ここで複雑な推理を披露したところで管理官の対応は変わるまい。無駄な説明に時間を割くぐらいなら、勝手に捜査を進めるほうがいい。

〈長期戦の覚悟をしておけ〉

通話が切れたスマホをしまいながらふり向くと、類家は宙と交信していた。さっさと復活しやがれ――胸の内で投げつけて、高東は指揮車へ乗り込む。

「異常は?」

「ありません」応じながら早乙女は視線をパイプ椅子へやった。盗聴器はそのままという意味だ。

猫屋が仕掛けた隠しカメラは104号法廷につながる五つの扉を外からじっと捉えている。これを湯村がやってくる前に仕掛けられたのは、高東にとって数少ない幸運といえるだろう。人っ子一人映らないその映像を目の端で捉えながら、長期戦を覚悟せよという管理官の忠告を吟味した。柴咲に、そのつもりがあるのだろうか。奴は籠城から一度もトイレへ行っていない。共犯者がいなくなれば、いよいよ状況は苦しくなる。

いっしょに逃げる計画なのか。素性を明かしているデメリットに目をつむれば、もっとも自然な展開だ。

人質を盾に、法廷を脱け出すことはできるだろう。いったん外へ出てしまえば何が起こるかわからないのも事実だが、冷静に考えると、犯人側のリスクも高い。正面突破で捕捉をふり切るのは容易でない。監視の目をくぐり抜ける上手い方法などあるのか?

いや、そもそも共犯者の脱出も、身代金強奪という裏ストーリーも、類家の妄想でないとはいいきれない。

確かなのは、湯村が消えたことだけだ。

「そうか」

無意識に声が出た。湯村が柴咲に協力した報酬、見返り。それはやはり、スズキの命じゃないのか。104号法廷で殺ってしまえば逮捕は避けられない。もっといえば、誰の邪魔もなく、じっくりと時間をかけて、あの場所では不可能なほど苛烈で残酷な罰をスズキに与えること。それが彼の望みじゃないのか。だからスズキを連れ出すことを条件に、柴咲に協力した。

湯村だ。

高東は確信を深めた。仮に奴らが脱出したとして、行き先には湯村が待っているのだ。気が逸《はや》る。湯村の手配は済んでいるが、下手に確保すれば犯人たちが地裁から逃げおおせたときの手がかりがなくなりかねない。追尾にとどまらせるべきだろう。

指示を、と立ち上がりかけたところで、ちょうど類家が指揮車に戻ってきた。自分の閃きを伝えかけ、盗聴器の存在を思い出してのみ込んだ。

「タブレットを寄越せ」

いいながら、メモ紙にペンを走らせる。『ユムラは泳がせる』

類家は目をすがめ、小さく首を横にふった。

は？　と、高東の口から声にならない声が出る。理解していないはずはない。こいつなら、この八文字で充分意図を汲《く》みとるはずだ。

「いいから寄越せ」

ひったくるようにタブレットを奪い、高東は湯村の追跡班宛てに指示を送る。見つけ次第追尾せよ、コンタクトは禁止。

「柴咲とのコンタクトまで、あと十五分です」早乙女がいった。追跡班から了解の返事と、いまだ湯村を捕捉できていない旨、簡潔な報告が届く。

増援すべきだ。脳内で慌ただしく動かせる部隊を探す。

「高東さん」

定位置となった高東の横に座り、盗聴器が拾えないほどの小声でいう。「その必要はない」

腕をつかまれ、かっと感情が昂《たかぶ》った。置かれた手をふり払い、なぜだ？　と無言で問うが、類家は首をふるばかりだった。

「それより警備を。地裁だけでも二倍にして完璧に囲うべきです」

怒鳴りたい気持ちは真剣な眼差しに気圧《けお》された。かといって納得できる道理はない。盗聴器の忌々しさに歯噛みしながら、メモ紙をダボついた背広に突きつける。類家がペンを手にする。書き込まれていく文字を高東は追った。『ユムラは――』

「高東さん」

呼びかけに顔が向く。車内の誰でもなく、高東は居並ぶディスプレイを見た。

そのひとつが、柴咲を映している。

「そして視聴者のみなさん。ふたたびお会いできたのをうれしく思います。二十一時からぼくは、この事件の全貌と、なぜこのような行動に出る必要があったのか、つまり動機について説明します」

突然はじまった配信に、早乙女が情けない声をあげる。「まだ十五分前です」

一瞬、柴咲を映すディスプレイを高東はビデオ通信用のものと勘違いしそうになった。右は弁護人席、左は検察官席まで映していた配信の画角が、柴咲のバストアップに狭まっていたからだ。背後には、ぼんやりと無人の書記席がうかがえるだけである。

「あと十五分、黙りつづけるのも芸がない。せっかくこんな場所にいるのですから、ちょっとだけ法律の蘊蓄《うんちく》を語ることにします。ぼくが調べたかぎり、世界最古の明文法は約四千年前のシュメール——ユーフラテスとティグリス川に挟まれた現在のイラク南部、いわゆるメソポタミア文明に属する地域にあったウル第三王朝期でつくられたウル・ナンム法典だといわれています。次に古いのが、その三百年ほどのちに生まれるハムラビ法典。『目には目を、歯には歯を』で有名な同害復讐法の代表です」

なんの話だ？　この唐突な講義は、意味のある行動なのか。

「ハムラビ法典に比べ、ウル・ナンム法典は賠償に重きを置いていたそうです。たとえば『もし人が誰かの足を傷つけたならば、銀十ギンを支払うべきである』、『もし人が棍棒《こんぼう》で誰かの骨を砕いたならば、銀一マナを支払うべきである』、『もし人が誰かの鼻を傷つけたならば、銀三分の二マナを支払うべきである』……おもしろいのは強盗や殺人、殺人未遂にあたる罪に対しては同等以上の罰が与えられている点ですね。『もし人が強盗をはたらいたならば、殺されるべきである』、『もし人が誰かの頭に武器を打ち下ろしたならば、殺されなくてはならない』」

真面目に聞く価値があるとは思えない。かといって目を離すわけにもいかず、高東は画面に神経を尖らせた。

「まあ、この時代の法律というのは我々の近代法とはだいぶ性格が異なっていたようです。はっきりいえば許される仕返しの量が決められているにすぎません。そして何より、身分によって罰の軽重が変わっていたのです」

柴咲はカメラを正面にして、薄笑みとともに語りつづける。

「近代法の出発点は古代共和政ローマだそうです。法学という概念が生まれたのもこのころらしい。支配者の都合で不当に裁かれていた民衆が立ち上がり、おのれの血と力で公平・公正・平等を勝ち取った。いや、勝ち取りつづけてきたのだと表現するほうが正確でしょう。『法の支配』を打ち出したマグナ・カルタの成立はたった八百年ほど前です。国王も法律に従う――。ぼくらには当たり前に聞こえる原則を獲得するまで、ウル・ナンム法典から三千二百年、共和政ローマから数えても千七百年かかったというわけです」

まもなく二十一時になりますと早乙女が告げる。

「雑談の最後にぼくは問いたい。古代法を支えるのは宗教と生活の知恵でした。素朴な直観といい換えてもいいでしょう。復讐法はまさにそうだし、フェーデと呼ばれる私戦による解決も、野蛮ではあるけれど、納得という意味ではうなずけなくもありません。翻って、現代はどうか。六法全書が約六千ページ、三千八百万字超。条文は憲法の百三に加え、民法がざっと千、刑法が二百五十、商法八百五十、民事訴訟法と刑事訴訟法が合わせて千、ゆうに三千を超えます。さて、この膨大な現代の聖典を、選ばれた知的貴族や法衣《ほうえ》をまとう神官なしに、我々は語ることができるでしょうか。夥しい判例、附則、法廷用語に奇妙な戦術。おまけにそのジャッジには、一般人には呪文にしか聞こえない科学技術や医学の用語も使われる。あまりに精緻に組み立てられたそのロジックが、ぼくらの幸福に寄与していると、ほんとうに信じることができるでしょうか」

いったい何がいいたい？　どんな理屈をこねようと、スズキに家族を殺された者たちを監禁し、身代金を奪うという行為が許されるはずがない。

二十一時です――。早乙女の合図に、ビデオ通信の画面へ目をやる。ディスプレイは自分を映しているだけで、柴咲のウインドウは現れない。

「高東さん」

配信画面から柴咲が呼びかけてくる。「もうしばらく、ぼくの独り語りにお付き合い願います」

配信の同接カウンターが、ぐんぐんと数を増してゆく。

「独り語りとはいえ、これから話すことは視聴者より、むしろ警察関係者のみなさんにこそリアルタイムで耳をそばだてることをお勧めします。なぜならそれによって、新たな犯罪被害を防げるかもしれないからです」

緊張が走った。奴らが持つ爆弾の数も、どこに仕掛けられているのかも不明のままだ。

「いいですか？　一度しかいいません。準備はよろしいでしょうか。おっと、その前に動機の説明をする約束でしたね」

もったいつけるように、柴咲はゆっくりと息をする。

「くそな親のせいで、ぼくはひどい人生を歩まされました。民法第五条一項『未成年者が法律行為をするには、その法定代理人の同意を得なければならない』。ようするにガキは何をするにも親の同意が必要ってことです。高校の願書を出すのも、アパートを借りるにも。就職ですら身元保証書を求められました。そのたびにぼくはあのくそ親父を説得し、頭を下げなきゃいけなかったんです。そして毎回、くそみたいな説教をされるんです。大学に行ける金もなければ状況でもなかった。高卒で国から支払請求をされている十八歳に豊かな選択肢なんてない。挙句に萌黄ファームに就職しろと迫られる始末です。けれど、くそな人間が人の子の親になることを法律が禁止していない以上、残念ながらこれは受けいれざるを得ない不運でしかありません。そう。あなたたちにとってはね。他人でしかないあなたたち、恵まれた貴族であるあなたたちにとってぼくは、ワイドショーか実録ドラマで目にする可哀想《かわいそう》なキャラクターでしかないんです。だからぼくは、そんなあなたたちに、こっちもそうだと突きつけたい。あなたたちがルールを盾にぼくを蔑み、無責任に憐れんで、あるいは容赦なく排除しようとするのと同様、ぼくにとってもあなたたちはたんなる記号でしかないんです。あなたたちの幸せなど知ったことじゃない。平和など、どうでもいい。脅《おび》えろ、喚《わめ》け。さあ、殺し合おうぜ」

「さあ、殺し合おうぜ」

国立競技場の前で立花は、スマホ越しに柴咲の演説を眺めていた。

「でもそれって、当然じゃないですか？　だってぼくは、この社会のメリットを何ひとつ享受していないんですから。世の中を守る必要を、これっぽっちも感じることができないんです。あなたたちは、ぼくのような人間にこそ与えねばならなかった。恵まれた人間であればあるだけ、恵まれない者に施さなくちゃいけなかった。ノブレス・オブリージュ。これが貴族のボランティアではなく『義務』とされていた理由を、よくよく考えるべきだったんだ。社会が壊れたら困る。壊れないほうが良い。このままのほうがマシ――。あなたたちは全力で、最下層の人間にこそそれを伝えなくてはいけなかった」

長く刑事をつとめた男にとって、目新しい思想ではなかった。犯罪が個人の人間性によるものなのか、社会の仕組みに追いつめられたせいなのか。立花自身、刑事という立場を忘れ迷いの十字路に立たされるときはある。でもね――と夜風に身を丸め、心の中で呼びかける。君自身がいってていたんじゃないか、柴咲くん。ルールはルールだと。守らねばならないと。公正さによってなら、不幸せも受けいれる――と。

「もちろん法律に代表される多くのルールは、歴史という実験を経た知恵の結晶だとぼくも思う。守らねばならない、守ったほうが良い。そのほうが、より幸福になれる確率が上がる」

まるで会話が嚙み合ったような応答に、立花は意識を奪われた。

「けどそれは、しょせん最大公約数的な大衆に当てはまる物語にすぎません。あなたたちはその価値を、不断の努力によって証明しつづけなくてはならなかったんです」

つまり――。

「つまり、ぼくを凶行に走らせてしまった時点で、あなたたちの負けなんだ」

油断していた。立花は身動きがとれなかった。前方右手、国立競技場のそばで耳をつんざく爆音が響いたとき。

「つまり、ぼくを凶行に走らせてしまった時点で、あなたたちの負けなんだ」

「柴咲っ！」

突然の叫びにぎょっとする高東の横で、類家が声を張った。「おれは警視庁の類家だ。おまえの仲間は逮捕した。計画は失敗だ」

血迷ったのか？　高東が黙らせようと手をのばすより先に、

「くそっ」

悪態をつきながら類家は盗聴器が仕掛けられているパイプ椅子をひっくり返す。「柴咲、聞いてるのか！」

何が起こっているのか、高東の理解は追いつかない。

「事が起こってからでは遅いんです。いまさら『君の気持ちもわかる』なんていわれても、屁《へ》の役にも立ちゃあしない」

配信画面では柴咲が、涼しい顔で滔々《とうとう》と持論を展開している。

そこで気づく。盗聴器でこちらの音声を聞いているはずの柴咲が、類家の怒号になんの反応もしていないと。

「録画だ」

類家が吐き捨てた。「録画した映像をライブ配信しているだけだ。奴は、104にいない」

背筋が凍る。だから、ビデオ通信をつながなかった？

「あなたたちが日々積み重ねた冷淡が、小賢しい経済合理性が、倫理の堕落が、ぼくのような犯罪者を生み、あなたたちの日常を脅かすんです。いや、真に合理的ならば、優しさを分け与えるほうが正解なんだ。おまえらはしくじった。調子にのっていい気になって、せこい損得勘定のソロバンを弾いているうちに、背中に銃を突きつけられていたんだよ」

配信画面の中で、柴咲が微笑んだ。

「まさに自業自得。笑えるほど、見事なブーメランってやつですね」

そのとき、早乙女が「係長っ」と叫んだ。

「人が！」

指がディスプレイを示す。猫屋が仕掛けた隠しカメラのディスプレイに、次々と人影が映る。


「まさに自業自得。笑えるほど、見事なブーメランってやつですね」

くだらねえ――。アパートのフローリングを殴りつけたい衝動を、猿橋はどうにか堪えた。

何がノブレス・オブリージュだ。何が「最大公約数的な大衆に当てはまる物語にすぎません」だ。甘えたガキが駄々をこねてるだけじゃねえか。

スマホで映した配信の中でしゃべる柴咲は青っ白く、きっと十キロのバーベルだって持ち上げられない。そしてこいつは十キロのバーベルを持ち上げる労力を嫌って、十キロのバーベルを用意したトレーニングジムにクレームをつけているだけなのだ。

「ぼくのような境遇の人間が、全員犯罪者になるわけじゃない――あなたたちは、こう反論するでしょう。恵まれない状況で、懸命に幸せをつかみ取った人もいるのだと」

そのとおりだ。置かれた状況のなかで、できるだけ努力する。それは自明のことじゃねえのか？

少年時代、猿橋は「ボヨン」と呼ばれていた。体型を小馬鹿にした悪口を、いまより数千倍おとなしい性格だったせいもあり、よく投げつけられた。イジメというほどではなかったが、つらかった。

身体を鍛えだしたのは、テレビで見かけたプロレスラーに憧れたから。そして家の近くに安いジムがあったから。それだけで人生は上向いた。

こんなもんだ。こんなもんで、みんななんとかやっているんだ。

「幸運な人間は、自分の幸運に気づかない」

柴咲の表情が、なぜか猿橋の胸を撃った。呆れたような、疲れたような、あきらめたような笑み。

「そして次にはこういうんだ。おまえよりもっと不幸せな人間がいる――。馬鹿なのか？　だったらなぜ、その『もっと不幸せな人間』を放置しているんだよ。もっと不幸せな人間の下に、もっともっと不幸せな人間がいるんだろ？　もっともっともっとってつづくんだろ？　だから我慢しろって？　ふざけんな。付き合ってられるかよ」

猿橋の考えは変わらない。柴咲を肯定する気などさらさらない。なのに腹筋に気色悪い悪寒を覚える。

もし、家の近くに安いジムがなかったら。安いジムに通う金すらない家庭だったら。体格に恵まれていなかったら。イジメがエスカレートしていたら、おれはどうなっていたのだろう。

こんな「もしも」に意味はない。意味はないが――。

束《つか》の間《ま》の物思いは、スマホの着信で遮られた。「はい、猿橋」

〈立花だ。爆発したよ〉

「え？」

〈国立競技場のそば、正確には敷地外の茂みでドカンだ〉

血の気が引いた。つづけざまに着信音が響いて、猿橋はびくりと音のほうを見た。部屋の奥、ビニルコードで巻かれた三脚の、そこにくっついたスマホが最大ボリュームで喚いている。

猿橋は飛びついた。通話にする瞬間、立花の着信で途切れた配信へ思いを馳せた。柴咲に、投げつけてやりたい。何か、言葉を。

スマホに耳を寄せると、昼にも聞いた女性の機械音声が聞こえた。

〈次は日比谷公園《ひびやこうえん》大音楽堂です。急いでください〉

日比谷公園？　東京地裁のすぐ近くじゃねえか。

立花に伝えようとして、猿橋は愕然とした。

三脚のスマホから聞こえる機械音声が、読みあげをやめなかったからである。

〈次は歌舞伎座です。急いでください〉

〈次は東京タワーです。急いでください〉

〈次は国会議事堂です。急いでください〉

「ふざけんな。付き合ってられるかよ」

柴咲の台詞は高東の意識を素通りしていった。目は隠しカメラの映像に釘付けになっている。

傍聴席側にある関係者用出入口から出てきた人影が、列を成して過ぎてゆく。

指揮車の外にいる猫屋から無線が入る。〈地裁内に動きあり！〉

ほぼ同時に類家がいう。「国立競技場で爆発」

なんだって？　ふたつの情報に引き裂かれる。

「高東さん」類家の声が、わずかに気色ばんでいる。「高円寺のアパートに着電。爆破予告。日比谷公園大音楽堂、歌舞伎座、東京タワー、国会議事堂」

何が起こっている？　判断を許さない速度で爆音がする。日比谷公園のほうだと麻痺《まひ》しかけた思考が測る。

〈こちら都道警備班、指揮車どうぞ。四時の方角で爆発音あり。向かいますか？〉

地裁東側にある日比谷公園は都道301号を挟んだ目と鼻の先にある。応援を待つより駆けつけるほうが早い。

「こちら指揮車。爆発は日比谷公園大音楽堂と思われる。警備班は急行し現場保存、負傷者の保護、不審者の拘束に当たれ」

了解の返事を聞くより先に猫屋に問う。

「そっちはどうなってる？」

〈はい、人影は東玄関のガラスドアの奥にならんで――あっ！〉

重ねるように、べつの捜査員が告げる。〈ガラスドアに突っ込んできます！〉

とっさに上空カメラの映像を見る。東玄関のガラスドアが開かれるやいなや人影の群れが雪崩《なだれ》を打ってあふれ出す。

その光景に現実感を奪われる。散り散りに駆け回る人々はみな、頭にかぶり物をしていた。チリップスの袋だと、理解するまで一拍が必要だった。

〈人質と思われます。指示を！〉

人質。そうだ。この大量の影は人質しかあり得ない。

反射的に命じる。画面の柴咲は相変わらず涼しい顔で語りをつづけている。「おまえらが悪いんだ。すべてはおまえら自身が招いたことだ」

「保護しろっ」

高東は地裁付近の警官たちへ再度命じる。「こちら指揮車。人質を全員保護しろ」

瞬間、類家の声が脳裏をかすめた。奴は、104にいない――。

「犯人がまぎれているかもしれん。ひとりも逃がすな」

直後、また爆音がする。ひときわ大きな、指揮車ごとなぎ倒すような衝撃がぶつかってきて、思わず高東は身をかがめた。椅子から転げ落ち、内臓を守って筋肉が強張った。視界が明滅するほどのボリュームだった。

〈104号……、爆発しました〉

呆然《ぼうぜん》とした猫屋の報告。彼が仕掛けた隠しカメラの映像が消えている。

そのなかで、配信だけは終わっていない。

「次は法廷で会いましょう。警察が、ぼくを逮捕できたなら」

柴咲の余裕の笑みは、すべて計画どおりなのだと語っていた。配信を切ったのは準備のためだ。独り語りを撮影し、人質を誘導し、チリップスの袋をかぶらせて……。

約束の二十一時より早く配信を再開し、注意を集めた。動機を語るという予告に高東ものせられた。配信の柴咲に集中してしまった。

〈こちら弁護士会館撮影班。南の上空から小型ドローンのような物が飛んできます！〉

今度はなんだ。ドローンだと？　マスコミか野次馬のものでないなら——。

〈東玄関に向かっていま——〉

指揮車の天井に衝撃が降ってくる。爆音が響く。逃げ出した人質たちの頭上で、ドローンごと爆発したのだと床にかがみながら高東は悟った。

無線機に怒鳴りつける。「人質の保護！　確保しろ！」

急いで付け足す。「柴咲を探せ！」

無駄だと直感が認める。突然の人質解放。百人に迫る人々の保護。直前に日比谷公園で爆発。とどめのように104号法廷の爆破。そして上空でドローンの自爆。現場はあるだけの玩具をいっぺんにひっくり返した混乱に陥っている。

「撮影班、柴咲たちを見つけろ」

せいぜい、これが最善手だった。柴咲を捕捉し、追尾する。

だが、仮に柴咲たちを見つけても、逃亡を阻止する余裕はない。

「今夜のショーはここまでです」

画面の中の柴咲が微笑む。右腕をカメラへ向かってのばす。録画を終えるつもりなのだとわかる。床に膝をついた高東は、その勝ち誇った面を絶対に忘れるものかとにらみつけた。

「ではみなさん、ごきげんよう」

「ばあっ！」

映像が切れる寸前、柴咲の背後から抱きついた男は血まみれの顔に満面の笑みを浮かべていた。

スズキタゴサクの笑いとともに配信がブラックアウトする。時刻は二十一時十七分。

※

１０４号法廷が爆発したとき、地下駐車場で待機していた浅利は思わず装甲車の屋根を見上げた。天井が崩れてくるんじゃないかと本気で震え上がった。どうにか平常心を保てたのは、急襲作戦に備えて身に着けたヘルメットと防弾チョッキのおかげだった。

建物の崩落も無視できない状況で、まずは地上へ速やかに移動した。その道中、上空でもう一度爆発音。甲斐が無線で高東とやり取りをし、装甲車を降りるや一係の猫屋と合流した。指示待ちの隊員に混じって、浅利は呆然と辺りを見回した。

いくつもの投光器に照らされるなか、そこら中に倒れ込む人質と思しき人たち。彼らに駆け寄る救護隊、制服警官。飛び交う怒号、泣き声。パトカーに消防車に救急車が駐車場を埋めている。チリップスの袋が風に舞って飛んでいる。

戦場じゃないか――と浅利は思った。ヘルメットで隠せない頰に、夜気は微熱を帯びて生々しい。

「いちおう、建物が崩れる心配はなさそうです」

猫屋の説明に甲斐が問う。「二階が落ちてきたりは？」

「大丈夫でしょう。１０４は天井が高いですし」

横から福留が口を挟む。「爆弾が残ってる可能性は？」

「威力を考えるに、二本の水筒爆弾はどちらも爆発したんじゃないかというのが専門家先生の所見です」

まあ希望的観測ではありますが、と猫屋は肩をすくめる。深刻げな表情と軽薄な仕草のミスマッチに妙な余裕を感じ、浅利は一個下の同僚に羨望を覚えてしまう。比べると、自分はびびってあたふたしているだけだ。

「これより建物内へ入って負傷者を捜索する。異変を感じたらすぐに退却しろ。絶対に無理をするな」

どこか現実味を失った頭が、武装解除を命じられなかった事実をのみ込む。中に、犯人たちが残っているかもしれない。

「気持ちを切らすなよ」

発破をかけて前進する甲斐の背中を二係の面々とともに追う。部隊は人質が脱出に使った東玄関のガラスドアから真っ暗な建物の中へ入った。床に散らばる砕片をジャリジャリと踏みながら、ヘルメットに付けたヘッドライトで地面を照らす。

「Aチームは法廷内へ。Bチームは廊下とロビーを捜索しろ」

Bチームに振り分けられた浅利は福留とならんで歩みを進めた。瓦礫《がれき》の大半は104号法廷の壁だろう。傍聴席の椅子だったものが点在している。ひどい有様としかいいようがない。仮に法廷に誰かが残っていても、間違いなく肉片になっている。

何が転がっていても驚いてはいけないと、浅利は自身のうるさい呼吸に命じた。たとえ想像を絶する形状で横たわる人間がいても、平常心を失うなと。

臆病が太腿をのろくした。もしも、と考えるのをやめられない。もしも、倖田沙良のそれが散らばっていたら、おれは正気を保てるだろうか。彼女の足取りが鮮やかによみがえる。危険な牢《ろう》獄《ごく》へ、恐れと決意を踏み締めながら遠ざかっていくパンツスーツを忘れはしない。目にすれば、すぐに気づくにちがいない。

ＰＧＬ－65を構えたまま、一歩ずつ浅利は奥へ進んだ。ときおりべつの隊員が「どなたかいらっしゃいませんか！」と声をあげ、耳を澄ませる。救護希望者の返事がないことを確認してから、また呼びかけが繰り返される。

玄関ロビーの終わりまで数メートルに迫ったとき、浅利のヘッドライトがそれを照らした。人質がかぶらされていたチリップスの袋である。

呼吸が荒くなった。急いで周囲を見渡した。コンクリートの塊が横たわっている。その下に、人間の手が見えた。

## 12

十九時半の１０４号法廷は慌ただしかった。

「紺野、内川、勝又。おまえらを解放する。次の通信は九時だ」

いうなり柴咲は二台のタブレットＰＣを同時に操作し、そして叫んだ。「紺野、内川、勝又、こっちへこい。さっさとしろ！」

遺族と報道関係者の区画から、三人の中年女性が速足で審理場へ入ってきた。

「この段ボール箱を運べ。一列に一箱ずつだ」

戸惑いを見せる女性たちに「早くしろ」と銃口が向けられる。

次の命令は傍聴席の人質を向いていた。

「箱のチリップスをペットボトルの要領で全員に回せ」

わけもわからぬまま沙良の身体は動いた。置かれた箱からチリップスの袋を取り出し、自分の左隣に座る伊勢勇気へひとつ流す。またすぐ次の袋を流す。

「早くしろ。何度もいわせるんじゃねえ」

チリップスの箱を配り終えた三人を呼び戻し、柴咲は弁護人席側出入口へ顎をしゃくった。

「消えろ」

小走りに退室する三人を見送りながら、沙良は柴咲の振る舞いが見せる切迫に緊張を覚えた。

こいつは時間に追われている。何かしようとしている。

それはなんだ？　わたしたちの助けになることなのか？

「行き渡ったら床に中身を捨てろ」

必ずこのやり方だと、柴咲は袋をひとつ、縦に裂くのではなく開け口を両手で引っ張って見本を示した。

抗《あらが》う者も、問《と》い質《ただ》す者もいない。九十人がいっせいに袋を開け、九十人分のチリップスが床に落ちる音がする。

「終わったら頭を下げてろ。袋は持ったままだ」

柴咲がタブレットPCを操作するのを、沙良は横目で盗み見た。

「いいか？　最後の我慢だ。もう少しで解放してやる。だから黙ってろよ」

何かの設定をしながら柴咲は早口でいう。そしていったん息をつき、証言台のそばに立つ。

「高東さん」

その呼びかけに「え？」と沙良は困惑した。次の通信は二十一時。自分の腕時計が正常ならば、まだ一時間以上ある。

「そして視聴者のみなさん。ふたたびお会いできたのをうれしく思います。二十一時からぼくは、この事件の全貌と、なぜこのような行動に出る必要があったのか、つまり動機について説明します」

そこから柴咲はしゃべりつづけた。ウル・ナンム法典、ハムラビ法典。目には目を、歯には歯を。もし人が強盗をはたらいたならば、殺されるべきである。もし人が誰かの頭に武器を打ち下ろしたならば、殺されなくてはならない……。

PCから返事はない。前回の通信からそうだった。だから沙良は高東の合図がわからず、身動きがとれなかった。柴咲の言動から急襲作戦が見抜かれていたのだと推測できたが、正確な状況はわからなかった。

今回も、こちらに聞こえないようにしているのかもしれない。あるいは配信にだけ語りかけているのか。

「まあ、この時代の法律というのは我々の近代法とはだいぶ性格が異なっていたようです。はっきりいえば許される仕返しの量が決められているにすぎません。そして何より、身分によって罰の軽重が変わっていたのです」

　カメラに向かって、柴咲は語りつづける。まもなく腕時計が二十時を過ぎる。

「雑談の最後にぼくは問いたい。古代法を支えるのは宗教と生活の知恵でした。素朴な直観といい換えてもいいでしょう。復讐法はまさにそうだし、フェーデと呼ばれる私戦による解決も、野蛮ではあるけれど、納得という意味ではうなずけなくもありません。翻って、現代はどうか」

　一方的なおしゃべりはやむ気配がなかった。空虚な言葉の羅列に、沙良は首を傾げたくなる。空虚なのは言葉の中身より、むしろ柴咲の熱量だった。

「けれど、くそな人間が人の子の親になることを法律が禁止していない以上、残念ながらこれは受けいれざるを得ない不運でしかありません。そう。あなたたちにとってはね。他人でしかないあなたたち、恵まれた貴族であるあなたたちにとってぼくは、ワイドショーか実録ドラマで目にする可哀想なキャラクターでしかないんです。だからぼくは、そんなあなたたちに、こっちもそうだと突きつけたい。あなたたちがルールを盾にぼくを蔑み、無責任に憐れんで、あるいは容赦なく排除しようとするのと同様、ぼくにとってもあなたたちはたんなる記号でしかないんです。あなたたちの幸せなど知ったことじゃない。平和など、どうでもいい。脅えろ、喚け。さあ、殺し合おうぜ」

　昂ぶりの気配はある。だが響かない。声、肌の紅潮、筋肉の強張り。そのことごとくが、どこか遠くで演じられたお芝居に感じる。

「幸運な人間は、自分の幸運に気づかない」

　柴咲が薄く笑う。「そして次にはこういうんだ。おまえよりもっと不幸せな人間がいる――。

馬鹿なのか？　だったらなぜ、その『もっと不幸せな人間』を放置しているんだよ。もっと不幸せな人間の下に、もっともっと不幸せな人間がいるんだろ？　もっともっともっとってつづくんだろ？　だから我慢しろって？　ふざけんな。付き合ってられるかよ」

計画なんだ。直感が答えを出した。これは計画の一部で、こいつの本音とは関係ない。動機を語るなんて嘘。ただ注目を集めるだけの時間稼ぎ。

だが、なぜ？

そのとき、それと目が合って、沙良は「ひっ」と息をのんだ。

「次は法廷で会いましょう。警察が、ぼくを逮捕できたなら」

語る柴咲の背後で、むくりと起きた塊。スズキタゴサクの坊主頭、つぶらな瞳。

「今夜のショーはここまでです」

次の瞬間、バネ仕掛けの玩具のように丸い身体が跳躍した。

「ではみなさん、ごきげんよう」

タブレットPCへ手をのばした柴咲に後ろから飛びついて、獣じみた笑顔をカメラへ広げる。

「ばあっ！」

警棒がスズキの側頭部を打ち、転がった身体に柴咲が追撃の体勢をつくった。

「よせ！」

野太い声が後方から飛んだ。

「それ以上は認めない。無意味な暴行は裏切りと見做すぞ」

ふり上げた警棒を宙で止めた柴咲が、声のほうをにらんだ。

「おまえらは頭を下げていろ、死にたくなければ」

野太い声が傍聴人を牽制する。立てこもり発生以来、初めて声をあげたその人物が後方に控えていた共犯者であることは確かめずともわかった。

柴咲が恨めしげにいう。「――くだらない動画になった」

「だからなんだ？　計画に支障はない。むしろ最高の出来になったじゃないか」

冗談の調子はなく、柴咲の表情がいっそう歪む。ふたりの力関係が、沙良には上手く読み解けない。

「うひっ」

張りつめた空気を、痙攣じみた笑いが破った。

「うひひ」

床に這いつくばったスズキが腹を抱える。それを見下ろす柴咲の目が燃えた。

「うひゃひゃひゃひゃ」

銃口が、耳障りな哄笑《こうしょう》を射程に入れる。

「やめろといってる」

落ち着き払った口ぶりだった。「撮り直しの時間はない。揉めている時間もだ。いいから早く準備を進めろ」

頭をかがめた状態で、沙良は共犯者を盗み見た。柴咲と似たジャンパーに、柴咲の倍ぐらい厚い肉体を包んでいる。フードを深くかぶり、口もとにはマスク。サングラスまでしているから男性ということしかわからない。ぱっと見の印象は柴咲と同世代に思えたが、声を聞くかぎりひと回りぐらい上ではないか。

笑いつづけるスズキにも、共犯の男は動じる様子がなかった。持ち場を離れない自制心もある。そこに何かしら、専門的な教育を受けた人間の雰囲気を沙良は嗅ぐ。たとえば同業者。制服警官、あるいは機動隊員。

「なるほど。保護者付きですか」

だらしなく座り込んだスズキが、共犯の男と柴咲を愉快げに見比べた。

「黙ってろ」タブレットPCを操作しながら柴咲が吐き捨てる。

「ええ、黙ります」

スズキの目もとが、にゅるりと細まる。「何度も何度もいいますけども、わたし痛いのは嫌なんです。だって、今度こそ撃たれますでしょ？　銃で撃たれるのは痛いでしょう？　ちゃんと脳味噌を吹っ飛ばしてくれるなら我慢しますが、変に外れたら痛いだけでしょう？　当たるとはかぎらないでしょう？　さっきみたいに」

あらためて、沙良はスズキの顔を凝視した。ぼこぼこに腫れあがっているものの、撃たれたような痕はない。トイレへ行くときも確認している。戻ってきたときにいたっては、そばを通る沙良を見上げてスズキはニヤリとし、下手くそなウインクまでしてきた。

なのに撃たれたふりをした。大袈裟に倒れ、死んだふりをつづけた。そんなスズキを柴咲は放置した。

思考は、自然にひとつの答えに行き着く。

こいつらの利害は、一致しているんじゃないのか？

「ねえ、犯人さん。ゲームのつづきをしませんか？」

沙良の推理を裏切って、スズキは挑発をやめない。

「わたしがあなたの、心の形を当ててみせるゲームのつづきを」

「終わった」

柴咲がタブレットPCから指を離した。「二十時四十五分に配信がはじまる」

「了解」共犯の男が返す。ふたりとも、あえてスズキを無視しているようだった。

袖にされた男へ、沙良の視線は吸い寄せられた。

落胆はない。苛立ちも見てとれない。スズキが浮かべるのはらんらんとした笑みだった。得体の知れない気色悪さが込み上げた。かつて経験したことがある。あの取調室で、真正面から向き合って、そして「ありがとう」といわれたとき。

目が合った。スズキがこちらを見ている。笑っている。まるで親しい友人に、ばったり再会したように。

「立て」

柴咲がスズキを見下ろす。その手に握られている手錠が、沙良の位置からも確認できた。

スズキがのっそりと立ち上がる。命じられるまま両拳を突き出す。柴咲が手錠の片方の輪をスズキの右手首に嵌める。もう一方を左手首に当てようとする。

その輪が嵌《はま》る寸前、スズキがぐんとこちらへ迫ってきて、沙良は反射的に顔を上げた。どこにこんな俊敏性を隠していたのかと思うほど唐突で、突然だった。

ジャラリと鉄のこすれる音が、沙良の五感を叩く。

「お嬢さん」

穏やかで、おぞましい呼びかけ。歪んでスローモーションになった空間の奥から、血相を変えた柴咲が駆け寄ってこようとしている。

スズキは、手錠の嵌った右手をこちらへ突き出していた。

「あなた、警官なんでしょう？」

宙で揺れている輪っかを自分の左手首に嵌めたのは、はたして誰の意思だったのか。沙良はスズキの眼差しを受け止め、にらみ返し、奥歯を噛む。そうだ。わたしは警官だ。

「ふざけてんじゃねえぞ！」

柴咲の警棒が肩を打つ。「痛っ」とスズキが崩れ落ち、沙良の左手がぐんと下へ引っ張られる。

「なめやがって」

柴咲がデニムのポケットをまさぐった。

「おっと、犯人さん。鍵を取り出してどうします？　抵抗するわたしたちをねじ伏せて、ふたりをつなぐこの絆《きずな》を断ち切りますか？　そのお時間が、あなたたちにあるんです？」

「死体は抵抗しない」

銃口が、沙良の額を捉えた。

「こいつを殺す」

「ああ、なるほど。ええ、はい。どうぞ」

スズキは柴咲に微笑んでいる。できやしないと高をくくっているわけじゃない。心の底から「どうぞ」と思っているのだ。

「あきらめろ」

柴咲の肩に、共犯の男が手を置いた。「タイムリミットだ」

「――どうする気だ」

「ふたりとも連れていく」

「冗談だろ？」

「この女が警官なら、どのみち無事に帰すわけにはいかない」

取りつく島のない男の態度に、柴咲が仕切り柵を蹴りつける。「くそがっ。めちゃくちゃだ」

「いいから進めろ」

冷酷な意志の響きがあった。無事に帰すわけにはいかないという台詞が、鋭く沙良の胃をえぐる。

ペースを取り戻すように大きく息をつき、柴咲は傍聴席と対峙した。

「指示に従えば全員助かる。逆らう奴は容赦しない」

沙良の足もとからパチパチと拍手がする。「お見事です」とスズキが囃《はや》し立《た》てる。

柴咲はこちらを一顧だにせず、強張った表情で指示をつづけた。「奥の人間から立て。ひとりずつだ。チリップスの袋を忘れるなよ」

「女、おまえはこっちへ来い。抵抗したら始末する。これは脅しじゃない」

共犯の男の手にも警棒が握られていた。沙良の鎖骨ぐらい一撃で粉砕できるにちがいない。威圧感に引っ張られ、腰が浮く。自分で立った感覚はなかった。スズキとにらみ合った一瞬の昂ぶりは消え去り、どこか夢見心地で仕切り柵に足をかける。

「間抜け」

そのつぶやきと同時に、尻を撫でられる感触があった。ひゃっと叫びながら、沙良は柵の向こう側へ転がり落ちた。

痛みより驚きで顔を上げると、伊勢勇気は苦虫を嚙み潰したようにうつむいて、こちらへ目をやるそぶりすら見せなかった。

「さっさと立て。妙な真似はするなよ」

共犯の男が、沙良の目前に警棒を突きつけてくる。沙良は指示のとおりに動いた。スズキも素直に立ち上がる。男に促され、肩が触れそうな距離でふたりは書記官席まで歩いた。つながった手錠が冷たく、重い。

柴咲の指示で、人質は傍聴席の壁際にならばされていた。書記官席から見て右手の関係者用出入口を先頭に、傍聴人用出入口、そこから手前に折れて仕切り柵の前に立つ伊勢のところまで、L字の列を成している。

「全員、チリップスの袋をかぶれ」

え？　という疑問の気配を「早くしろ」と柴咲は怒鳴りつけ、そばにいた伊勢の薄い背中を警棒で打った。「逆らえば容赦しないといったはずだ」

その迷いのなさに人々がいっせいに袋をかぶる。早くしろ！　柴咲が急き立てる。次は頭蓋骨をかち割るぞ！

ほとんどの人間の頭を、チリップスのビッグパックはなんなく包んだ。髪の毛が邪魔で入らないという女性が幾人かいたが、柴咲はなんとかしろと乱暴に吐き捨てるだけだった。

「前の人間の肩に両手をのせろ。指示に背いた奴がいたら誰かが殴り殺される。チリップスの袋を脱いでもだ」

共犯の男が人質の列に近づき、彼らがかぶっている袋の目の辺りにナイフでさっと切り込みを入れてゆく。やがてチリップスをかぶった異様な仮装行列が出来上がった。

「配信、もうはじまってますですね」

スズキが無造作に右手を上げ、手錠でつながった沙良の左手首をのぞき込む。巻かれた腕時計の針は二十時四十五分をとっくに過ぎ、あと一分ほどで二十一時を指そうとしている。

「ねえ、お嬢さん。きっとあれ、本物です」

太い指が、証言台に置かれた二本の水筒へ向いていた。

「スマホが仕込んであったりしてね。着信を火種にどっかーんって。わたしもちょっとだけ経験がありますからね。たぶん当たってると思うんです」

嬉々とした口調に虫唾《むしず》が走った。この男が稀代《きたい》の殺人鬼だと思い出し、拳が固まる。同時に、自分の置かれた立場に眩暈を覚えた。

手錠でスズキとつながり、一蓮托生《いちれんたくしょう》になってしまった。この先、無事に帰れる保証はない。安い挑発にのせられ、みずから招いた結果である。

「もう一度いう。命令どおりに動け。そうすればゲームクリアーだ。おかしな真似さえしなければな」

大声を張りながら柴咲は関係者用出入口側の先頭へ向かう。ドアの鍵を捻る音がする。

「ゆっくり進め。前の人間の肩を絶対に放すなよ。ぶち殺すからな」

柴咲がドアの向こうへ進み、列がのそのそと動きだす。

「……なんで死んだふりを?」沙良は小声で尋ねた。

「だってせっかくのお誘いですもん」スズキがにんまりと答えた。

くわしく問い質す前に、人質の列から共犯の男が戻ってきて沙良は口を閉じた。男の手にはチリップスの袋がよっつと運動靴、そして肩に紺色のブルゾンをかけている。

人質の誰かから奪ってきたであろうそれを、共犯の男はスズキに押しつけた。上下灰色のトレーナー姿のスズキがブルゾンを羽織り、「ちょびっと窮屈ですねえ」と楽しそうにサンダルから靴へ履き替える。

「ああ、もったいない」

床に落ちるチリップスに対してスズキが嘆いた。「わたし、警察さんのお世話になる前はその日暮らしの生活でしてね。口に入るものならなんでも貴重品だったんです。食べ物を粗末にするなんて、考えただけで身の毛がよだってしまいます」

袋を逆さにしてチリップスをぶちまけていた共犯の男がスズキを見やる。マスクとサングラスで表情は不明だが、警棒をふり上げるそぶりはなかった。

「罰《ばち》が当たりますよ、犯人さん」

軽口にも反応せず、サングラス越しにスズキを見ている。沙良は妙な気分になった。手錠を嵌めてから十分も経っていない。けれど、逆にいえばそれだけの猶予があった。この男が本気を出せば、沙良とスズキを無力化し、手錠を外すことはさほど困難な仕事に思えない。

利害の一致——。ふたたび疑いが頭をもたげる。

共犯の男が空になったチリップスの袋に素早くナイフを走らせ、長方形の目出しを切り取った。ナイフは折り畳める小型のものだが、喉を掻っ切る程度は楽にやってのけるだろう。

「かぶれ」

沙良たちはいうとおりにした。甘辛い匂いで包まれる。チリップスの欠片《かけら》と油が肌にべとつく。「ああ、お腹が減りますねえ」とスズキのはしゃぐ声がする。

共犯の男はもう一袋、手にしたナイフであっという間に目出しを切り取る。

「器用なもんです。まるでコックさんか、レンジャーさんみたいです」

ふたたび、共犯の男がスズキを見つめる。正鵠《せいこく》を射たのかもしれないと沙良は察する。スズキの表情は見えなくとも予想がついた。人を食った笑み。

男がチリップスの袋を素早くかぶる。フードを外す一瞬、黒い短髪が映ったが、目出しの視界は狭すぎてマスクとサングラスを外した人相までは確認できない。

そしてジャンパーを脱ぎ捨てる。下から地味なネルシャツが現れて、沙良は理解した。

解放した人質に紛れて逃げ出すつもりか。しかし外には警官の壁が築かれているはずだ。ふたりなら可能かもしれないが、スズキと沙良を連れていては勝ち目は薄い。

「耳栓はないんです？」

スズキのおちゃらけた質問に、疑問が氷解した。爆破するつもりなのだ。この１０４号法廷を。

混乱をつくり、包囲網を突破する。一連の手順を見るかぎり、スズキを連れていくことも計画の一部だろう。人質として？　それとも——。

「ここからの冗談は生き死にに関わります」

共犯の男が、スズキにナイフを向けた。「こちらにも手加減をする余裕がないので」

脅しとしては成立している。急にあらたまった口調を除けば。

列の最後尾の伊勢が、関係者用出入口へよたよたと近づいている。

「行きます」

共犯の男がスズキの空いた左手首を握り、ドアの奥へ消えかける伊勢の背を追った。手錠に引かれて沙良もつづく。

ドアをくぐり、通り抜け用の小部屋を出て、およそ十一時間ぶりに沙良は地裁の廊下に立った。

柴咲に誘導された人質の列は１０４号法廷に沿う恰好でエレベーターホールを抜け、東玄関ロビーの手前で止まっていた。十メートルほど奥に外へ出るガラスドアがある。

こちらへ近づいてきた柴咲が立ち止まり、急にヘッドセットを頭から外した。「どうした？」

尋ねた共犯の男に「盗聴がバレた」といい捨ててヘッドセットを地面へ投げる。

「問題ない。これを使え」共犯の男が目出しをつくったチリップスの袋をわたし、柴咲が不快そうにそれをかぶる。ジャンパーを脱いで黒いサマーセーター姿になる。

「まだその場を動くなよ！　合図があったら走れ。正面のガラスドアから外へ逃げろ」

人質の動向を監視しながら、柴咲はスマホをいじった。

「どかん」

スズキがささやいたその直後、建物の遠くから重低音が響いた。どよめきが廊下に生じた。

「まだだ！　いま動いたら死ぬことになるぞ！」

廊下に緊張が走る。そこここから嗚咽が聞こえる。

「おっと、忘れるところだった」

共犯の男がふいに一歩踏み出した。流れるような動きで最後尾にいた人質の首に腕を絡め、ぐっと力を込める。絞められた人質が、虚しくその場に崩れた。

「おまえらの挙動を見てたらわかるさ」唖然とする沙良たちに、共犯の男がささやく。「こいつも警官なんだろ？　無事に逃がすわけにはいかない」

長方形に切り取られた視界の中で、伊勢勇気がぐったりと昏倒《こんとう》している。

「このまま置いていくのか」倒れた伊勢を見下ろし、柴咲が共犯の男をなじった。「殺しはなしの約束だ」

「まだ死んじゃいない。運が良ければ助かる。いいからつづけろ」

命じられ、柴咲は舌を打ってから人質の列の後ろに立つ。

「これからすぐ、１０４号法廷は爆発する。逃げ遅れた奴は死ぬ」

ざわめきが起こり、何人かの人質がふり返ろうとしたところで柴咲は、パン、と天井へ銃声を放った。カン、と金属を打つ音がする。

「頭を下げろ！　撃ち殺すぞ！」

人質の列へ銃口を向け、そしてすうっと息を吸い込む。

「逃げろお！」

咆哮《ほうこう》と同時にふたたび銃声が響いた。追い立てられた人質の列が弾け、我先にとガラスドアへ走りだす。柴咲の放った銃声が自分を向いているように感じた沙良はとっさに腰を引いたが、背後に立つ共犯の男に肩をつかまれ怒濤《どとう》のように駆けていく人々を見送ることしかできなかった。

ガラスドアに衝突する者がいる。もたもたするな！　柴咲が煽《あお》り立《た》てる。ぶち壊せ！　間に合わないぞ！

ガラスドアが開き、決壊したダムの水となって人々があふれ出した。ぎゃあ！　という悲鳴、嘆き。

「よし。来い」

柴咲がやってきてスズキの左手首を握り先頭を行く。「何が起こっても絶対に立ち止まるなよ」挟む形で共犯の男が沙良の後方につく。

ガラスドアを出ると夜気を首もとに感じた。引っ張られ、逃げ惑う人質たちのほうへ走った。柴咲がスマホをいじっていた。着信を火種に「どっかーん」。ああ、耳栓がほしい。

すさまじい衝撃だった。右手後方から壁を越えて圧に殴られる。足がもつれ転びそうになった身体を共犯の男に支えられ、そのまま押されるように前へ進む。チリップスの袋越しにも騒然とした周囲の様子が伝わってきたが、聞き耳を立てる余裕などなくひたすら進む。手錠が嵌った手首の痛みも気にならない。呼吸のしにくさも忘れるほどのいきおいで運ばれてゆく。

「早く逃げろ！　離れろ」

警官と思しき男の声がする。ここで助けを求めたらどうなるだろう。おそらく柴咲たちはかまわず進もうとする。警官が異変に気づいたら戦闘になる。柴咲は拳銃、共犯の男は小型ナイフを持ち、ふたりとも特殊警棒を腰に差している。自分は人質にされるか、邪魔だといって殺される。このまま連れていかれるのとどっちがマシか。助かる確率が高いのか。

考えがまとまるより先に、今度は上空からとんでもない爆音と衝撃が襲ってくる。怯んで立ち止まりそうになった背中を共犯の男に押され、沙良の足は無理やりな回転をつづけた。

四人は止まらず東京地裁の敷地を駆け抜け、やがて先頭の柴咲がチリップスの袋を脱ぎ捨てた。沙良の後ろで共犯の男もおなじようにした気配があった。

そこここから怒鳴り声や叫び声が響く中をがむしゃらに走っていくと道路に出た。測ったようなタイミングで同型のワゴン車が三台やってきて路肩に停まる。いっせいに後部座席のドアが開く。中央の一台に柴咲が飛び乗り、スズキを無理やり引っ張り込んだ。手錠に引かれ、後ろから尻を持ち上げられて、沙良もワゴンに押し込められる。

最後に乗った共犯の男がバタンとスライドドアを閉める。三台が同時に発進する。先頭の一台は進行方向を左折し、二台は直進する。目の前に皇居外苑《こうきょがいえん》へ渡る祝田橋が見え、ワゴンに乗り込んだ道が都道301号だとわかった。

「ずいぶん、でかいお荷物ですね」

運転席から知らぬ男の声がした。沙良がくっついてきたことに驚いている様子はない。何かしらの方法で状況を把握していたのだろう。スマホでメッセージを受け取っていたか、音声を共有していたか。

二重橋前交差点でもう一台が右折し、こうして三台は散り散りになった。

「このまま突っ切ります」

「警備は？」沙良の左隣から尋ねる共犯の男に、運転手が応じる。「予定どおり音楽堂の辺りに集中していましたよ。野次馬に報道の車両も多かったんで、いちいち止められたりはしませんでした。この辺までくればスカスカです。いまごろお偉いさんたちは国会のほうに人手を割いているでしょうしね」

余裕すら感じる軽妙さだった。自分たちがしでかしている暴挙を理解したうえで、迷いなく行動している。この運転手も、狂気に浮かされたただの素人ではないのかもしれない。

「頭を下げてじっとしていろ」

共犯の男がチリップスに包まれた後頭部を抑えつけてくる。つづいて目出しの視界が遮られた。ガムテープのようなものがぐるりと頭部を締めつける。

チリ臭い袋の中で呼吸を整えながら、沙良は男たちが首尾よく計画を果たしたことを悟った。104号法廷をふくむ三つの爆発、百人近い人質の解放による大混乱。とくに空中の爆発は地裁を囲う警官の注意を集めたはずだ。その間隙を突いて走り抜けた沙良たちは見過ごされたにちがいなく、リアルタイムでこのワゴンを追尾できている期待は薄い。

「死者は？」

柴咲の声が訊いた。

「さあ」と運転手が答えた。「まだ報道は出てないが、べつにどっちでもいいだろ」

その返事に、沙良は身を固くする。複数箇所での爆発。夜の時間帯とはいえ、場所によっては巻き込まれた人間がいてもおかしくない。なのに、この軽さはなんだ。ゲームクリアー。こいつらにとっては、それだけのことなのか。

「それより、おっさんに連絡しなくていいのか?」

運転手がいい、柴咲が反発する。「わかってる。いちいち指図するな」

ふたりのやり取りに集中することはできなかった。瞼《まぶた》に地裁の廊下で昏倒する伊勢の姿が浮かんだ。見捨てたという実感が込み上げて、撫でられた尻が疼いた。

「こんなに走ったのはひさしぶりすぎて、いつ以来か憶えてません」

スズキが、ぜーはーと息をしながらのんきにいう。「わたしは怠惰が贅肉《ぜいにく》を生やしたような人間でしてね。運動の習慣なんて、木星より遠い世界の出来事なんです。そんなものをもてたなら、このビール腹も少しはへっこんでくれるんですけど」

「すみません、水をどうぞ。袋は脱いでくださってけっこうです」

共犯の男が恭《うやうや》しくいう。「度重なる非礼をお許しください、スズキ先生」

## 13

負傷者の救出、人質の保護。加えて爆破予告された場所へ部隊を送り、人々を避難させねばならない。平日の午後九時半とはいえ、歌舞伎座がある銀座《ぎんざ》周辺はまだ賑《にぎ》わっているだろう。東京タワーは営業中。そして国会の爆破を許すのは警察の威信に関わる。

上層部は爆破予告の場所へ大量の捜査員を送る決定をくだし、高東は事後報告でそれを知った。

すでに指揮権は高東の手から離れていた。事件は一介の刑事が背負える規模を超え、現場捜査に専念しろという管理官からのお達しは敗戦処理を命じられたに等しかった。

いくつもの指示を出す一方で、神経の隅が無様に喘《あえ》いだ。憤怒であり諦念であり、恐怖でもあった。日比谷公園の大音楽堂でイベントはなく、国立競技場もふくめ死者の報告は届いていないが、この唯一の慰めが一秒後に破壊されても不思議はない。

おれは交渉人としてベストを尽くせたのか？　過失は？　責任は？

そうした想いをねじ伏せ、高東は冷静を装う。部下の報告を聞き、即断即決で指示を返す。現場責任者という役割を演じる。虚しさを噛み締めるには早すぎる。

「まだ終わってねえ」

「そのとおりです」

独り言をつかまえて、類家が迫ってくる。「まだゲームオーバーじゃない。柴咲は逃げた。そう考えるべきです」

高東は天パ頭の部下をにらんだ。

それに怖気づく様子もなく、類家はつづける。「皇居以北に捜査網を張るべきです。主要道路の検問、高速の乗り口を固めましょう」

無線から次々と入ってくる報告に関心すら示さず、類家は手もとのタブレットだけを見ている。

「日比谷公園の音楽堂は注目を引くための囮《おとり》、104の爆破と合わせて我々を混乱させるデコイです。ほかの予告場所は、歌舞伎座も東京タワーも国会も、お濠《ほり》の南側ばかりだ。陽動としか思えません」

「——黙れ」

「地裁から都道に出て北上した場合、最寄りインターチェンジは神田橋《かんだばし》か一ツ橋《ひとつばし》」

「黙れといってる」

顔を上げた類家は目を丸くしていた。

「地裁の周りは固めてる。簡単に逃亡などできない」

「冗談でしょう？　音楽堂に人を割いたのを忘れたんですか？　おまけに104と真上の空が爆発したんだ。とっくに包囲網は崩れてる。奴らがそれを狙っていたのは自明のことだ」

撮影班から報告はない。だが爆発と人質解放に気をとられた可能性は否定できない。周辺には報道や野次馬も集まってきている。

「木を隠す森をつくり出すための爆破なんです」

「……だとしても、予告の場所へ人を送るのが優先だ。柴咲がそちらに現れないともかぎらない」

「無駄なことを」

「何が無駄だ。犠牲者が出るかもしれないんだぞ！」

「本気でテロがしたいなら静まりかえった音楽堂なんて選びません。わたしなら東京駅を爆破する」

皇居外苑から東へ五百メートルもない位置にある巨大ステーション。

「有楽町《ゆうらくちょう》でも秋葉原《あきはばら》でもいい。人が多いところのほうが注意を引けるのは当然です。奴らがそうしなかったのはべつの目的があるからだ」

「歌舞伎座は銀座だ」

「爆弾はないんです」類家がいいきる。「東京タワーも国会も、ぜんぶダミー。奴らは爆破しない」

気がつけば表情が、妖しげな光を帯びている。

「東京タワーはスカイツリーでもよかったはずだ。そうしなかったのは自分たちが逃げる方角へ警察を寄せつけないため。繁華街を狙わなかったのは、できるだけ人殺しになりたくないから」

だからイベントのない音楽堂だった？　音楽堂は地裁の南東、国会は西。歌舞伎座は東で、東京タワーは南だ。

皇居以南に警官を集中させ、ゆうゆうと北上するつもりだというのか？

「――死人を出したくない奴は、こんな事件を起こさない」

「高東さん、忘れちゃ駄目です。柴咲は捕まる覚悟なんだ。量刑は文字どおり死活問題です」

裏で身代金ビジネスをしていたというのがこいつの推理だ。たしかに捕まって死刑では実入りが釣り合わなさすぎる。

しかしいったい幾らなら、懲役と見合うのか。

こいつの推理は、ほんとうに合っているのか？

「せめて神田橋と一ツ橋だけでも人を送るべきです」

「うるさい。パズルでもしているつもりか？」

思考が揺れる。不確かな根拠で無駄な人員を割き、見当外れで被害を拡大させたら処分は確実。類家と心中することになる。

ここに清宮がいたら、ケチな保身だと叱ってくれるのだろうか？

「――上に、伝えるだけ伝えてみる」

「馬鹿な」類家が唾を飛ばした。「石頭を説得してる時間なんてあるもんか！」

黙れ！　怒鳴りそうになったとき、「係長、入電です！」と早乙女が叫んだ。

「SSBCからです。先ほど湯村のスマホが起動、直後に入電があったと」

早乙女の口調が興奮で急く。「発信元は柴咲が所持する端末の番号です」

かっと体温が上がった。「位置情報は？」

「大田《おおた》区、城南島《じょうなんじま》の辺り」

すぐに地図が浮かぶ。そばには羽田《はねだ》空港、そして東京湾に浮かぶ令和島《れいわじま》。

「機動隊を向かわせろ！　大至急だ」

「ちがう」

スーツの左襟をつかまれ、高東は呆気にとられた。

「そこは地裁よりずっと南だ。柴咲はいない」

「湯村がいる。奴はスズキを湯村のもとへ届けるつもりだ」

「ちがう！」

右襟もつかまれた。

「ズレてるといってるじゃないか。なぜわからない？」

「いいかげんにしろ！」

高東は部下の胸を掌《てのひら》で突いた。体勢を崩した類家が尻もちをつく。

「早乙女、おれの名で城南島へ部隊を送れ。できれば強行犯の立花さんを」

目の前の事態に泡を食う早乙女に「早くしろ！」と命じる。

高東は類家を見下ろした。視線がぶつかる。突かれた胸を押さえながら、それでも類家の目は燃えている。

――いずれあいつは、自分の頭脳が通じない事件に出くわすだろう。

「……くそっ」

高東はスマホで電話をかけた。つながった先の男は、昔世話になった神田《かんだ》署の課長だった。

「余ってる人間で、いますぐ神田橋と一ツ橋のインターチェンジを固められますか？」

はあ？　という素っとん狂な返事に重ねる。「怪しい車両があったら問答無用で検めてください。柴咲が現れるかもしれません。お願いします」

短いやり取りを終え、もう一度類家を見下ろす。「期待はするな」

「充分です。これで勝負になる」

危うい――。あらためて寒気を覚えた。高東が抱えている自責や恐怖が、塵《ちり》ひとつ見いだせない。プロフェッショナル？　いや、ネジの外れた化け物だ。

無線から大声がする。〈こちら甲斐。104号法廷前廊下に意識不明の重傷男性一名確認。すぐに救護班を寄越してくれ〉

高東は無線に飛びついた。「生きてるんですか？」

〈虫の息だ。吹っ飛んだコンクリの下で死にかけてる〉

「次のお願いです。命を救いたいというなら、是が非でも付き合ってもらいます」

類家が立ち上がっている。

「高東さん」

〈いや――、ちがう〉

「柴咲ですか？」

※

指令を受け、立花は部下二名と覆面パトカーに乗り込んだ。国立競技場から目的地の城南島まで首都高を飛ばして二十分少々の道行きである。

部下が運転する車内で情報を整理した。立花班が任されたのは湯村峰俊《みねとし》という重要参考人の捕捉であった。遺族会のメンバーで、事件発生直後、柴咲に殴打のうえ解放された白髪の老人。彼を共犯者とする根拠は指揮車に仕掛けられた盗聴器だという。

気の毒にな、とため息をつきたくなった。盗聴器のおかげで急襲作戦は見抜かれ、104号法廷は爆破されるにいたった。手玉にとられた恰好である。特殊犯係の高東は盗聴器を見逃した一点だけでも、山のような弁明と長大な始末書を求められるにちがいない。

立花自身も爆破を許しているが、お咎めはないだろう。爆弾があったのは競技場の敷地外だったし、目立った被害も出なかった。言い訳と反省をまぶした報告書を仕上げて終わり。

これもルールだ。責任の所在、行為の検証。古狸と陰口をたたかれる歳になり身に染みるのは、完璧なルールなど存在しないという事実である。そしてルールも制度も、必ずそれを悪用する者が現れる。寸善尺魔。世の大半は悪であり、善は少なく、そのうえ悪は善の邪魔をする。

いかんな、と立花は鼻頭をつねった。妙に青臭いことを考えてしまうのは、柴咲の演説に毒されている証拠だ。真に受ける気はないが、どこか捨て置けない心持ちになっている。老いたせいかもしれない。若者の境遇や怒りの原因が社会にあるなら、それを形づくってきたのは年長世代である自分たちにほかならないと、いつしかそんな物思いに囚われる時間が増えた。

「気の毒に」

今度は声に出してつぶやいた。スマホでアクセスした情報集約アプリに湯村の顔写真が映っている。ひと回り以上向こうが上だが、妙な同属意識がぬぐえない。

息子夫婦と孫ふたりを、スズキ事件で亡くしている。柴咲に協力した動機は十中八九、復讐だろう。法廷内でスズキを殺《あや》めなかったことに、むしろ並々ならぬ執念を嗅いでしまう。

中堅寝具メーカーを勤めあげ、定年退職。前科なし。略歴を見るかぎり、ずっとルールの内側でがんばってきた人なのだろう。

新しい情報が加わっていた。書類上、湯村は一ヵ月前に離婚している。妻は湯村の勧めで友人らと九州に旅行中らしく、事件のことも離婚のことも寝耳に水の様子だと捜査員の簡潔な文章が伝えている。

七十一歳。元気な年寄りが多いといわれて久しいが、だとしても人生の終盤であることには変わりない。その段階で、まさかこんな決断をすることになるなんて、湯村本人も寝耳に水だったのではないか。

嫌な事件だ。良い事件などあるはずないが、これはそうとうに嫌な事件だ。

どうしても、「もし」を想像してしまう。もし自分の口やかましい妻や、年々相手にしてくれなくなりつつあるひとり娘が誰かに殺されたとして、犯人が死刑になったとして、それで納得できるだろうか。これが極刑なのだからと、のみ込めるだろうか。

スマホが鳴った。管理官かと思ったが、固定電話の番号からかけてきた相手はＳＳＢＣの課員であった。

〈湯村の現在地を集約アプリへ送っています。近くの防カメにアクセスして映像の確認ができました。東京港野鳥公園、東側道路の路肩に、湯村は白のセダンタイプを駐車中。捕捉から現在まで出入りや移動の形跡はありません〉若い男性が、緊張で強張った声でひと息に告げる。〈ナンバーの照会もしましたが、湯村が所有する車ではありません〉

「彼は中に？」

〈おそらくは。ただ、防カメの解像度はぎりぎりで、すでに湯村が乗り捨てているケースもあり得ます〉

誠実な回答だと立花は評価する。

〈このまま現地まで誘導しますか？〉

「いや、大丈夫だよ」

スマホを受け取った助手席の部下がカーナビに住所を入力しはじめる。

「防カメの監視はつづけてほしい。異変があったらすぐに報せて。柴咲がどこから電話をしてきたかはわかってる？」

〈いえ。奴はおそらくGPS機能をオフにしています。基地局は地裁の範囲です〉

とはいえ架電自体が、柴咲の生存証明である。

「ありがとう、助かるよ。君とは初めてだったかな」

〈あ、はい。自分は半年ほど前からの配属です〉

鑑識でも科捜研でも、立花は良好な関係を築くべきだと考えていた。街の防犯カメラを遠隔でチェックできるこの時代、息子ほど離れた若手だろうと専門技能に敬意を払うのは当然だ。

〈立花さんのご活躍はよく聞いています。少しでも力になれたら光栄です〉

「はは、こちらこそ光栄だ。じゃあ、よろしく頼むね」

電話を切って、苦笑がもれた。初々しい賛辞はささやかな誉《ほま》れであり、いささか身に余る重圧だった。

大井《おおい》競馬場を過ぎ、勝島南《かつしまみなみ》運河を渡ると平和島《へいわじま》に入る。高速の出口を降り、もうひとつ運河を越えると城南島に着く。管轄の東京湾岸警察署はお台場《だいば》の辺りにあり、野鳥公園とは五キロ以上離れているが、主要道路の包囲を快諾してくれている。

車窓に流れるショッピングモール然とした建物は物流倉庫だ。城南島の大部分を占めるのは運送・物流業界の倉庫群で、この辺りは住宅地とも離れている。二十一時から翌朝六時まで関係車両以外の進入が禁止されており、夜釣りを楽しむ客や羽田空港の夜景を求めるカップルはいるものの人目を避けるには充分で、後ろ暗い事情を抱えた者が密会に選びたくなるのも道理であった。

じっさいは倉庫の盗難対策もあって防犯に甘い地域ではない。交通の選択肢も多く見えるが、しょせんは人工島だから進入路はかぎられている。素人が勘違いするのに、いかにもおあつらえむきな場所。その印象が、立花は気に食わない。

野鳥公園の北側道路をゆっくり進む。もちろん赤色灯も回さなければサイレンも鳴らさない。東側道路へ分岐する交差点のそばに覆面パトカーを停めた。ほかの班員が乗るものと併せて計六台が、東側道路をさりげなく囲む。道は北から南へ二百メートルもないぐらいで、南へ行った先には中央卸売市場がある。配置完了の報告を終えたとき、時刻は二十二時を過ぎていた。

後部座席の窓に額をくっつけて、立花は白いセダンを視認した。百メートルほど先でこちらへノーズを向けて駐まっているが、辺りは暗く、スマホカメラのズームを使っても運転席に人影がぼんやりと見えるだけだった。

本部からの指令は湯村の確保ではなく捕捉だ。柴咲らと接触するまで慎重に様子をうかがい、場合によっては一網打尽にする。援軍のつもりが、気がつけば主力部隊になっている。はたしてそれがツイているのかアンラッキーなのか、どうにも判断がつかない。

スマホが鳴った。管理官かＳＳＢＣの若者か。しかし番号はどちらでもなかった。

「はい、立花」

〈こちら地裁前指揮車、特殊犯係の類家です〉

交渉人を務める高東の補佐役か。どうも今日は若い奴と縁がある。

〈湯村を確保してください〉

え？　と立花は虚をつかれた。

「柴咲を待つんじゃないの？」

〈奴は現れません〉

「逮捕した？」

〈いえ、まだです。ですがこの先、湯村にコンタクトしてくることはありません。理由を説明する時間がなくて心苦しいですが、いますぐ確保に動いてください〉

「――これ、正式な命令ということだよね？」

〈もちろんです〉

その断言に、立花の嗅覚がアラートを発した。

「申し訳ないんだけど、高東くんに代われるかな」

〈すみません、いまは手が放せない状況で〉

嘘つきは不良警官のはじまりだよ――。そんな重大な方針変更があったにしては無線が静かすぎる。何よりしかるべき立場の人間が直接連絡を寄越してくるのが我が組織の規律、ルールじゃないか。

上をすっ飛ばし、立花を動かそうとしているのなら、この男、正気とは思えない。

「わかった。管理官に確認してから行動するよ」

〈立花さん〉

隠せない苛立ちが滲んでいる。〈路上の喧嘩《けんか》にスポーツマンシップを持ち出すのって愚かしいと思いませんか？〉

「意味が、わかりかねるね」

〈考えてみてください。時刻と場所を決めた待ち合わせに電話の必要がありますか？　テキストメッセージで駄目だった理由は？　あなたが柴咲の立場なら、湯村にＧＰＳを切っておけとしつこいぐらい注意しませんか？　わたしなら、そもそも自分のスマホを使わせない。飛ばしのケータイを用意します〉

「柴咲は――」

〈はい、事前にスマホを十台。ですが正規の契約である以上、それらの番号もすぐにバレると考えるのがふつうです。高円寺のアパートに一台、１０４号法廷の水筒に一台ずつ、人質のトイレを監視するために持たせた一台。残りは爆弾の起爆装置です〉

爆発済みは萌黄ファーム、国立競技場、日比谷公園、空中で爆ぜたドローン。

合わせて八台、残りは二台――。

〈足りていない。爆弾があると信じさせるには充分ですがね〉

立花はひやりと首筋に寒気を覚えた。柴咲の計画より、こちらの思考を先回りして会話を進める類家という男に気色悪さを覚えた。

爆破予告されている歌舞伎座、東京タワー、国会議事堂。残りのスマホでは一台足りない。

つまり予告自体がダミーであり、湯村の存在もおなじだと、こいつはいいたいのだ。

推測にすぎないと切り捨てることは簡単だった。起爆装置がスマホだけとはかぎらないし、十台以外に通信機を用意している場合もあり得る。物証どころか、心証としても弱い。

だが、ＧＰＳを見逃した件は引っかかる。湯村に電話をしたのもそうだ。残った二台からかけていたならまだわかるが、わざわざ私用のスマホを使うなんてデジタルネイティブの若者にしてはお粗末すぎる。そして城南島というロケーション。素人が勘違いするのに、いかにもおあつらえむきな場所。

〈どのみち、車内にいる人間が湯村本人かの確認は必要です〉

最後の最後に正論を持ち出してくるとは。

百メートルほど先で、白いセダンは夜の闇にじっとしている。

「もう一度確認させて。これは正規の命令なんだね？」

〈そうです〉

一片の迷いもない返事。〈なんなら録音してくれてもいい〉

「――責任はとるということ？」

〈柴咲風にいうなら、逸脱と懲罰は等価ということになるんでしょう。ただこれは再三申し上げているとおり、正規の命令です〉

こいつは、イカれてる。推測に推測を重ねた怪しい手札に、おのれの警察官人生を平気でベットしてやがる。とてもじゃないが、常人のメンタルとは思えない。

「人の命に関わる逸脱だと、理解してるの？」

〈だからこそ、はみ出す必要があるんです〉

立花は重い瞬きをし、心の中でつぶやいた。合縁奇縁。やはり今日は、ツイてない。

「無難に、職質をかけるでいいかい？」

〈不審車両の通報があったことにしてください。城南島は夜間通行禁止エリアですから不自然じゃない〉

ずいぶん強引な詰将棋だと、苦笑がもれる。

怪訝そうにしている部下に不測の事態が起こったさいの指示を残し、立花は覆面パトカーを降りた。ひとりを選んだのは警戒されないため、そしてこの危なっかしい逸脱に部下を巻き込まないためだった。

セダンへ近づくにつれ、フロントガラスの向こうにいる人物がはっきりしてくる。距離が三メートルほどになり、うつむいているその男が写真で見た湯村本人だと確信をもった。

サイドウィンドウをノックする。笑みを浮かべて警察手帳を見せる。とくに抵抗もなく、ふたりを隔てるガラスの壁が下りはじめる。半分まで開いて止まる。見上げる湯村と目が合い、ぞっとした。蒼白の肌、焦点の合わない瞳。

不審車両の通報があって――。予定の台詞は出てこなかった。腰の無線をひっつかみ、立花は叫んだ。

「救急車を！」

「やめてください。もう意味がない」

かすれた声で湯村がいった。右手で握った拳銃が、半分開いたサイドウィンドウから立花を狙う。力なく太腿に置かれた左手首の切り傷から、どくどくと血が流れ、ズボンとシートを赤く染めている。

## 14

〈なぜ勝手に湯村と接触させた！〉

管理官のお叱りはもっともすぎて、高東には開き直る以外の選択肢がなかった。

「論証の結果です。事実、湯村は自殺を図っていたんでしょう?」

呪いのような声が応じる。〈相談ぐらいできたはずだ〉

「時間がなかったんです。こっちだって苦渋の決断だった」

嘘ではない。押しきられて立花の番号を教えると、類家はスマホ片手に指揮車を降りた。戻ってくると「オッケーです」とだけ報告してきた。そのスタンドプレイを受け止めるのが「古狸」でなかったら、さすがに撥《は》ねつけていただろう。正直、湯村のリストカットを報されるまで生きた心地がしなかった。

「おれたちは結果が優先じゃないんですか? 一秒ごとに状況が変われば答えも変わる。それが特殊犯事件でしょうが」

〈思い上がるなよ。信頼をなくして捜査が回ると思っているのか〉

「結果で応えます。必ず」

管理官が小さく唸《うな》る。たっぷり三秒ほど焦《じ》らしてから、判決がくだる。〈必要な連絡を怠るな。次はないぞ〉

電話を切って、高東は息を吐いた。これでいよいよ逃げ道がなくなった。類家と心中コースまっしぐらである。

「おまえは、湯村の自殺も見通していたのか?」

「いいえ」類家はタブレットに齧りついたまま答えた。「可能性はあるというぐらいです。おそらく柴咲からの電話でスズキの身柄は渡さないと明かされたんでしょう。これだけの事件に加担しながら利用されたピエロにすぎなかったと知って、生真面目で堅物な男ならどうするか。――たまたまヒットしただけで確信はありません。復讐も自暴自棄も逃避行動も、わたしの守備範囲外ですから」

高東は苦々しく奥歯を噛んだ。

湯村によって、ふたつのことがあきらかになった。

ひとつ、柴咲は生きている。

ふたつ、奴は湯村のもとへやってこない。

「北側を重点エリアにするべきです」

ようするにこれを認めさせたくて、こいつは立花を急がせたのだ。

「……湯村の生死はどうでもよかったといいたげだな」

「もちろん無事に確保できれば最高です。彼の証言から柴咲の行動パターンを読み解けるかもしれない。その余裕があるかはともかく、どちらにせよ立花さんの腕前次第です」

「彼は銃口の前に立って奴を説得しているんだぞ」

「ご安心を。湯村の拳銃は偽物です」

あまりに平然というものだから、怒るのも忘れた。

「なぜ決めつけられる？」

「本物なら、速やかに拳銃で死ねばいいからです」

高東は絶句する。理屈は合っている。だが、ちがう。人間はそこまで合理的な生き物じゃない。一瞬で絶命する拳銃自殺と、ゆるやかに死へ向かうリストカットではおなじ自死でもまったく異なるのだと、経験せずとも想像できる。

こいつは、そのちがいを重視しない。

高東は反論をのみ込んだ。たしかに類家のいうとおりだ。拳銃が本物だろうが偽物だろうが、湯村のことは立花に託すしかない。

やるしかねえ。声に出さずに独りごちる。切り替えろ。いまは類家の頭脳を利用すべきだ。それを制御できるのは、自分をおいてほかにいない。

「たぶん神田署の検問は間に合ってません。ですがその部隊を展開することはできます。まずは地裁周辺の防カメを総ざらいで不審車両の発見を急がせています。同時に利根川《とねがわ》を北の防衛ラインにして広域パトロールと検問を実施すれば南からローラーしていく部隊と挟み撃ちにできます」

「利根川の根拠は？」

「104号法廷の爆破から一時間ちょっと。地裁を脱け出して車に乗り込むのに十分。速度オーバーで悪目立ちする馬鹿はいないでしょうから六十キロ未満で高速の乗り口まで十分。そこから百キロに切り替えて四十分。単純に北上しつづけても利根川は越えられない」

「途中で西や東へ舵《かじ》を切っていたらどうする？」

「やっかい極まりないですが、都内にとどまるリスクを考えれば五分五分です。それを考えだしたらキリがない。手持ちの情報で最善を尽くすなら、すぐに埼玉県警に協力要請をしてください。これは高東さんにしかできない仕事です」

馬鹿いうな。他県に協力要請？　利根川の渡橋路を埋めるのに必要な警官は何百人だ？　一介の班長の権限なんぞ軽く超えてる。だが高東なら管理官と話ができる。その上の捜査一課長に直《じか》談判《だんぱん》も。

立ち上がり、類家に命じる。「もう少しマシな根拠を探しておけ。手間取ったときの二の矢もだ」

「お任せを。ギンギンに回りだしていますから」

いいながら、類家はこめかみに人差し指を押し当てる。この変人と組まされたなりゆきを、高東は不味い薬のように嚙み砕く。

ムカつきをふり払って指揮車のドアへ。事務的で政治的な神経戦に挑むべく、管理官にリダイヤルする。

※

行き場のない焦りが猿橋の肉体を蝕《むしば》んでいた。

情報集約アプリの画面上、保護された人質の名前が増えてゆく。すでに五十六人。ビニルコードで巻かれた三脚と胡坐《あぐら》で対峙し、猿橋は無意味なカウントをつづけた。

三脚にひっついたスマホはあれ以来うんともすんともいわず、ここに爆弾が仕込んであると、とっくに誰も信じていない。国会や東京タワーで不審物が見つかったという情報も流れてこず、次の爆破が柴咲の計画にあるのか、猿橋は疑いだしていた。

しかし目の前のスマホが鳴りだす可能性もゼロではなく、ゆえに持ち場から動けない。

そうこうしているうちに、所属する杉並署の職員が柴咲捜索に動員されたと知った。柴咲も、共犯者も、そしてスズキタゴサクも見つかっていない。混乱に乗じて地裁を脱け出す計画だったのだと、脳筋を自認する猿橋でも理解できた。

五十七人目、五十八人目……。まだ、倖田沙良の名は挙がってこない。

まさか、くたばっちまったんじゃねえだろうな？

気が急いた。この不毛な任務をいつまでつづけなくてはならないのか。捜索隊に猿橋ひとり加わったところで蟻《あり》の一匹にすぎないし、倖田の安否とは関係ない。だからといって割り切れるタチじゃない。続々と届く捜査情報が苛立ちに拍車をかける。

けっきょく自分はこの三脚とスマホに翻弄され、間抜けなメッセンジャーをつとめただけだ。二十八・五センチのバッシュは鑑識へ回しているが、せいぜい柴咲に友人らしき人間がいた傍証になるだけで、事件との関わりは不透明としかいえない。

「大丈夫か」

爆発物処理班の班長が話しかけてきた。猿橋が見ているスマホは、情報集約アプリの閲覧権限をもつ彼から強引に借りたものだ。

「おまえさんが倒れても、世話焼いてる余裕はねえぞ」

「……平気っすよ。頑丈だけが取り柄ですから」

やれやれと班長は頭を掻いた。「休むのも仕事だって教わってねえのか？　おまえまさか、こいつが爆弾だったほうがよかったなんて思ってんじゃねえだろうな？」

猿橋がだんまりで応じると、班長はなおも呆れたようにぼやく。「つまんねえ野心は捨てとけよ。そういう奴にかぎって早死にするかしくじるかするんだからよ」

離れていく先輩警官に、わかってらあ、と小さく強がりを吐く。べつに手柄がほしいんじゃない。突きつけられた無力が腹立たしいのだ。

その腹が、ぐうと鳴った。ここにきて半日、差し入れの軽食をかき込んだだけだから無理もないが、沸き立つ感情に水を差された気がして怒りよりも情けなくなる。

幸運な人間は、自分の幸運に気づかない——。

そうかもしれない。おれはいま、安全な場所にいる。ここに爆弾はない。ミスして傷つく一般人もいない。ラッキーだ。もっとツイてない連中がもがいている。城南島で立花が、地裁で多くの警官と人質たちが、そして倖田が。

けどな、柴咲。幸運が痛いときだってあるんだよ。安全地帯から、誰の助けにもなれない痛みってのが。

〈猿橋さん〉無線で呼びかけてきたのはアパートの表で警備をしている制服警官だった。〈アパートの住人が、どうしても部屋に戻りたいとおっしゃってるんですが〉

「部屋はどこです?」

〈それが、隣だそうで〉

隣人か。柴咲の住まいは最上階角部屋で、下に住む八十を超えた老人は彼についてなんら有用な証言をくれなかった。たまに見かけるぐらいで挨拶もなし。電話がつながった者や帰宅した住人たちも似たり寄ったりの証言だった。

昼の電話に出ず、かけ直しもしてくれなかった隣人はアパートの管理会社によると四十代男性、独り暮らし。

「行きます」

班長に三脚の監視を任せ、猿橋は部屋を飛び出した。アパートの周辺は制服警官が数名とパトカー二台、近くの青空駐車場に消防車と救急車が一台ずつ待機していて、傍《はた》から見れば厳戒態勢に映るだろう。だいぶ緩くなってはいるが、避難指示は継続中だ。

外階段を駆け下りて、連絡を寄越してきた制服警官のもとへ急いだ。野次馬や記者たちをせき止めている警官のそば、立入禁止テープのこちら側にツナギを着た無精髭《ぶしょうひげ》の男が立っていた。右手にコンビニの袋を提げている。

猿橋を見て、ツナギの男は渋面をつくった。事情の説明は済んでいるようで、頭ごなしにゴネているふうではない。

「なあ、中で食うのはあきらめるから、弁当を温めるぐらいいいだろ？」

家のレンジで熱々を食う主義らしい。

「どうか堪えてください。ウチの人間をコンビニまで走らせますから」

それより、と猿橋は手招きし、記者たちから距離を置く。「柴咲さんと交流はないですか」

「ないよ。ほとんど、まったく」

ほとんどかまったくか、はっきりしてくれ。

「物音を聞いたりは？　訪ねてくる友人や恋人は」

「どうかなあ。おれ、家は食って寝るだけだし。生活リズムも合わないんじゃねえか？　トラック転がしてっと、昼夜ぐちゃぐちゃになるから」

期待薄な反応に萎えかける気力を奮い立たせる。

「ささいなことでもいいんです。たとえば足のでかい男とか、ご記憶にないっすか」

「足がでかいとか、パッと見でわかるかよ」

人の良さそうな苦笑を向けられ、猿橋のほうが恐縮してしまう。なんと下手くそな聞き取りか。

どうやら収穫はなさそうだ。「弁当、温めてきますよ」「いいよ、もう。自分で行くよ。どうせ中じゃ食えないんだろ？」

最後に連絡先だけ再確認しようとしたとき、

「あ、そういやあったわ」

ツナギの男がいった。「忘れてた。男、来てたな」

「男？」

「うん、若いのが。足がでかいかまでは知らねえけど、身長は高かった。たしか、一ヵ月ぐらい前か？　一回、部屋へ向かってるのとすれちがって」

「柴咲じゃなく？」

「あのニイちゃんならSNSで見たよ。配信の切り抜き動画」

そんな暇があるなら折り返しの電話をくれよ。

男がふたたび渋面になる。「ほんと勘弁してくれってな。これからまた、警察とか取材とかきちゃうんだろ？」

「いや、それより、そのべつの男、でかい男はどんな奴でした？」

「えーっと、たしか金髪にニット帽で、ぶかぶかのTシャツ着て、まるっきりB－BOYって感じだったな」

「柴咲の、部屋へ入っていったんですね？」

「ああ、自分ちみたいに。袋いっぱいの漫画本を持って」


男だ――と、まず浅利は思った。覆いかぶさるコンクリートの瓦礫の隙間から、半身で仰向けになった上半身が見えた。ヘッドライトが紺色の地味な背広を照らす。自分とそう変わらないであろう年齢の顔は両目をつむり、生気がない。

「大丈夫ですか！」しゃがみ込んで呼びかけた。

「負傷者発見！」

仲間に伝えてから男の状態を確認するが、瓦礫が邪魔で上手くいかない。浅利ははみ出していた手に触れた。触れてから、自分がタクティカルグローブを着けたままだと気づき慌てて脱ぎ捨てる。男の手にはまだ体温が残っていた。脈をとると、弱々しい拍動を感じる。

「生きてます！」

まっ先に福留がそばへきた。「腰が圧迫されてる」

鉄柱のような塊が男のよじった腰に乗っかって、肉にめり込んでいるのがわかった。

浅利は鉄柱に手をかけ、おもいきり力を込めて持ち上げようとした。

「よせ！　クラッシュしてるかもしれん」

いわれて血の気が引いた。クラッシュ症候群。圧迫された部位を急激に解放すると、たまった毒素が全身にいきわたりショック状態になる現象だ。

「爆発があったのは二十一時十五分ごろ、クラッシュの目安は一時間。……ぎりぎりいけるか」

つぶやく福留の横で、浅利は絶望していた。鉄柱を持ち上げようとした一瞬、その微動だにしない手応えが救出のイメージを浅利から奪っていた。

「こちら甲斐。104号法廷前廊下に意識不明の重傷男性一名確認。すぐに救護班を寄越してくれ」いつの間にか甲斐も駆けつけている。「――虫の息だ。吹っ飛んだコンクリの下で死にかけてる」

甲斐が報告をつづけるなか、ううっと男がうめいた。

「わたしの声が聞こえますか？　しっかりしてください！」

浅利は飛びつき、男の顔を隙間からのぞき込む。つむった両目が苦悶に歪んでいた。意識の回復とともに痛みが知覚されたのだ。

「こいつは動かんぜ」鉄柱を指して福留がいう。

「重機が要るか」甲斐が応じる。

「慎重にやらんと二次被害が出かねん。柱を切断したほうが早いんじゃないか」

先輩たちの相談を横目に、浅利はしゃがみ込んだまま動けなくなっていた。飛びついた拍子に握った手を、男が握り返しているからだった。

その力は成人男性のものとしても強力で、握力以上に、放さないでくれと訴えかけてくるような切実さがあった。

――死ぬな。必ず助けるから。

感情の昂ぶりを自覚した。ミスをする心理状態だ。逸る気持ちと、自分は下手に動かないほうがいいという臆病がせめぎ合って、ただただ「大丈夫です。助かりますから」と繰り返すことしかできなかった。

「話しかけつづけろ」

命じられ、甲斐を見上げた。

「おまえに任せる。絶対に意識を途絶えさせるな」

甲斐の眼差しに、浅利は強くうなずき返した。そうだ。おのれの力不足を嘆いている場合じゃない。この人の手を握り締めている自分にしか、できないことだってある。

周りが救出の準備に動きだすなか、浅利は男に話しかける。ヘッドライトが直射しないよう調整し、なるべく目を合わせるようにする。

「声が聞こえますか？　あなたのお名前は？」

男はうなされたようにうめくばかりだ。

「わたしは警視庁の浅利といいます。いま仲間が救出の準備をしています。もう少しだけ耐えてください。すぐに助かります」

「……けい」

「はい？　なんですか？　お名前は？」

「と……、けい」

「ケイさん？　ケイさんですか？」

「のがた……、いせ」

今度ははっきり聞こえた。ノガタ、そしてイセ。

ノガタの響きに、ピンとくるものがあった。倖田沙良の所属署である。

「野方署？　野方署のイセさんですか？」

苦しそうに、男が顎を引く。

警官だ。おそらく倖田同様、スズキ事件の証人として104号法廷にいたのだ。

「イセさん、しっかりしてください。助かります。あなたは助かります」

「……けい」

「はい？　なんですか？　イセ・ケイさんですか？」

「と」

「と？」

「……ほんぶに」

いってがくんと、身体から力が抜ける。

「イセさん！」

「浅利、どうした？」

全力で浅利は呼びかけた。

「昏睡《こんすい》状態です！　まだ息はあります！」

たぶん、という言葉はのみ込んだ。

「まだ生きてる！　早く救出を！」

人生で初めてぐらいの大声だった。目の前で命が揺れている。生と死の天秤は、次の瞬間に虚しい答えを出すかもしれない。

「イセさん！　目を覚ましてくれ！」

声に、イセの唇が反応した。曖昧なその動きが、なぜか浅利には明瞭な言葉に聞こえた。

本部へ――。

浅利は無線を引っつかむ。

「こちら地裁内救護班、浅利。負傷男性は野方署、イセ・ケイ。これを至急、捜査本部に伝えてください。至急、伝えてください」

## 15

沙良たちを乗せたワゴンは無事に進んだ。顔を上げることが許されず、視界も塞がれている状態だから体感にすぎないが、法定速度を超えているとは思えなかった。二度、停車もした。赤信号だろう。目立たないよう、慎重に事を運ぼうとしていることが伝わってくる。

暗雲の中を突っ走るようなドライブをやかましくするのはサイレンでも銃声でもなく、沙良の右隣に座るスズキタゴサクのおしゃべりだった。

「先生、ですか」

「そうです。おれたちは、あなたに敬意を捧げる同志です」

「敬意に同志。いやはや、面映《おもは》ゆい。面映ゆいって、たぶん人生で初めて口にした言葉だと思うんですけど、なんだかちょっと照れますね。面映ゆくて面映ゆいといい面映ゆくなる。あはっ。わたしのようなビール腹には、重ゆるいのほうが似合ってますね」

「先生は行動された。芸術的な破壊によって我々の覚醒を促したのです。SNSで文句を垂れているだけの凡人にはできません。多くの者があなたの決起に喝采を送り、我もと牙を研ぎはじめているのです。あなたの下に集うために」

「ちょっと、そのぐらいにしておきましょうや。忘れないでくださいよ。よりによってポリスのお嬢ちゃんがいることを」

運転手の小言を、「そうだな」といって共犯の男は受けいれた。返事まで、わずかな間があった。それが沙良には「どっちでもいい」という本音の発露に思えてならない。どっちにしろ、こいつは始末するんだから――。

「スズキ先生、あらためて無礼の数々を謝罪します。作戦の都合上、どうしても先生に手をあげざるを得ませんでした」

「ええ、はい、わかってます、わかってます。わたしを連れ出すっていう目的から、少しでも目を逸《そ》らさなくちゃなりませんものね。こちらのお若い犯人さんは、だからお名前まで晒されたんでしょう？　法廷から逃げ出すつもりなんかないぞって見せかけるために」

「さすが、スズキ先生です」

沙良は密かに納得した。カメラの前に立ちつづけた柴咲と反対に、共犯の男はずっと存在感を消していた。初めてしゃべったのはライブ配信が終わったあと。アーカイブされるであろう映像に、できるだけ自分の情報を残したくなかったからだ。

つまり柴咲とちがって、こいつに捕まる気はない。

「やりすぎがあった点はご容赦ください。それと申し訳ないですが、目的地に着くまでトイレと治療は我慢していただきます。痛み止めと簡単な食料ならありますが」

「いえいえ、大丈夫です、平気です。わたし、鈍感なんです。痛いのはほんとにほんとに、心の底から大っ嫌いですけども、でも案外平気だったりするんです。喉元すぎればってやつなんですかね。神経が劣等すぎて、長持ちしない体質だったりするんでしょうか。だからいろいろ、世の中と折り合いが悪かったりするのかもしれません」

「それこそが、麒麟児《きりんじ》の証《あかし》ですよ」

脳味噌沸いてんのか？　沙良は共犯の男に詰め寄りたい衝動を堪えた。ノッペリアンズと自称する者たちの存在は週刊誌やＳＮＳで知っている。社会に弾かれた、顔のないのっぺらぼうたち。多くの人を無差別に殺した爆弾魔の信奉者。それが共犯の男や運転手の正体か。共犯の男が沙良の手錠を強引に外さなかったのも、スズキの抵抗を恐れたから。何よりそれが、スズキの意思だと見做したから。

スズキタゴサクによって喚起された彼らの中の欲望が、沙良にはわかる。かつてスズキと相対し、投げつけられた言葉から想像できる。それは、誰かに欲望される欲望だ。たとえ憎しみであっても、強烈に自分を見つめてくる眼差しこそを、スズキは望んでいた。

だが、と沙良は自問する。柴咲はちがう。似通った部分はあっても、根本的にちがっている気がしてならない。何より１０４号法廷でスズキへ向けた苛立ちや殺意は本物だったと、沙良は確信をもっている。

やがてワゴンが角度を上げた。坂道を進む。それが徐行になって、ＥＴＣをくぐる音がした。高速のインターチェンジである。

「あっけないもんだ」ワゴンの速度を上げながら、気楽な調子で運転手がいう。「もう少し手こずると思ってましたがね。警視庁がだらしないのか、高東ってのが無能なのか」

軽口を、共犯の男が咎めた。「油断するな。奴らだって馬鹿じゃない。げんに盗聴器は気づかれた」

「ええ？」

「気づいたのは高東じゃない」後部座席のいちばん奥、スズキの横から柴咲の素っ気ない声がする。「盗聴器に怒鳴ってきたのはルイケって奴だ」

スズキが身を乗り出して、沙良とつながる手錠がジャラリと鳴った。「類家さん？　へえ、へえ、へえ。あの人がいるんです？　この事件の捜査に？」

「知ってるのか」

「ええ、ええ、ええ、ええ。よーく存じあげてます。へー、そうですか。縁というのは、ほんとうにあるもんですねえ。そうですか、そうですか。類家さん。なるほど、そりゃあたいへんだ」

「おい、うるさい。黙ってろ」

「柴咲、口の利き方に気をつけろ。この人がおれたちの客人だということを忘れるなよ」

「取り引き完了まで、こいつはおれの所有物という約束だ」

沙良は身を縮めたまま、共犯の男と柴咲のいい合いに耳をそばだてた。仲睦《むつ》まじい様子は皆無だ。経験値は共犯の男に分がありそうで、配信停止以降ははっきりイニシアチブを握っている。

一方でスズキと沙良をつないだ手錠が柴咲の優位を物語っていた。取り引きとやらが終わるまで、鍵を手放さないつもりなのだろう。もちろん拳銃も握り締めて。

しかし、と沙良はふたたび疑問を抱く。柴咲がノッペリアンズとは思えない。顔と名を晒したうえで逃げきれると信じるほど愚かとも思えない。共犯の男からなんらかの報酬をもらうのだとして、刑務所の中では意味がない。

いったい、こいつの目的はなんなんだ？

「ねえ、犯人さん」

あくまでのんきに、スズキが尋ねる。

「わたし、これからどうなるんです？」

共犯の男が答えた。「安全な場所までお連れします。そこでしばらく休んでから、先のことを考えましょう」

「先、ですか」

「ええ。この先の未来です」

ふうん、とスズキが意味ありげに唸る。

「もし、わたしが永遠に延々と、やる気を出さなかったら？」

「かまいませんよ。あなたがいるだけで、わたしたちには充分です。充分、モチベーションになります」

「なるほど。なるほどですねー」

そのとぼけた声色に、なぜか鳥肌が立った。

「なら捕まるの、もったいない気がしてきました。考えてみればこんなラッキーはないですからね。なんせわたし、ほぼほぼ死刑囚ですもん」

そんな被告人が逃亡を果たす新たな事例が誕生しつつあることに、沙良はまたちがう種類の怖気を覚える。

「ねえ、運転手さん。このまま北へ向かうんです？」

話しかけられたのが意外そうに、運転手が返す。「ええ、そうです。お嬢ちゃんがいるんで、場所はお教えできませんが」

「はいはい。了解です。大方、東北のどこかでしょう？　仙台《せんだい》の手前ぐらいですかね。途中のパーキングエリアで車を乗り換えたりします？　新幹線や飛行機に乗るのは無理ですもんね。わたし、すぐに指名手配されるでしょうから」

ホテルもタクシーも頼れない。ある意味スズキは有名人だ。街をぶらつくだけでも通報される。

「いっしょに出発した二台のワゴンもお仲間ですか？　一台は神奈川か長野方面。もう一台は千葉、茨城ってところでしょうか。うん、いい囮になりそうです。偽物をばら撒《ま》いて、捜査の手を分散させようって魂胆ですね？」

「ははっ。先生のご慧眼《けいがん》にはかないません」

「まるで玄人《くろうと》の手際です。わたしごときのために、こんな計画を立ててくださったなんて感激です。感服です。素晴らしくって泣けちゃいます。でも駄目ですね。この先で捕まっちゃうので」

運転手から笑いの調子が消える。「――なぜです？」

「警察が網を完成させるころだからです。高速までに二度、赤信号に捕まってますからね。よけいな時間がかかってますもん」

「奴らは南に釘付けですよ。北は手薄のままでしょう」

「いえいえ。相手が類家さんなら、もう手配されてます。さっきの乗り口も、たぶんタッチの差でしょうね。試しにＳＮＳとかっていうので調べてみては？　きっと誰かがつぶやいてます。検問が敷かれてるって」

車内が静まった。沙良は真っ暗な視界の中で、耳に神経を集中した。

「……たしかに、タッチの差だったみたいだ」

柴咲の声に、狼狽の響きがあった。

「ルイケってのは、そんなにデキる奴なのか」

「ええ、はい、まあ、そうですね。あの人はご自身をオツムのキレる合理的な思考の人間だと思ってる節がありますけども、やっかいなのはそこじゃない。彼は相手の意図を解くんです。人嫌いを気取ってて、じつは人間が大好きなんです」

嬉々とした口調でいって、スズキはパンと両手を合わせた。おかげで沙良の左手首がまた痛む。

「さあみなさん、仲良く力を合わせて考えましょう。ずっと先の未来より、目の前の泥水を避けなくてはいけません。乗り口に検問ですから高速を使っていることはバレバレです。警察さんが網を張るとしたらどこでしょうか。途中で下道に降りてしまうことまで考えたら、まずは広めにエリアを区切りたくなりますね。すると、わかりやすい上限があったほうがいい気がしません？たとえば進む道が限定されていそうなところを、わたしなら選びます」

「——元荒川《もとあらかわ》か、利根川か」

共犯の男がいった。「川なら渡る手段がかぎられる。それより前じゃ近すぎて、さすがに手配が間に合わない」

「かまわず突っ走れないのか？　高速で検問なんてできないだろ」

柴咲の疑問に、「奴らはなんとでもする。油断は命取りだ」

「めぼしいパーキングエリアは、ぜんぶ張られちゃってるでしょうしね」とスズキの合の手。

「じゃあ——」今度は運転手が口を出す。「下道に降りますか？　合流地点に寄れないのは痛いが、捕まっちまったら元も子もない」

「——やむを得ないな」

「待て、おれには関係ない。さっさと取り引きを終わらせろ」

「騒ぐな。おれたちが捕まったら金どころじゃなくなる。それぐらいわかるだろ」

「喧嘩はやめましょう。こういう犯罪はだいたい内輪揉《うちわも》めでボロが出るって、映画とかでもぜんぶそうなってます」

スズキの鶴の一声で、柴咲と共犯の男のいい合いは終わった。

内心、沙良は舌を巻いていた。

警察の動きはある程度予想がつく。こちらの動向を見抜かれている前提で考えればさほど難しい結論ではないし、じっさい正解なのかも判断するすべがない。

だから沙良は推理より、スズキの話術に脱帽していた。崇拝者がいるという条件はあるにせよ、ほとんど初対面に近い犯罪者、それも逮捕されるかどうかの瀬戸際にいる連中を、こうも易々《やすやす》と丸め込むことができるのか。

「どうでしょう。いったん山のほうにでも行きません？　人目につかない場所で、少し落ち着いて様子を見るのが大吉だって気がするんです。検問の状況は、善良な市民のみなさんがネットで教えてくれるでしょうし」

ごく自然に、その意見も通ってしまう。共犯の男と運転手が行き先や順路を相談しだす。柴咲は黙ったままだが、異を唱えることもしない。

人目につかない山奥。邪魔者を始末するには絶好のロケーション。はたして自分が息をしているうちに助けは間に合ってくれるのか。

類家に期待していいのだろうか。彼とはあの取調室でたった一度顔を合わせたきり。スズキとどんなやり取りを演じたのかも聞かされていないから、デキるもデキないもわからない。憶えているのは丸い眼鏡と爆発ヘアーだけである。

頼む、と沙良は祈った。

せめて伊勢が、無事でいてくれれば――。

## 16

二十二時五十分、保護された人質の数は八十八人を数えた。身元照会が進み、１０４号法廷に囚われていたほとんどの人間の無事が確認された。

唯一の重傷者である伊勢勇気の救出は遅々として進まず、柴咲奏多と共犯者の行方はわかっていない。加えてスズキタゴサク、そして倖田沙良も。

人質たちの聞き取りで十九時台の配信停止から爆破まで、104号法廷で何があったかがあきらかになりつつあった。倖田はスズキの誘いに応じるかたちで手錠をみずから嵌めたのだという。

無謀すぎると、高東は配信でしか面識のない女性警官を怒鳴りつけたくなった。逃走に巻き込まれているならまだマシ、途中で放り出されているなら御の字。人質として利用されたとしても許そう。だが最悪、殺害されてもおかしくないのだ。

捜査は前進しはじめている。SSBCが周辺の防カメを調べ、爆発直後に都道301号から発進した三台のワゴン車を見つけた。まったくおなじ見た目のおなじ車種、偽造ナンバーを付け、それぞれべつの方向へ走っている。東へ一台、西へ一台、北へ一台。柴咲たちが乗り込む姿は映っていないが、不審車両にはちがいない。進行方向の防カメを数珠つなぎにして追跡を試みているが、これはかなり時間のかかる作業になりそうだった。

「おかしい」

類家の言葉は指揮車に置いた簡易テーブルの上、広がった関東の地図へ向いていた。マークされた利根川の渡河可能箇所は、つい先ほど埼玉県警が総動員体制で配備を完了させたばかりだった。高速道路上にも臨時の検問が敷かれている。高東が管理官にかけ合ってからわずか三十分足らず。これ以上は望めない迅速な対応といっていい。

「そろそろ網にかかってるはずなのに」

類家が早口に独白をつづける。「走りだすワゴンが防カメに映っていたのが二十一時二十五分ごろ。法定速度内。神田橋の乗り口から順調に走ればいまごろドンピシャでキャッチできたはず」

「手間取っているのかもしれない」高東は口を挟んだ。「信号に捕まったか、よほど慎重に進んでいるか」

そもそも高速に乗っている確証もない。

「ネットをチェックしていれば検問には気づく。進路を変えても不思議はない。北へ向かった一台が当たりともかぎらないんだぞ」

「下道に？　それこそ馬鹿だ。爆発を起こしておいて、都内にとどまるんじゃ間抜けすぎて笑えません」

そこら中に警官がいる状況をみずからつくりだしたのだから、一秒でも早く遠ざかりたいだろう。

「ワゴンが防カメに映るのは奴らも想定してた。だからよぶんな二台が必要だった。車の乗り換えは必須です。第一候補地はここ」

類家の指が地図上の羽生《はにゅう》パーキングエリアを指す。利根川まで数キロの場所である。当然、埼玉県警はここにも人を割いてくれている。

「駐車しているすべての車両を撮影させます。ナンバーの照会も」

「――偽造ナンバー探しか」

どこかで正規のものに乗り換えるとしても、二台目はまだ早いと考えるのは自然だ。こちらからすれば偽造の時点で犯人と決め打ちできる。

「でもこれも、想定内のはずなんだ」

柴咲たちの逃亡が確定的となり、警視庁や埼玉県警など関東圏の全都県が厳戒態勢を敷いている。手配は全国にいきわたり、これを柴咲たちが予想していないとは考えにくい。

「だからこそ二重三重にカモフラージュを施した。撒き餌《まえ》に食いつかせているうちに最速で北へ駆け抜ける。どう考えてもこれがベストチョイスで、奴らはノーミスで実行した。なのになぜ、立ち止まれる？」

「おまえの対応が早すぎたということはないのか？」

「どこに気づく要素が？　神田橋、一ツ橋の検問はむしろ後手に見えるはず。少なくとも自分たちの計画に自信をもっている連中ならそう思う」

「第三者が忠告したんじゃないか。外にいる仲間が」

しかし今度は、外にいる仲間がどうやって警察の先回りを察知できたのかという疑問が生まれる。生半可な理由で予定を曲げるとも思えない。

「――スズキか」

そのつぶやきに、高東は眉をひそめた。

「スズキが入れ知恵をしたというのか？　人質の立場でそんな真似ができるわけない」

「人質とはかぎりません。スズキを奪還すること自体が、奴らの目的のひとつだったら」

「柴咲もノッペリアンズ？　殴りつけたのも発砲も、すべて演技だったというのか？」

「いえ、ちがいます」

「だったら――」

「ではなく、ズレているんです。犯人たちの目的は一致しているという、その思い込みが間違いなんです。てんでバラバラでかまわない。一方は身代金をせしめ、一方はスズキの奪還を目指し、もう一方はスズキへの復讐に燃える。この事件には、みっつの異なる思惑が絡み合っているんだ」

ならば柴咲は、湯村の願いなど端《はな》から叶える気がなかったということになる。筋は通るが。

「おまえは、スズキを買い被りすぎている」

「ええ。たしかに。いくら奴でも条件が悪すぎます。人並み以上のことはできない」

それを買い被りというんだ――。高東は小言をのみ込む。スズキの入れ知恵があろうがなかろうが、いまは身柄を押さえることに集中すべきだ。

決め手がほしい。奴らを確実に仕留める武器が。

類家のスマホが鳴った。登録のない番号らしく、訝しげに目をすがめ、スピーカーホンで通話にする。

〈あ、類家巡査部長でしょうか〉

相手は若い声でSSBCの所属だと告げた。類家に直接かけてきたことを怪訝に感じながら、高東も耳を傾けた。

〈お忙しいところすみません。じつは気になったことがありまして〉

恐縮した様子で男性はつづけた。〈地裁で見つかった伊勢勇気ですが、初めはイセ・ケイという名で報告があったんです。自分は伊勢や倖田と同僚だったことがあって、スズキ事件にも関わっていました。検察側の証人として出廷もしています。類家さんも明日、証言される予定だったと伺って、それでお訊きしたいんですが、類家さんも録音を命じられていませんか？〉

録音？　すぐに高東はピンときた。裁判を秘密裏に録音するよう、上層部のどこぞから命令がくだっていたのだ。規則違反だが、ありそうなことだった。スズキ裁判では重盛弁護士が警察の粗探しにやっきだったと聞いている。

「いや、おれはいわれてないけど……」答えながら、類家がふっと宙を見る。

〈これは公にできないことなんで、正規のルートではちょっと難しいかもと思って、それでまずは類家さんに相談したかったんです。あいつ――伊勢もおれとおなじ命令を受けていたなら、録音用にスマートウォッチを支給されているはずです。そしてそれには――〉

「GPSが付いてる」

類家の返事に、高東は唾を飲んだ。ケイ――伊勢が伝えたかったのは名前でなく、時計。

〈あいつがスマートウォッチを付けているか、現場に確認してもらえないでしょうか。それとGPS検知の許可を取りつけてほしいんです〉

「ごめん、もう一度お名前を」

〈矢吹《やぶき》です。元野方署の、矢吹泰斗《たいと》です〉

「オッケー。あなた、MVPかもよ」

類家が通話を終えるのを待たず、高東は地裁内で救助に当たっている甲斐へ発信していた。応答した瞬間に声を張る。「彼の所持品にスマートウォッチがないか至急調べてください」

なぜとも訊かず〈少し待て〉と甲斐が返してくる。〈……瓦礫が邪魔でポケットを検めることはできんが、少なくとも手首に時計は巻かれていない〉

礼もすっ飛ばし、高東は管理官に電話する。伊勢にスマートウォッチを渡しましたか？　渡しているならSSBCの矢吹にGPS検知をさせてください――。

さほど時間をかけず類家のスマホに矢吹から着信。GPS、移動してます――。

報告のために管理官の番号をタップしたとき、隣から弾んだつぶやきが聞こえた。

「やるじゃん、伊勢さん」

いって類家はタブレットに新しい指示を打ち込んでゆく。

※

こんな緊張感はひさしぶりだね――。セダンの運転席に座る湯村と対峙してから、きっと体感より長い時間が過ぎている。その間、立花は意識して頬をゆるませていた。叱りつけて心変わりする相手とは思えず、ならば穏やかな対話の雰囲気を保ちたい。何より古狸とあだ名されるこの顔は、哀しいほど深刻さが似合わない。

「冷えませんか？　世間じゃしつこい残暑がつづくといわれていますが、さすがにこの時刻になると秋のおとずれを感じます」

話しかけながら、立花は湯村の左手首を注視した。出血は止まっているようで、差し当たり火急の事態は避けられそうだ。

半分開いたサイドウィンドウから突き出る銃口を除けば。

「わたしなんかは、その肌寒さに安心するタイプでしてね。根が古臭い人間なんでしょう。夏は夏、秋は秋のほうがいい。わかりやすいし、でないと風流がなくなってしまいます」

湯村は一貫して何も語らず、焦点の怪しい瞳をこちらへ向けているだけだった。老体に出血までした身体でよく長時間拳銃を構えていられるものだと感心するが、それは意志の強さと正反対の、むしろ精神の衰弱ゆえと思われた。痛みや疲れ自体、鈍麻してしまっているのだ。

「まあ、風流とはかけ離れた仕事ですがね。犯罪ってのは、剝《む》き出《だ》しの欲望です。情緒もへったくれもない。やむにやまれぬなんてのは、せいぜい一割あるかどうかです」

拳銃が本物か偽物か、五分五分だろうと立花は踏んでいた。街灯がぎりぎり届くぐらいの明度のなか、銃口しか見えない状態で真偽を見定めるのは難しく、本物と仮定して事に当たらねば三《さん》途《ず》の川《かわ》を渡る羽目になりかねない。近くに救急車も到着済みだが、自分がそこへ担がれるのはさすがに御免被《こうむ》りたかった。

「あなたはどうですか？　こういってはなんだが、湯村さんはその一割なんじゃないかって、わたしは勝手に思っているんです」

反応は皆無。言葉が意味として届いているかも定かでない。これなら出血で気絶でもしてくれたほうが安全に救助できたのにと思えてしまう。

「柴咲くんはどうです？　湯村さんから見て、彼は情緒のある犯罪者といえますか？　お互い利用し合った側面はあるにせよ、軽蔑すべき人間と平気で手を組むほど、あなたが恥知らずだとは思えませんが」

多少は強い表現を選んでみたが、やはり反応はなかった。自殺の動機は？　柴咲とどんなやり取りを？　奴の行き先に心当たりは？　――雑談に絡めて探ってみても、「黙れ」や「うるさい」すら返ってこない。

さてはて、いよいよ家族の話題をもち出すべきか。スズキ事件で亡くなった息子夫婦とお孫さんが雪解けの糸口になってくれるかもしれない。いつでも電話に出られるよう、旅行先の奥さんもスタンバイしてくれている。情に訴えかけるもっとも効果的な切り札は、しかし諸刃の剣でもあった。感情の振れ幅が暴発の呼び水になってもおかしくない。

息子夫婦と孫ふたり。その喪失はいかほどだろう。幾百人、犯罪被害者と出会っても、共感は想像の域を出ない。しょせん自分はツイてる側の人間だ。

死にたくないねえ。立花は銃口を見つめ、心の中でため息をついた。おなじぐらい、湯村にも生きてほしい。

命を大事にしろと自殺志願者に説きながら、危険な橋を渡ろうとしているのだから、まったく警官とはなんて傲慢な仕事だろう。

ピストルに　自嘲を浮かべる　秋の夜

辞世の句にしてはお粗末すぎるか。

「湯村さん。あなたたちの離婚は成立していません」

わずかに銃口が揺れた――気がしたが、それが心の動揺の表われなのか、たんなる肉体の疲労なのかはわからなかった。

「あなたは奥さんに内緒で離婚届を出したんでしょう？　署名は偽造できますし、いっしょに暮らしていれば判子を押すのも難しくない。役所の窓口はいちいち事実関係を確認することもないですから、あっけないほど簡単にとおったんじゃないですか。後日、戸籍法に則って離婚届の受理を報せる封書が双方に届きますが、住所がおなじなら回収するのも簡単だ。あなたは自分の犯罪に家族を巻き込みたくなくて、先手を打ったつもりなんでしょう。もちろん世間やマスコミは戸籍で家族を括《くく》っているわけじゃない。長年連れ添った関係性さえあれば、法律上の厳密さなんてのは相手にもされません。それでもあなたは、少しでも奥さんの負担を軽くしたくて秘密裏に実行した」

あるいは自責の念を軽くするために。

「ですが、無断で離婚届を出すのは立派な犯罪です。有印私文書偽造罪、偽造有印私文書行使罪、あと、たしか電磁的公正証書なんとかという法律に引っかかる。そして奥さん側は、離婚を不服として取り消しを訴えることができます」

相変わらず、湯村は石のように動かない。

「なんでこんなにくわしいのかといいますとね、べつに仕事柄ってわけじゃないんです。わたしの娘がおなじような目に遭っているんですよ。奥さんの側じゃなく、湯村さん、あなたの側として」

初めて、湯村と目が合った気がした。茫漠《ぼうばく》としていた焦点が、すっと自分に合わさった感覚だった。

「旦那はいい奴です。スポーツマンタイプで、人が良くてね。モラハラやDVとは無縁。子どもが生まれたあともかいがいしく母子の面倒を見るような男です。伴侶としては百点でしょう。十五夜の月見にハンバーガーを食べてしまう風流のなさが、わたしにすれば唯一の欠点ですが」

わざと大袈裟に肩をすくめる。

「でもそれが、娘には負担だった。完璧で非の打ちどころのない夫。翻って自分はおっちょこちょいばかりする。ふたりのときは平気だったが、子どもができると不安が募る。面倒を見てくれるといったって、夫には仕事がありますからね。長く過ごすのは娘です。こんな自分が子育てをして、この子は不幸せじゃないんだろうか。夫に育てられるほうが幸せで、自分はこの子の将来を台無しにしてしまっているんじゃないか——。こうなると夫の優しさも煩わしくなる。悪循環です。それで娘は離婚届を勝手に用意したんです。あなたとおなじく署名を偽造して捺印《なついん》をして、役所に提出してしまった。そして先ほど申し上げたとおり、役所から受理を報せる手紙が届いて、幸いというんでしょうかね、娘の勝手は夫の側に露見した」

湯村の視線を感じながら、立花は唇を湿らせた。

「夫婦の話し合いがはじまりましたが、けっきょく事はおさまってません。破鏡不照。娘は頑《かたく》なになっていて、夫は夫で彼女に不信を抱いてしまった。子どものこともある。育児を安心して任せられる心理状態と思えなくなったんでしょうね。協議はつづいていますが、いずれ別れることになるんでしょう。わたしにはどうすることもできません。娘が犯罪者になったら立場上困るなと、我が身の心配が頭をかすめる有様です」

ゆるめた頬に、力がこもった。

「湯村さん。あなたは人生を懸けてスズキに復讐しようとしている。柴咲がいってましたね。罰を受けいれる場合にかぎり、犯罪は許される――と。復讐は何も生まないなんてお説教をするつもりはありません。だが、これだけは忘れないでほしい。良くも悪くも我々は、縁でつながった他人とともに生きていくしかないんです。愛情も憎しみも、嫌っていうほど絡まってくるんです。法律は、それを調停する知恵ですが、誰かを幸せにしたり不幸にするのはどこまでいっても人間なんです。犯罪と罰は、等価じゃない。それはまったく、等価じゃないんです」

湯村は何もいわなかった。銃口はずっとこちらを向いている。洞穴のように暗く長い暗闇だった。

立花はポケットに手を突っ込む。スマホを取り出す。湯村の動きに神経を注ぎながら無線に手をのばし、部下に指示を出す。ほどなくしてスマホが鳴る。ゆっくりと、それを湯村に掲げ、スピーカーホンで通話にする。

〈あなた?〉

切迫した女性の声。

〈なんて馬鹿な真似を……。なんで相談してくれなかったの？　なんでわたしを除《の》け者《もの》にしたのよ！〉

怒りで爆発しそうな泣き声。

〈わたしだって、スズキを殺したかった〉

湯村が崩れた。サイドウィンドウから引っ込みそうになる銃身を、立花はとっさに握った。だがうなだれた男には拳銃を引き抜く力も、引き金を絞る力も残ってはいなかった。グリップから滑り落ちた指を目頭に当て、嗚咽をもらす。

手にしてみると拳銃は、ひどく頼りない張りぼてだった。

「――娘さんに、お伝えください」

ささやくような湯村の声が、駆け寄ってくる警官や救急隊の喧騒《けんそう》を越えて立花に届いた。

「家族の縁は面倒で、得難いと」

「承知しました。もしも娘が結婚して、孫が生まれたら必ず」

湯村が顔を上げた。今度こそ目が合った。古狸に化かされた男の瞳は涙で濡れ、そして歪んだ雨月のような笑みをつくった。

## 17

ワゴンの揺れが大きくなって、山道を走りだしていることが伝わってきた。進路変更からけっこうな時間が経っている。どこをどう抜けたのか、検問にも職質にも引っかからず、沙良たちを乗せたワゴンは順調に進んでいるようだった。

目出しをガムテープで塞がれたチリップスの袋をかぶり、スズキと手錠でつながる沙良にとって、希望は伊勢に撫でられた尻の感触だけだ。

手錠をみずから嵌め、仕切り柵を越えようと足をかけたとき、パンツスーツの後ろポケットに触れられた。何かを突っ込まれたのだと気づいたのは転げたあとだ。GPS付きのスマートウォッチ。確認する余裕はなかったが、そうであることを信じるよりなかった。

助かっていてほしい。それはスマートウォッチの存在を本部に伝えてもらいたいのとおなじぐらい、あのいけ好かない先輩の無事を祈るからだった。

思えば伊勢は、警官として必要な行動をとっていた。田畑が解放され、次の人身御供を決めようとなったとき、やめろよ！　と騒ぎだしたのが彼だった。何考えてんだよっ！　なんでそんなこと訊くんだよ馬鹿野郎！

あの癇癪は、その役目を背負うために発せられた献身だったにちがいない。狙いどおり柴咲に指名され、きっと胸を撫でおろしていた。一般人が被害に遭うぐらいなら、と。

自分はちがう。スズキと手錠でつながったのは、ぜんぜん必要なことじゃなかった。むしろ不用意で、無謀な暴走。判断力のなさを責められてしかるべき。

向いていない。警官という職業に不可欠な冷静さだったり、ある種の割り切りだったりがわたしには欠落している。公に従うより、私憤が先に立ってしまう。

「ねえ、お嬢さん」

スズキが話しかけてくる。「ひとつ、あなたに伺いたい。もしもわたしの死刑執行が国民投票になるとして、賛成に一票を投じますか」

好きなデザートのランキングでも訊くように、スズキはつづけた。

「もし仮に、とても残念なことですが、はなはだ遺憾ではありますが、市民の大半のみなさんがわたしのことなんか殺してしまえと結論を出したとき、あなたはその執行人を務めることができますか？　三人がそれぞれにボタンを押すなんていう奥ゆかしいやり方じゃなく、自分ひとりの指で、首吊《くびつ》り台の床を開くことができますか」

会話を止めようとする者はいない。答えてみろという沈黙が車内に満ちて、締めつけてくる。

沙良は、ただ身を固くした。

答えていい質問じゃない。なぜならそれは、どこまでいっても仮定であり、現実にその場面に身を置いた者にしか、そしてその結果でしか、答えてはいけない質問に思えたからだ。

「お嬢さん。わたしはこう思ってるんです。世の中には、生きるに値しない人間がいるんだと。殺してしまったほうがマシな命もあるんだと。きっとわたしも、そのひとりに数えられているんでしょうね」

楽しげな語りはやまない。

「でもわたしにとって、それはどうだっていいことなんです。誰かにとって、世間様にとって、未来にとって……そんなもの、ゲップよりも価値がない。だってそうでしょ？　わたしの人生はわたしだけのものですもん。たったひとつの財産ですもん。よくわからない多数決で決められちゃあかないません」

ねえ、お嬢さん――。

「あなたずっと、わたしは警官なんだって、そう念じてらっしゃったでしょう？　いえね、わたし、そういうのわかるんです。わかっちゃうんです。ご自身にそういい聞かせて、何度も何度もいい聞かせて、あなたは降りかかる仕打ちに納得しようとしてらした。この痛みは無駄じゃないんだって。誰かのためになるんだって。それが警察官の役割なんだって。ああ、なんて健気《けなげ》なんでしょう。なんて尊い精神でしょう。まさに公僕の鑑《かがみ》です。でもわたし、こうも思ってしまうんです。そんなのは、まやかしだって。あなたの命はあなただけのものなのに、警官という職業は、それを忘れるためのおまじないなんだって。多数決に従うための、おクスリだって」

ぬるりと、言葉がすべり込んでくる。

「あなた、わたしを殺してしまいたいとお思いでしょう？　でも、殺したくないとも思ってらっしゃる。それは、どちらも真実なんだと、わたしはそう思うんです。身分も立場も関係ない、純粋無垢《むく》な本心で、本心だからこそ、殺したいと殺したくないは土俵の真ん中でのこったのこったをしているんです」

スズキの身体が、沙良の右肩へぐっと近づいてくる感触があった。

「だから、わたし、あなたの心の、その願いを叶えて差し上げようと思うんです。きっとこの先、そう遠くない未来に」

「いいかげんにしろ」柴咲が尖った声を発した。「おまえの話を聞いてると反吐《へど》が出る」

「よせ」沙良の左隣から共犯の男がいう。「銃をしまえ、柴咲」

「おれに命令するな」

うふふ、と神経を逆撫《さかな》でする笑い声が沙良と逆のほうを向く。「いやあ、犯人さん。あなた、たいしたものですよ。お若いのにね、肚《はら》が据わってらっしゃいます。一本芯が通ってる。いえ、わかるんです。こう見えてわたしもいろんな人を見てきましたからね。経験だってそれなりに積んでいます。臆病者もホラ吹きも、虚勢に人生を懸けてらっしゃるさみしい人も、たくさん付き合ってきたんです。自暴自棄な人もいます。ぜんぶあきらめた人もいます。他人を見下すことだけが生き甲斐《いがい》の人、正義を頭から信じきっている人、何もかもぶち壊したくてうずうずしている人。きっとあなたはそのどれともちがうんでしょうね。崇高で、孤高で、素敵な志を胸に抱えておいでにちがいない。いやー、眼福です。そんな俊傑のご尊顔を、こうして間近で拝めるなんて恐れ多くて膀胱が縮こまってしまいます」

「黙れ」

「ねえ、犯人さん。ここで、わたしを撃ち殺してみるのはどうです？　そしたらきっと、あなた英雄になれますよ？　多くの人の欲望を、叶えたくても自分では叶えられない欲望を、颯爽《さっそう》と叶えてあげた英雄に」

「できないと思ってるのか？」

「やめろ、柴咲」

共犯の男がいう。「勘弁しろよ」と運転手も不安げな調子を響かせる。状況を想像することしかできない沙良は、固めた身をさらにかがめた。

「勘違いするなよ、スズキ。おれにとって、おまえはただのくずだ」

「そうでしょう、そうでしょう。あなたはわたしとはちがうんでしょう。ここにいるお仲間さんたちともちがってる。たしかに全員犯罪者ですけども、そんなのはたいした問題じゃありません。あなたが何者であるかの本質は、あなたの欲望でしか測れないんです。ペイ・フォワードでしたっけ？　恩送り？　ノブレス・オブリージュ。あはっ。とても愉快な考えです。だってそう思いません？　あなたが送る恩のために、誰かが負債を払うんですから」

スズキの熱が、柴咲へ襲いかかっている。

「誰かの幸福と不幸せが、無理やり交換させられるんです。ラッキーとアンラッキーが無慈悲にね。わたし、それって健全だと思うんです。当然ですよ。あなたにとって大切な人とそうじゃない人。それはまったく、等価じゃない。だからこそあなた、こんなことをしているんでしょ？」

柴咲の戸惑いが伝わってくる。けれどその正体がなんなのか、沙良の理解は届かない。

「わたしにいわせれば、あなたはまっとうな人間です。羨ましいぐらい、ひどくありふれた人間です」

「いいかげん銃を下ろせ」

共犯の男が仲裁に入った。「スズキ先生も、それぐらいでお願いします。彼は、わたしたちとはちがうんです」

「ああ、なるほど。つまりあなたたちよりこちらの方は、無能で粋がったお子ちゃまということですね？」

ドンと殴打の音がする。柴咲！　共犯の男が叫ぶ。ひゃひゃとスズキが嗤う。

「停めろ！」

共犯の男の命令にワゴンの速度が落ちた。完全に停車し、開いたドアから冷たい空気が入ってくる。

「ちょっと頭を冷やしましょう。ここまでくれば捜索も簡単じゃない。小休止です」

共犯の男に促され、スズキといっしょに沙良も外へ引っ張り出された。チリップスの袋の中に外気が流れ込んできて、少しだけ呼吸が楽になる。

踏んだ地面はアスファルトのようだったが、綺麗な舗装とはいえない。うるさい虫の音が、山の中だと教えてくれる。

「うん、いいところです。とても、いいところです」

スズキがうれしそうにいう。「たいへん恐縮なのですが、お水を飲ませてもらっても？　できればお嬢さんにもあげてやってくださいませんか。脱水症状なんかになられたら、いろいろ差し障りがあるんじゃないかと思うんです。まあ、ここで始末するつもりなら、話はべつになりますけども」

陽気なトーンが、沙良だけでなく男たちも凍りつかせた。

「あ、そっか。殺しはまずいんでしたっけ。こっちのお若い犯人さんは捕まってしまうんですもんね。罪が重くなるのはおつらいですよね。ただでさえ伊勢さんが、無事だって保証がありません。ここでお嬢さんを殺めたら、最悪死刑もありますもんね。あ、ちなみに伊勢さんっていうのはですね――」

「もういい、黙れ」柴咲が怒鳴った。「こいつのいうとおりだ。女はここに置いていく。異論は認めない」

「賛成ですね」柴咲の案に運転手が応じた。「たいした情報は与えてないし、木に括りつけるなりしてお別れといきましょうや」

共犯の男からも反対はあがらない。沙良の全身を、強烈な安堵が駆けめぐる。思わずスズキと柴咲に感謝さえしたくなり、一秒後に自己嫌悪に陥った。

「だから水ぐらい、飲ませてあげなくちゃまずいです。ここで野垂れ死にされちゃったら、やっぱり犯人さんたちのせいになっちゃいますから」

「――変な真似をするなよ」

共犯の男がいって、手錠が嵌っていない右手に冷たいものが押し当てられた。水のペットボトルだ。沙良はそれを握り締めた。蓋は開いている状態だった。未開栓のものしか飲みたくはなかったが、限界をむかえた渇きに防犯意識など吹っ飛んだ。口をつけ、一気に喉へ流し込む。細胞が歓喜にしびれる。おもいっきり顎を上げながら二口、三口と飲み込んで、袋と顎の隙間から密かに外を見た。

暗闇の中、ワゴンの車内灯に照らされた共犯の男は三十ぐらい。絵に描いたような角刈りにごつごつとした肌。眼鏡が妙に浮いている。変装のつもりかもしれないが、あまりセンスを感じない。心の中で、マスオと沙良は名付ける。

運転手は肩までのびた長髪の持ち主で、こちらの眼鏡はしっくりきていた。体格はひょろりとしているが弱々しい感じはない。こいつはレノン。

大袈裟に四口目を飲んで視界を広げる。森の中。すぐそばは急斜面の崖になっているようだった。とてもじゃないが、暴れて逃げおおせる自信はない。無謀な危険に挑むより、置き去りのほうが千倍マシだ。

手錠でつながったスズキが、協力してくれるはずもないんだし。

ぞわっと鳥肌が立った。

スズキは、なぜこの場所を「とてもいい」といったのだろう?

それよりも——、ほんとうにこいつは気づいていないのだろうか。伊勢が後ろポケットにすべり込ませたスマートウォッチ。あのとき、息のかかる距離にこの化け物はいた。

マスオが視界から消え、背後に立たれた。ペットボトルを奪われ、首に腕を回される。「動くなよ」

足音が近づいてくる。柴咲だ。手錠の鍵を外す気なのだ。ようやく、この悪夢が終わる。そう思うと、変に心臓が高鳴った。

「最初に『あれ?』ってなったのは、撃たれなかったからなんです」

手錠に鍵が差し込まれたタイミングだった。

「わたしがゲームにお誘いしたときですね。あなた、あのときほんとうにムカついてたでしょ? このくそ野郎ってなってましたでしょ? ええ、わかるんです。そういう気持ちだけは、わたしピンとくるんです」

虫の音よりもうるさいおしゃべり。

「なのにあなたは撃たなかった。いえ、正確には引き金は絞ったけれど、わたしに弾は当たらなかった。音だけでした。びっくりして、逆らわないでおこうってなりましたけど、それってたまたま、わたしが腰抜けだったからにすぎません。変じゃないです? 殺しちゃうのはまずいにしたって、肩でも腕でも、撃っても問題はなかったはずなのに」

鍵は、ピタリと止まっている。

「そのあとで、あなたは倒れたわたしに顔を寄せてささやきましたね。『逃がしてやるからおとなしくしていろ』と」

これが「お誘い」の正体か。

「なるべくわたしを傷つけずに引き渡す。それがあなたたちの契約なんだと理解して、一見なるほどってなりました。でも、あれ? おかしいですね。だったらなんで、次に銃を向けられたとき、わたしが動画の撮影に割り込んだとき、こちらにいらっしゃる歳上の犯人さんはあんなに落ち着いていたんでしょう。わたしを無事に逃がすためにたいそうな犯罪に手を染めてくださったのに、わたしに向けられた銃口に、なんであんなに冷静でいられたんでしょうか」

「それは――」とマスオが声をあげ、

「わかってます」スズキがにゅるりと制した。

「この銃には、一発しか実弾が入っていなかったんです。二発目も、おそらく三発目も四発目も、音だけはそれっぽい、空砲なんです。まるであなたが１０４号法廷で気持ちよく語っていたありがたいご高説のように、偽物なんです」

ガチャっと音がする。見えずとも、柴咲の拳銃がスズキを捉えているのがわかる。

「やめろ」やはりマスオの声は落ち着いている。

「こいつのいうとおりだ」柴咲が、怒りに染まった声を出す。「死なない程度なら問題ない」

「そう。そうなんです」喜色に満ちた合の手。「でも、ちょっと遅い」

次の瞬間、手錠でつながった沙良の左手首が持ち上がる。銃声が鳴り響く。沙良は反射的にしゃがみ込もうとし、手錠に引かれて体勢が崩れた。地面に転げた拍子にチリップスの袋が脱げた。

「うほっ！」

スズキの嬌声《きょうせい》が響く。開けた視界に人影が映る。え？　と沙良の息が止まる。仰向けに倒れているマスオの身体。弾けた頭。

空砲じゃなかった？

「飛びますよ、お嬢さん」

愉快げな声が耳もとでささやいて、ぐいっと引っ張られた。スズキはものすごいいきおいで突進してゆく。沙良を引きずり、正面から柴咲を抱えてまっすぐに。

あっという間もなく、身体が宙に浮いた。どどどと耳鳴りがする。顔や手足にペキペキ、パキパキと痛みが走る。三人はひとつになって木々を蹴散らしてゆく。急斜面の崖を転げてゆく。

落下の先も暗闇だった。地面に叩きつけられた沙良は痛みに喘ぎながら、うつ伏せに倒れた自分の身体へ意識を向けた。出血は？ 骨折は？

あちこちが悲鳴をあげているものの、命に関わる怪我はなさそうだった。手錠が嵌った左手首だけ異様に痛い。

「ツイてますねえ」

すぐそばで声がする。スズキがこちらをのぞき込み、ニカっと無邪気に微笑んでいる。

「このだらしない肉体も、たまには役に立つようです。柳に雪折れなしっていいますでしょう？ さしずめこの場合、スズキの脂肪にクッション性あり、といったところでしょうか」

太い指が、手錠の鍵をつまんでいた。「こいつをなくさずに済んだのも、でぶの御霊《みたま》のご加護です」

鍵穴に差し込み、回す。手錠が外れ、左手首の圧迫がなくなった。それでも沙良は動けない。地面に打ちつけられた衝撃で、まったく力が入らない。

「お嬢さん、あなたこそ幸運の女神です。あなたが手錠をしてくれたから、付き合ってくれたから、彼らの不測の事態となってくれたおかげで、隙をつくることができました」

「……なんで？」

心の底から訊いた。なんで、こんな真似を？　助けてもらったのに。支援者を名乗る連中を出し抜く理由が、沙良にはまったく理解できない。

「おかしいですか？　あのままいっしょに安全な場所へ連れていかれるほうが賢いと？　まあ、そうなんでしょうね。でも、わたしはごめんです。教祖って柄じゃありません。勝手に期待されて、勝手に利用されて、勝手にがっかりされるのは、もう飽きました。こりごりです」

夜の闇に、スズキの笑みはおぼろげだった。

「いったでしょう？　わたしの人生は、わたしの唯一の財産だって。たったひとつの所有物なんです。だからこいつは、譲りません」

スズキが立ち上がる。「もうすぐお仲間がくるころでしょう？　死体が一個と若いほうの犯人さん、お嬢さん。あの運転手さんは逃げちゃっていますかね。ほかにもう一個ぐらい、伊勢さんにトロフィーをプレゼントしたい気持ちはやまやまですけど、やっぱりわたし、独房より路上のほうが性に合っているようなんです。いろんな人に、出会えますから」

「……待て」

いって沙良は右手でスズキの足首をつかんだ。スズキを見上げ、にらんだ。ほんとうに捕まえられるとは思っていない。ひと蹴りでこの抵抗は終わる。むしろそれがわかっているから、自分はこうしているような気さえする。卑怯な保身、情けない見栄《みえ》で。

スズキの頭が、ぶん、と揺れた。ごっと音がした。丸い身体が地面にへたり込み、その後ろから柴咲が現れた。

「ざけんじゃねえよ」

肩で息をし、沙良とスズキを見下ろしていた。幽鬼に取り憑《つ》かれたような相貌が、繁《しげ》る木々の隙間からのぞく月を背負っていた。

「死ねよ、くずが」

銃口が、スズキへ向いた。沙良に止める余力はなかった。

――ほんとうに？

「犯人さん」

スズキが、ゆっくりと身体を起こす。

「あなたには撃てません。そうでしょう？　わたしの太腿は狙えても、脳天は狙えない。さっきもです。まあ、太腿を撃たれるのも嫌なんで、抵抗してしまいましたがね。そのせいであなた、立派な殺人者になっちゃったわけですが」

「――黙れ」

「二人目は死刑もあり得る。ちがいます？」

いってスズキは銃身にしがみついた。銃口を、自分の額に押し当てた。つぶらな瞳を孔雀《くじゃく》の羽のように開いて、柴咲に喰《く》らいついている。

「撃てないんです。しょせん、未来を期待する人間には」

銃声は響かない。柴咲は動けない。丸飲みにされている。

「犯人さん。引き金にかかったまま、中途半端に力んでいる人差し指。それがあなたの、心の形です」

スズキが動いた。両膝の裏に腕を回して刈ると、なすすべなく柴咲は尻もちをついた。拳銃を握った手首を押さえ、スズキは馬乗りになる。殴りつける。高く拳をふり上げて、鉄槌《てっつい》を落とす。なんのためらいもなくふり上げて、また落とす。それを何度も何度も繰り返す。柴咲の手から力が抜けた。拳銃が地面にぽとりと落ちた。

「スズキ！」

沙良はありったけの力をふり絞って拳銃に飛びつき、構えた。

「動くな！　動けば撃つ。両手を上げて腹這《はらば》いになれ！」

スズキが殴るのをやめた。半身でこちらを向いた。今度は、こいつが月を背負った。

「お嬢さん」

いってスズキは、次の拳を準備する。

「ぴったりの状況になりました。わたしは拳をふり上げている。彼を殴ろうとしています。あなたは銃を持っている。この状況は、仕方ない。わたしを撃ち殺しても、仕方ない。むしろ撃ち殺すべきでしょう。正当な理由が、言い訳が、あなたの欲望を叶え、なおかつ負い目を解消してくれる絶好のシチュエーションが、見事にそろっているんです。この先二度と現れないような、夢のようなシチュエーションが」

スズキの言葉が夜霧のように沁《し》み込んでくる。沙良は必死で抗った。ちがう。これは仕事だ。いまの身体の状態で、スズキを制圧することは叶わない。だからこの照準は、逃亡犯を取り押さえるために許された、正当な職務なのだ。

肩を狙えばいい。太腿でもいい。しかしこの暗闇で、この身体のこの状態で、正確に狙いを定めることができるのか？　あのいがぐり頭を、吹っ飛ばさない自信はあるか？

「さあ、撃ってください。わたしの息の根を止めてください。でないと、わたしはこの拳をふり下ろさなくてはなりません。いたいけな若者の鼻っ柱を、陥没させなくてはなりません」

沙良の指は動かない。なぜと思うほど動かない。

「こうしてあなたに銃を向けられるのは二度目ですね。あのとき、あなたは本気で撃つつもりだった。今回こそ、できますよ。欲望に、身をゆだねるだけでいいんですから」

さあ！　とスズキが拳にいきおいをつける。いまにも柴咲の顔面に鉄槌が落ちようとしている。沙良の脳裏に生々しい記憶がよぎる。あの取調室の光景が、巻き込まれた爆発が。無惨に弾けた同僚の右足が――。

殺したほうがいい人間がいる。

「――くそったれ！」

拳銃を構えたまま、沙良は叫んだ。悔しかった。撃たねばならない状況が、撃つしか選択肢がない自分自身が、悔しくてしようがなかった。

森に銃声が轟いた。沙良は目をつむらなかった。

だからスズキが、びくともしていないことがはっきりわかった。

「空砲です」

掲げた拳を、スズキはだらりと下げた。

「忘れちゃあいけません。さっきの一発は実弾でしたが、最初にわたしが撃たれたとき、たしかにあれは空砲でした。じゃないと、共犯者さんが黙って見過ごすはずがないですもん。二回目にわたしが撃たれそうになったとき、彼が落ち着いた声で止めたのは、ああいう場合、相手を興奮させるほうがよっぽど危険だと心得ていたからでしょう。警官であるあなたなら、おわかりになるのでは?」

ゆるい笑みが、闇に浮かんだ。

「裁判所を脱出するとき、犯人さんは二度撃ちました。一発目は天井の金属に当たってましたね。二発目はどうでした?」

ガラスドアへ駆けだした人々の背中を狙い、追い立てるように柴咲は撃った。しかし弾が当たって倒れた者を沙良は見ていない。そもそも人殺しになりたくないなら、発砲自体があり得ない。

「空砲と実弾を、交互に詰めていたんでしょう。よけいな犠牲を出さないためのワンクッションだったのか、試し打ちに数発使ってしまっていたのか。威力の確認ぐらい、したくなるのが人情ですから」

すべて見抜いたうえで柴咲を挑発し、自分に銃口を向けさせたのだ。逃走に邪魔なマスオを始末するために。

沙良に引き金を引かせるところまで、こいつは思い描いていたにちがいない。

「駄目でしたねえ」

誰へともなくつぶやいて、スズキは坊主頭を撫でた。

「去年の殺意が、純粋無垢な欲望が、わたしだけを一点に見つめてくれた眼差し、あの快感が、今夜のお嬢さんにはなかった。やっぱり、そうなんです。ルールの範疇にいるかぎり、濁ってしまう。それじゃあ、イケない」

地面に落ちたご馳走を見限るように、「いい勉強になりました」と立ち上がる。

「そろそろわたし、ほんとに行きます」

「動くな！」

銃口を意に介さず、「痛てて」とぼやきながら柴咲の血で染まった拳をひらひらさせる。

「残りの弾が空砲か実弾か、試してみるのも一興ですが、こういうの、なぜかピピンと霊感が働くんです。わたしの閃きが正しいのなら、九十九・九パーセント、お嬢さんは外します」

「……逃げきれない。ここを逃げおおせても、全国民がおまえの顔を知っている」

「そうですねえ。ひっそり暮らすのは慣れっこですけど、さすがにこの見てくれは目立ちすぎるかもしれません。だからまず、ダイエットからはじめます」

「待て！」

スズキが森の奥へ歩きだす。一メートルが二メートルに。二メートルが三メートルに。沙良はまだ銃口を向けている。空砲だろうが実弾だろうが、撃つべきだと警官の自分が怒鳴る。外したっていい。結果がおなじならチャレンジすべきだ。

だが銃弾ではなく、飛び出したのは言葉だった。

「おまえは、この世界になんの期待もしていないんじゃなかったのか？」

なのになぜ、逃げるんだ？

スズキが歩みを止め、少しだけこちらを向いた。

「おっしゃるとおりです。でも、わたし、もう少しやりたいことが見つかったんです。もういいやって、そう思ってたはずなんですけど、まだちょっと、生きてみたくなったんです。それは間違いなく、お嬢さん、あなたたちのせいですよ？」

闇に塗られた男の笑みが、なぜかはっきりと目に映る。

「そうそう。類家さんにもぜひよろしくお伝えください。また、わたしの勝ちだと」

木々の幕がスズキを隠した。両手で銃を構えた恰好のまま、沙良は前のめりに倒れ込む。土くれに触れた唇で、「くそぉ……」とうめいた声は、誰にも届かず闇に溶けた。

十月二十六日火曜日に起こった東京地裁立てこもり・爆破事件が、いちおうの収束をみたのは事件発生から半日が経ったころだった。

104号法廷を爆破し、地裁を逃げ出した柴咲らは白のワゴン車で神田橋から首都高に乗り、東北自動車道を北上した。のちの捜査で防犯カメラを検めたところ、道なりに進んだ先の羽生パーキングエリアにて偽造ナンバーを付けた二台の不審車両が確認されている。

柴咲らは久喜白岡《くきしらおか》JCT付近で西へ進路を変え、同日二十三時過ぎ、四十キロほど離れた埼玉県入間《いるま》郡の山中で、駆けつけた県警職員に発見された。柴咲奏多の共犯と思しき男性は頭部を銃撃され死亡。鑑定により、柴咲が所持していたトカレフが凶器であると断定された。

柴咲は顔面を複数回殴打され、意識のない状態だった。人質としてワゴンに乗せられていた倖田沙良巡査とともに病院へ運ばれたが、両名とも命に別状はない。

その数十分前、城南島で遺族会に所属する湯村峰俊が犯行に加担していた旨を自供し、逮捕。彼が所持していた拳銃はモデルガンであったことが判明している。

逃走に使われていたワゴンは入間郡の山中から消えており、倖田巡査の証言にもとづいて運転手の男が手配されたが見つかっていない。祝田橋付近で同時発進した二台のワゴンと併せ捜索がつづいている。

スズキタゴサクの行方も知れないままである。

# 十月二十八日　木曜日

目覚めは爽快でも不快でもなかった。ずっと浅い眠りだったから、肩をゆすって起こされてもとくに腹は立たなかった。

「柴咲さん、食事の時間です」

朝食をのせたトレイをベッドに設置しようとする看護師を止める。

「先にトイレへ行かせてください」

付き添いの制服警官といっしょに便所へ向かった。用を足し、手を洗おうとして、ひどい面と目が合った。鏡に映る自分の顔はあちこちが腫れ上がり、笑えるほど患者服が似合っている。

この傷のおかげで病院の個室で寝れた。暖かい布団に清潔な服。そう考えればスズキタゴサクに対する怒りは湧かない。敗北感も。

「食事が済んだら話を聞くからな」

「歯も磨けないんですか」

付き添いの警官は嫌そうな顔をしたが、いい返してはこなかった。

焼き魚、貝の味噌汁《みそしる》、キュウリの漬物。白米を噛むたび口の中の傷に染みるのが、不満といえば不満だった。

二十六日の晩、スズキに殴られたあとの記憶は曖昧だった。気がつけばベッドに寝ていた。CTだかMRIだかの検査をされていたらしい。服もぜんぶ着替えさせられていた。気を失ったとき、失禁してしまったのだろう。無様ではあるが、これもまあ、どうでもいい。

明け方に意識を取り戻し、すぐに聴取がはじまった。警察が犯罪者の人権なんぞ認めていない覚悟はあったが、それにしても荒っぽいスケジュールだ。ようするに奴らは、おれの口から待機中の爆弾の有無を聞き出したかったのだろう。素直に「ない」と教えてやった。この先に意地を張るメリットはない。認めるところはさっさと認め、協力し、できるだけ印象を良くしておくほうがいい。どうせ有罪になるのだ。ならば一年でも一ヵ月でも、短い刑のほうがいい。

検査と治療を挟んだ午後と夕方にも一回ずつ聴取があった。答えられるところは答え、わからないところはわからないとした。たとえばスズキタゴサクの行方なんか訊かれても「知らねえよ」としか答えようがない。

食事を終えて移動する。昨日は病室で行っていたのにだ。いよいよ本格的な取り調べになるのだろうか。

通された部屋は応接室か面談室のような雰囲気だった。ソファとまではいかないが、パイプ椅子よりはマシなデスクチェアーが用意されていた。縦長の窓から差し込む光がベージュ色のカーペットを照らしている。

さっと室内を見回して、ピンときた。なぜ埼玉県の病院から移送しないのかという疑問の答えがわかった気がした。裁判員裁判の対象となる事件の取り調べは可視化が義務付けられているはずで、この事件も間違いなくそうなるだろう。なのにそのカメラがない。つまりこいつらは、正規の取り調べでは許されないやり方も使う方針というわけだ。

テーブルを挟んだ正面に、昨日とおなじコンビが座っている。高東と類家。

「よく休めたか」

「ええ、おかげさまで」

にこやかとまではいかないが、高圧的というほどでもない。素直に供述しているせいか、たんに高東のスタイルなのか。

「じゃあ、さっそく昨日の確認からさせてくれ。共犯者たちについて、思い出したことはあるか」

「いえ、何も」

「どこの誰かも知らないんだったな」

「はい。SNSで意気投合したんです。向こうはスズキを崇めていて、お互い利用できると思いました。拳銃を用意してくれたのも奴らです。いっしょに104号に立てこもったのが『サカモト』、ワゴンを運転してたのが『サイゴウ』と名乗っていました。偽名だろうとは思いましたが、べつに本名を知る必要もなかったので訊いてません」

ほかのメンバーとは会ったこともない。

「報酬は、スズキの身柄と引き換えに一千万で折り合いました」

「そんな大金を出すなんて、何者か気にならなかったか」

「さあ。金さえもらえれば、どっちでもよかったんで」

ほんとうは啓一のツテを使い、スズキの弁護費用を出すと息巻いていた金持ちに話を持ち掛けた。ほどなく、代理人と称してサカモトたちが現れた。

信用を得るまでに数ヵ月かかったが、拳銃の存在と、おれが罪をかぶるという条件が決め手となって契約はまとまった。

羽生パーキングエリアで待つ仲間と合流した時点で手錠の鍵を渡し、指定の口座に一千万円分の仮想通貨を振り込ませる段取りだった。

「準備資金として、手渡しで五十万もらいましたし」

「ずいぶん、信頼してくれてたんだな」

「こっちは素性を明かしてます。そもそも捕まる前提です。奴らにとっては、これ以上ない協力者でしょう」

裏を返せば、捕まり、取り調べを受けているこの状況も予定どおりということだ。受け答えのための工作も済ませてある。ＳＮＳで知り合った痕跡をつくったり、都合の悪いやり取りを抹消したり。

予定外は、ここからだ。

「サカモトを撃ったときのことを、もう一度くわしく話してくれないか」

これが第一の関門。

「おれが撃ったんじゃありません。スズキが抵抗しだして、急に銃をつかんでサカモトに向けて……。引き金を引いたのもあいつです。その弾がサカモトを……」

「倖田巡査は、先に君がスズキを撃とうとしていたと証言してるが」

「あのとき、彼女の視界はチリップスの袋で塞がれていました。だから勘違いしているんだと思います」

一千万を取り損ね、殺人罪まで背負わされてはかなわない。ここだけは死守しなくては。

「倖田さんといっしょに斜面の底へ突き落とされたのは憶えています。あとの記憶はありません。気がついたら病院でした」

「なるほどな」

高東の反応は、不満とも納得ともいい難いものだった。言葉を重ねたくなったが、ぐっと堪える。焦ってもろくなことはない。

「じゃあ、次だ。君は湯村に、サカモトたちの話をしていたのか?」

「まさか。スズキを逃がす計画なんて、口が裂けてもいえませんよ。湯村さんはスズキを崇めるどころか、心から憎んでた。おれはそれを利用しただけです」

「サカモトとはいっしょに立てこもるんだ。さすがに隠しとおせないだろ」

「遺族会に参加していない被害者だということにしました。湯村さんとおなじく、銃弾一発であっさり殺すんじゃあ耐えられないほど、スズキを憎んでいるんだって」

「だとすると湯村は、さっさとスズキを連れ出す計画にしたがったんじゃないか」

「それはそうです。でも少し考えたら無茶だってわかります。１０４号法廷からスズキを連れ出すだけでも大仕事なうえ、逃げきらなきゃいけない。奴をじっくりなぶり殺しにするのが、湯村さんの希望でしたから」

「半日もかかる計画の理由を、君はそう説明したわけか」

うなずき返す。じっさい湯村は、スズキを私刑にするための犯行だと信じきっていたはずだ。

尊敬する父親を殺されたことがどうしても赦せない、おれが囮で捕まりますから、何日でも時間をかけて、さんざん痛めつけて、後悔させてから殺してください——そう仕向けたとき、彼は目もとを潤ませていた。

馬鹿な奴だ、と呆れてしまう。復讐なんて、一銭の得にもならないのに。

「じゃあ、湯村は知らなかったわけだ。君が立てこもりと並行して、人質家族から身代金を巻き上げていたことも」

「身代金ですか。それについては——」

第二の関門。

「まったく心当たりがありません」

高東が眉をひそめ、目顔で説明を求めてくる。

「昨日もお伝えしたはずです。身代金ってなんですか？　もし、ほんとにそういう行為が行われていたのなら、おれの知らないところでサカモトたちが勝手にやっていたんでしょう」

もちろん事実は逆だ。身代金をせしめる件は湯村どころかサカモトたちにも教えていない。罪だけ、あいつらに押しつける。どうせ奴らは表に出て抗弁できる立場じゃない。ならば利用しない手はない。

それが、おれと啓一の計画だった。

仕方ないというふうに高東は息をつく。「江嶋さん、紺野さん、内川さん。それぞれの親族に、無事に助けてほしければ五百万用意しろという電話があった。裕福な家庭なら、すぐに用意できるぎりぎりのラインだろう。警視庁の刑事を名乗ってコンタクトしてきた恐喝者は電話口で配信を観ろと指示し、君が104号法廷で口にする台詞を当てて家族の信用を得ていた。それぞれ対応したのは江嶋伸之助さん、紺野麻希さん、内川槙夫さん。交渉を経て、麻希さんは全額、伸之助さんと槙夫さんは四百万で手を打った。警察に相談したらほかの人質を殺すという脅し付きでな」

「金の受け渡しはどうしたんです？　高額の振り込みって簡単にできるんでしたっけ？」

「銀行の窓口は十五時まで。事件の推移から考えると間に合わない。もっとも、わざわざ足を運ばなくてもいい。ネットバンクに登録すれば一千万ぐらいは二十四時間取り引き可能だ」

「引き出すのは無理でしょう？　人質全員が解放されて、脅されてた家族だって被害を申し出たはずです。口座を押さえられてしまったら、犯人の儲《もう》けはゼロだ」

「残念ながらそうでもない。まったくダークウェブとか仮想通貨ってのはろくでもないテクノロジーだよ。お互いが闇口座をつくってそこで仮想通貨をやり取りすれば、正規の履歴は残らない。被害者側はともかく、振り込み先がそれをどこで現金化したかまで調べようと思ったら、最低でも数日はかかる」

「人質家族に、その方法を指南したわけですか」

「手取り足取りな」

感心するふりをしながら、必死に笑みを我慢した。どうやら啓一は、無事にやり遂げたらしい。三件とも成功させたのは出来すぎだったが、特殊詐欺で鍛えた経験も活《い》きたのだろう。

「スズキに家族を殺され、さらに身代金まで巻き上げられる。おなじ被害者遺族として、少しは心が痛まないのか？」

「気の毒ですね。その恐喝者こそ死刑になればと思います」

高東が露骨に嫌悪感を滲ませ、おれは心の中でせせら笑う。おなじ被害者遺族だと？　ちがうだろ。五百万やら四百万をぽんと払える連中と、いっしょにされちゃあ心外だ。

「君が関わっていないなら、なぜ犯人は君の台詞を当てることができたんだ？」

「さあ、わかりません。でも、たとえばですけど、ディレイを利用する方法もありませんか？　人質家族に観るように指示した配信は犯人がリアルタイムの配信を三十秒だけ遅らせてそのまま流していたべつのURLだったとか」

「そんな証言はないよ」

「どうでしょうね。ご家族も混乱してたでしょうから、記憶は曖昧かもしれない」

「パソコンの履歴は嘘をつかないだろ」

「ご冗談でしょう？　さんざんダークウェブの話をしてたじゃないですか。家族の安全を盾にしてたら、相手は言いなりだ。スパイウイルスを仕込むように誘導するのは簡単ですよ。遠隔操作で履歴を改竄する技術だってあります」

「くわしいな、ずいぶん」

まずい。事前に準備していた説明だから、思わず調子にのってしまった。

「まあ、可能性としてなくはない。その調子で、今度は君が解放した人質と身代金を払った人質家族が一致している理由を説明してみてくれないか」

「わかりませんよ。ただの偶然でしょう。おれは適当に選んだだけで。そういえば、内川さんたちといっしょに解放した勝又さんはどうなんです？　あの人の家族も脅されていたんですか」

「いや。どうやらそれはないようだ」

でしょうね。金持ちでもなんでもないあいつは、たんなるカモフラージュ要員だったんだから。

「なら、やっぱり偶然ですね。強いて法則性を挙げるとすれば、全員高齢のご婦人だったことでしょうか。おれもさすがに人の子ですから、あえてそういう選択をしたんですけど、恐喝者の読みとたまたま一致してしまったんでしょう」

苦しいのは百も承知。だが、かまわない。どのみちサカモトたちにおっかぶってもらうのだ。いよいよとなれば、奴らに命令されていたことにすればいい。

誰かの幸福と不幸せが、無理やり交換させられる――。ふいにスズキの台詞が頭をよぎって、おれは唾を吐きかけたくなる。

「ぜんぶで一千三百万。がんばったわりにはショボいよね」

え？　と顔を向ける。昨日の自己紹介以来、ずっと高東の陰でおとなしくしていた類家が口を開いた。

「もらい損ねた一千万を合わせても二千万ちょっと。おれみたいな公務員には目玉が飛び出る大金だけど、人生が買えるほどの額じゃない――って、そう思わない？」

馴《な》れ馴《な》れしく小首を傾げ、目障りな天然パーマが揺れる。その横で高東は腕を組み、静観の姿勢をとっている。

「とくにふたりで分けるとなると、なおさらね」

「ちょっと待ってください。おれが誰かと組んでるっていうんですか？　捕まったら使い道のない金のために？」

「どのみちその問題は残るでしょ。計画どおりにサカモトたちから一千万が振り込まれた場合でも、捕まったら使えないのはいっしょじゃん」

「それは――」

答えはちゃんと用意してある。

「それは隠しとおすはずだった――かな？」

喉がつっかえた。丸眼鏡の奥で、類家の細い瞳が見透かすように嗤っている。

「一千万の報酬は隠しとおす予定だった。スズキのせいでめちゃくちゃになったけど、ほんとはサカモトたちって逃げきる予定だったんだもんね。自分が明かさなきゃ報酬のことはバレやしない。捕まる前にどこか秘密の口座へ移して、五年か六年の懲役が終わったあとで引き出せばいい――って感じ？」

「――ええ。そうですよ。その予定でした」

動機は世の中への復讐。サカモトの遺体から証拠になる奴のスマホが回収されなければ、いまもそれで押しきったのに。

「だとしたら、やっぱり少ないんだよなあ、一千万じゃ。せめて倍はほしくない？」

「……大金ですよ。おれにとっては一千万でも」

「ところで高円寺のアパートだけどさ」話の方向が突然変わる。「二十八・五センチのバッシュって何？」

「そんなもの、ありましたっけ」

「あったよ、あった。靴箱に、しっかり残ってた。使い古したランニングシューズと真新しい革靴とならんでね」

ああ、と宙を見やる。

「会社の知り合いがくれたやつじゃないですかね。何かのときに譲ってもらった記憶があります」

「君の足、二十六センチだよね」

「まあ、そうです」

「なんのためにもらったの？　べつにあれ、ビンテージってわけでもないでしょ」

ふう、と息を吐く。

「答えたくありません」

部屋の空気が重たくなった。我関せずに見えた高東にも、前のめりになる気配があった。

内心、興奮を覚えた。ぞくぞくと血流が速くなる。

いい、いい、いい、いい、いい。

こんなに想定どおりになるとは。

「どうせ調べるよ」

「好きにしてください。この件については、何もしゃべりたくありません」

類家がこめかみに人差し指を押し当てる。こちらを見定めてくる。

無駄だよ、もじゃもじゃ頭のお坊ちゃん。調べるだって？　どうぞ、どうぞ。あのバッシュは、どこぞの居酒屋で盗んできたもの。地の果てまで追いかけたって、啓一にはたどり着かない。

こっちは第三の共犯者を疑われることまで想定していたんだよ。

それでも啓一と、まったく顔を合わせずに計画を練ることは不可能だった。あいつに行く当てはなかったし、ならばいっそと開き直ってアパートでいっしょに暮らした。息抜きの漫画以外、時間があればふたりで計画の台本を練り、予行演習を重ねた。スズキの裁判がはじまる直前にネットカフェへ移動させ、部屋はしっかりクリーニングした。三度も業者に頼んだ。啓一の髪の毛一本、残っているはずがない。

一度か二度は目撃されているかもしれないが、かまわない。新井啓一と、名指しされなければいい。あいつには今後しばらく髪は黒くし、ダサいシャツをインして過ごせと命じてある。

「ぼくはサカモトたちと組んで事件を起こしました。ほかの人間は知りません。いまは自分の裁判にしか興味はないです」

「判決には従う？」

「当然です。ちゃんと務めて、そして出てきます」

それがルールだ。制度だ。おれはそれを利用する。

「何か問題でも？」

挑発に、類家が人差し指でこめかみを、とん、と叩いた。

「本棚の漫画本は君のもの？」

「そうですよ。指紋でも出ましたか？　古本なので、誰のものか不明だと思いますけど」

「あれを部屋へ持ち込んだ若者が目撃されてるんだけどね。君よりも背の高いおニイちゃんが」

「黙秘します」

あきらめろよ、類家。おれは自分が捕まることを恐れていない。そこに関しては割り切っている。すべてを最高得点で得ようなんて欲はない。人生がそんなに上手くいかないことは、身をもって知っている。

だから、おれたちは負けない。正しくあきらめているかぎり、絶対に。

「君が事件の前に契約した十台のスマホ。そのうち二台が見つかってないんだけど心当たりは？」

「さあ。バタバタしてましたから。どっかになくしたんじゃないですか」

「おれの予想だと、その二台で君らはやり取りしてたはずなんだ。君と、恐喝者くんはね」

「事件のさなかに？　危なっかしいなあ」

「ちがう、ちがう、その前にだよ。ふだん使いで。だってそうじゃん？　君は全力で恐喝者くんの存在を隠そうとしている。かといって日常生活でスマホもなしじゃ不便で仕方ない。君のプライベートスマホにおかしな履歴も残したくないし、だからよぶんな二台が必要だった」

正直、冷や汗をかく。類家の推理はほぼ合っている。アシのつかないトバシのガラケーも考えたが、準備をはじめたのは二月。決行まで半年以上、ガラケーではつらすぎた。

「この二台だけ、契約が五月だしね」

サカモトたちと合意を結んだ月だ。以降、啓一とはそれでしか連絡を取り合っていない。危なかった。少しでも油断していたら、この男は啓一までたどり着いたかもしれない。

「電源も切られてる。ＧＰＳもオフってるみたいなんだよ」

「じゃあ、どうしようもないですね」

「ねえ、いちおう訊くけど、君ってマゾなの？」

「は？　なんですか、急に」

「だってこの計画、恐喝者くんのためのものでしょ？」

　思考が止まる。

「ひとりで二千万。君は恐喝者くんに、ぜんぶあげようって肚だったんでしょ？」

「なんですか、その冗談。おれは、そんな友だち思いの聖人じゃない」

　類家の薄い唇が、にゅるりと笑った。瞬間、脳裏にスズキタゴサクが浮かび、嫌な感触が全身を駆けめぐる。――わたしにいわせれば、あなたはまっとうな人間です。羨ましいぐらい、ひどくありふれた人間です。

「この事件の難しいとこはさ、スズキの裁判が大人気だったってことなんだ」

　また、話題が急旋回する。

「初公判は様子見だったとして、二回目か三回目か、どこで決行できるか事前に知るすべはなかった。だって共犯のサカモトが傍聴の抽選に外れたらどうしようもないからね。一昨日の当選率は約十分の一。その前はもっと低い。抽選にサイゴウや仲間たちを参加させていても絶対といえる数字じゃない。ついでにいうと当たりを引いてから萌黄ファームや国立競技場に爆弾を仕掛けて回ったのも奴らなんでしょ？　高円寺のアパートはともかく、決行か中止か不確かな状態で外に爆弾を放置しておくのはいくらなんでも危ないもんね」

　もちろんドローンを飛ばしたのもと、見てきたように類家はいい当ててゆく。

「君が骨箱を法廷に持ち込むのを習慣づける必要もあるから、二回目もスルーだったんじゃないかな。理想は四回目か五回目。で、運よくそのとおりに実現したわけだけど、どっちにしても当日の抽選結果が出るまで、十月二十六日がXデーだとは誰も知らなかったってことになる」

何が、いいたいんだ？

「わからない？　君と恐喝者くんがやり取りに使っていたスマホを処分できたのは、事件の当日ってことになる。君はたぶん、こう指示を出してた。配信がスタートしたら決行。ふだん使いの連絡用スマホの処分も忘れるな」

そのとおりだ。啓一には人質の家族へ電話するトバシのガラケーをべつに用意し、身代金の入金結果をふくめた互いの状況はメールで報告し合った。

やり取りの証拠を消すため脱出直前に初期化したおれの連絡用スマホは、１０４号法廷とともに木っ端微塵になっている。

「でも、恐喝者くんの立場になって考えてみなよ。この計画の成功は、君が地裁を脱け出してスズキを引き渡すまで完了しない。トラブルが起こる可能性は大いにある。もし恐喝者くんが君の友人だとしたら、そんな状況でスマホを処分できるかな？」

じわりと、胸が締めつけられる。

「だっていつ、君から助けを求められるかわからないだろ？　もちろん恐喝用の電話機も用意していたんだろうけど、それでも大事をとって、ぎりぎりまでスマホは手もとに置いていたんじゃないのかなあ」

あり得ない。そこまで、あいつは馬鹿じゃない。類家のいうとおり、ガラケーがある。いざというときは、あれで連絡が取り合えた。

「君と恐喝者くんの関係だけ、いまいち自信がもてなかったんだ。むしろ君が弱みを握られて、嫌々事件を起こしたってシナリオのほうがおれ的にはしっくりくる。でも、ちがったみたいだ。友だち思いの聖人じゃない。『おれはそんなに馬鹿じゃない――』。『友だち』なんて単語、今日ここまでの会話で一回も出ちゃいない。『おれはそんなに馬鹿じゃない』ぐらいが自然だったんだ。君に『友だち』や『聖人』という単語を選ばせたのは、計画の全貌を知った恐喝者くん本人に、そういわれたからじゃないの？」

――おまえ、なんなんだよ。泣かせんなよ、友だち思いの聖人かよ。

「さっきから、あんた何いってんだ？　めちゃくちゃだ。おれはもう黙秘する」

「じつは、送ってるんだよね。君のプライベートスマホから、君と恐喝者くんが使っていたと思しきスマホの番号へ、ショートメッセージを」

「……え？」

「どっちがどっちを使ってたかまでわかんなかったから、一台ずつべつべつに、このスマホを祝田橋のそばで拾いましたって。登録されてる連絡先に報せてますって」

貴様――。

「まあ、これは大穴狙いの賭けなんだ。彼がもし、君のことを大切な友人だと思っていて、この二日間、状況を知りたくてやきもきしていたとしたら、捨てきれなかった自分の連絡用スマホを日に何度か、電源を入れてのぞいてるかもしれないよね。そして君のプライベートスマホが、君にとって不利な証拠になるんじゃないかって、考えるかもしれなくない？」

ありえない、あり得ない。少し考えればわかる。不自然だとすぐわかる。第一、指示どおりスマホを処分していれば、メッセージの確認自体ができない。

「ちなみにいうと、君は意識不明の重体のままってことになってる。マスコミに続報は流してない」

よせ、啓一。騙されるな。損得で考えろ。慎重に、クレバーに。

この半年間、おれたちは全身全霊をつぎ込んできた。人生を手に入れるため、必要な知識を学び考えに考えて、練習に練習を重ねた。げんにおまえはやり遂げた。間違いなく、いまの新井啓一は甘えたチンピラなんかじゃない。

気がつくと、指が額に触れていた。爪が、皮膚を裂いた。

「類家」

高東が組んだ腕の手首を見ていた。通知が届いたと思しき、スマートウォッチを。

「引っかかったようだ。待ち合わせ場所へ、立花さんたちが向かってる」

身体から力が抜ける。馬鹿すぎる。なんて浅はかなんだ、おまえは。

「振り込まれなかった一千万が、気になってるだけかもしれないけどね」

だとしたら、むしろいい。友情だとかを持ち出されるより、何百倍も。

「ねえ、聞かせてよ。おれにはどうしてもわからない。なんで君のほうが割を食う？　この計画、サカモトたちの入れ知恵があったにせよ、少なくとも同時に人質家族を脅すのは君のアイディアだったんだろ？　悪くない。ユニークだ。なのに君は、その実入りをぜんぶ相棒に捧げると決めていた。たぶんやんちゃで、純粋で、ちょっと間の抜けた相棒くんに。なんで？　なんで能力のあるほうが捕まる？　なんで相棒くんが服役するんじゃ駄目だった？」

理由？　そりゃあ、いろいろあるよ。だってあいつは遺族会に入れない。骨箱を持ち込めない。

「理由ねえ」

天を仰いで、それから自然と類家を見つめた。なぜかこの男が、おれの答えを本心から知りたがっている気がして、なんだか妙にこそばゆい。

「おれ、ほんとにがんばったんですよ。宇宙飛行士は冗談だけど、どうにか人並みになりたくて。ひどい親にひどい負債。そんな人生を抜け出したい一心で勉強して、運動もして……。ほんとは野球がしたかったけど金がかかるからって反対されて、陸上にしたんです。結果を出せば推薦で大学へ行けるかもしれないでしょ？　必死にやって、一五〇〇メートルで区大会五位の選手になりました。もちろん、だからなんだって成績です。毎日勉強して、毎日走って、それで手に入れたのが、便利にこき使われる職場と八畳一間の自由だった。十年後も、何も変わらないだろうって思える生活だった」

そして気づいてしまった。

「親父に背負わされた二百万。あれを毎月一万ずつ返していって、完済するころ、おれはもう四十手前になっているんです。懲役とどっちが長いか、いい勝負じゃないですか？」

その親父も死んだ。謝らせることも、見返すこともできないまま。

おれが「肉親」と呼べるのは、ただひとり啓一だけだ。

「でもあいつは、何もしてこなかった。何もせず、何もかもが駄目になってた」

啓一の父親もくずだった。母親もくずだった。暴力をふるい、クスリをやっては捕まって、刑務所から出てきたらまた暴力をふるう。近所の評判も最悪で、だから啓一の評判も最悪で、いつも穴のあいた靴を履いていた。親が服役しているとき、あいつはよくこういった。今日刑務所が、爆発してくれりゃあいいのにな、って。

おれたちは、くそな親同士という連帯でつながっていた。ほかの奴らとはわかり合えない。恵まれた奴、気の毒がる奴、蔑んでくる奴。

啓一は、何もやってこなかった。することができなかった。そんなあいつと顔を合わせるのがつらかった。後ろめたくて仕方がなかった。

陸上部に入るとき、啓一は競技用のシューズをくれた。親の金をくすねて買ったというシューズを、自分は穴があいた靴を履いているくせに、馬鹿みたいに無邪気な笑顔で。

――おまえのほうが可能性あるだろ?

「何か、してほしかった。おれはもう、やったから。勉強も運動も仕事も、やって駄目だったから。だから、やることができなかったあいつに、やらせてやりたかったんだ。なんでもいいから、マウンドに立つチャンスを」

類家は、まったく理解できないという顔をする。高東も、似たり寄ったりの表情だ。

「あんたたちにはわからない。一千万を、ショボいといい捨てられる奴らには。その額で人生が買えるとおれたちに思わせてるのは、てめえらだ」

ああ、泣き言だ。安いプライドが吐かせた言い訳だ。

だが親父、あんたとはちがう。あんたにはできなかったことを、おれはした。おれは啓一を、ちゃんと具体的に救おうとした。犠牲を払い、金を与えた。ノブレス・オブリージュ。高貴な義務で、おれは抵抗したんだ。

「柴咲」

高東が、こちらを見ていた。

「おまえの友だちが望んでいたのは、ほんとうに自分ひとりのマウンドなのか？　おまえといっしょに走るグラウンドじゃ駄目だったのか？」

うるさい。黙れ。

額の傷が痛む。やかましい広告が耳鳴りのように流れ、飴色の感情が煮えてゆく。

スマートウォッチを見て、高東が告げた。

「新井啓一を確保した。彼の第一声は、『奏多は無事なんですか？』だそうだ」

泣かない。そんな意味のないことはしない。おれは湯村のおっさんじゃない。

こんな姿を、スズキなら中途半端だといって嗤うのだろうか。

類家が窓のほうへそっぽを向いた。心底、白けた顔で。

木漏れ日が差し込んできて、倖田沙良は目を細めた。見上げると赤と金に染まったモミジの並木が暖かなプロムナードを彩っている。十一月という暦が疑わしくなる陽気であった。

並木道をずっと奥へ進むと、先日退院したばかりの病棟が見えてくる。角々した見てくれは規則にうるさい高級団地といった風情《ふぜい》である。道路を渡り、煉瓦《れんが》色の壁の中へ沙良は向かった。

「おう、元気そうだな」

ロビーに着くと、男が手を挙げてきた。パンパンに盛り上がった筋肉を背広で包む杉並署の刑事を、沙良は心の中で密かにラガーさんと呼んでいた。

「おひさしぶりです、猿橋さん」

ん、とラガーさんは返事ともつかない返事をしてくる。

「まあ、あれだ。おまえも、変な事件によく巻き込まれる奴だよな」

「おかしな縁ですよね。その変な事件に、猿橋さんも関わっていたなんて」

まあな、とめくれた唇を尖らせて、そそくさと受付へ歩きだす。手続きをしてくれるのかと沙良は意外な気持ちになった。ラガーさんの印象は猪突猛進、いかにも体育会系のきっぷであって、後輩から雑用を奪うタイプとはかけ離れている。

療養明けを気遣ってくれてたり？　似合わねえ！　と沙良は少し愉快になった。

ふたりでエレベーターに乗り込む。目的の病室は上階の個室であった。

「関わったっていうけどな」

むっつりとしていたラガーさんが急に話しかけてきた。ちょうど乗り合いの一般人が降りていったタイミングである。

「おれは何もしてねえよ。ただ柴咲の玩具にふり回されて、なんだったら奴が用意した偽の証拠を見つけて舞い上がってたぐらいだ」

「犯人の手のひらで踊る孫悟空だったたってことですね」

猿橋だけに。

眉間の縦皺にらまれる。「失言でした」沙良は冗談めかして自分のおでこを叩いた。

「……ったく。よくのんきでいられるな。冗談抜きに、おまえ死にかけたんだぞ」

「察してください。つらい思い出を忘れるために気丈に振る舞っているんです。健気なんです」

「もういいよ。煮ても焼いても、おまえは生きのびるんだろう」

会話がやんだ。べつに気まずくはなかったが、不思議な浮遊感がこのまま黙ってしまうのを惜しいような気分にさせた。

「怖かったです。怖かったし、痛かったです」

沙良は階数ランプを見ながらいう。

「でもいちばんは、悔しかった。おなじぐらい、哀しいです」

何が、とは答えられない。いろいろありすぎて、あと三階分しかない上昇では間に合わない。

ラガーさんが、ぼそりと訊いた。

「後悔してるのか？」

「はい。金輪際、あんな真似はしません。たぶんきっと、しちゃうんだろうって気もしますけど」

やれやれというふうに、ラガーさんが鼻息をもらす。「おれも、そう思うよ」

でも、そんな機会がくるだろうか。今日はこのあと、警視庁で面談という名の聴取がある。経緯はどうあれ、沙良はスズキを逃してしまった。公判中の被告人が去っていくのを、拳銃を手にしながら見送ってしまったのだ。サカモトの死を防ぐこともできなかった。サイゴウも逃がしてしまった。それを世間が優しく許してくれるとは思えない。警察組織も、問題ばかり起こす爆弾娘に厳しい処分を検討するに決まってる。

仕方がなかった――。もし、スズキを撃ち殺していたら、そう許されたかもしれないと、暗い気持ちが頭をもたげてくる。

エレベーターが停まった。

「そういえば、もうひとりわたしの先輩がきてるんです」

「野方署の？」

「ええ、矢吹といって、いまはSSBCの所属です。スズキ事件で大怪我をして、刑事をあきらめたところから激リハビリと猛勉強の合わせ技一本で復帰を果たした超絶ポジティブ野郎です」

ついでに義足マンでもある。

「ふうん。キラキラ陽キャ、おれ苦手だぞ」

「たぶん、ラガーさんとは気が合うと思います」

廊下をまっすぐに進む。立ち止まりはしない。警官を辞めることになっても、進む。疲れて休みたくなる日まで、歩きつづけたい。それがわたしの性分だから。スズキなんぞに、この生き方を触らせるのは嫌だから。

「なあ、倖田」

「はい」

「ラガーさんって、なんだ?」

沙良は病室のドアを開ける。中ではベッドに横たわる伊勢が、手土産すら持たない見舞い客の来訪を不貞腐《ふてくさ》れたふりで待っている。

胃が痛《いて》え――。うんざりと高東柊作はコーヒーを喉に流し込む。

柴咲逮捕から週が明けた月曜日、高東は警視庁の上層階レストランで時間を潰していた。事件時の対応について、非公式の面談がセッティングされているのだ。

報道は、柴咲の暴挙と同程度、警察に対しても批判的だった。萌黄ファームをはじめとする三箇所と、そして104号法廷の爆破を許し、おめおめ犯人グループに逃げられた。グループのひとりは死亡し、柴咲を除くメンバーは行方不明。そのなかにスズキタゴサクがふくまれているとあっては、交渉人として、現場責任者として、高東が無傷で済むはずもなかった。ネットで流れた無様な交渉の様子は録画され、切り取られ、世界中に晒されている。

責任者はつらいよ、か。

逮捕後の取り調べや裏付け捜査を特殊犯係はしない。立花たちへの引き継ぎが済めば、実質この事件は手から離れる。あとは処分を待つことだけが、高東に残された仕事であった。

「やっぱりここでしたか」

ぶかぶかの背広が近づいてくる。高東といっしょに土曜も日曜もなく働きづめだったはずなのに、類家の肌艶に疲れは見えない。若さというより、変なクスリでもやってるんじゃないかと心配になる。

「検察から連絡です。この調子だとサカモト殺しで柴咲の起訴は難しそうだと」

「証拠が足りねえか」

「倖田さんの証言だけでは、スズキの犯行である可能性が潰せません」

カウンターから番号を呼ぶ声がする。類家が踵《きびす》を返し、注文したグラスを受け取りに行く。なんともバランスの悪い歩き方だなと、高東はその後姿を眺めた。

戻ってくると、高東の正面に腰かける。

「口裏合わせをしておきませんか」

「口裏？　なんのだ」

「わたしの勝手な動きについてです」

高東は、口をつけかけたカップを戻した。

「立花さんを動かしたのもそうですし、交渉のさなかも高東さんの邪魔をしました。メモ紙を挟みまくって、混乱させたのは事実です」

「結果として、おまえはだいたい正しかった」

「まさに結果論です。わたしがしたことは、あまりにも結果論すぎる」

自然に笑みがこぼれた。ゆっくり事件をふり返るのは初めてだった。その内容が、部下による気遣いだとは。それもこの、デジタル天パ野郎にされるとは。

窓の外へ目をやる。皇居のお堀が目に入る。

「なあ、類家。最初からおまえが交渉してたら、もっとマシな結果になったと思うか？」

「いいえ。あり得ません」

即答だった。「あの事件は、ある程度柴咲の想定に沿って進める必要がありました。爆弾は本物で、拳銃には実弾も入ってた。よけいな犠牲を避けるには、後手に回るほうがベターだったんです。わたしなら、柴咲をああは泳がせられなかったでしょう。怒らせるのは得意ですが、いい気にさせておくのは苦手です」

「それは、重大な欠点だな」

はい、と馬鹿正直にうなずいて、類家はメロンソーダをストローで啜《すす》った。

ふたたび高東は、窓の外を見た。よくよく考えてみれば、高東の交渉は後手を踏んでいたと類家は認めているのだ。ふざけやがってと思ったが、怒りが湧くほどの体力は残っていない。

同時に思う。おれたちの仕事はそうだ。事件を起こされてから、動くしかない。いつも先手は犯人が握り、後手を引かされる宿命なのだ。

まったく、やってらんねえな。

「スズキは、また何かすると思うか」

「わかりません」

類家が、少しだけ間をあける。

「でも次こそ、おれが勝ちます」

危うい思想だ。人の生き死にが懸かった捜査を、勝ち負けの基準で測るのは危険すぎる。

こいつは、警官に向いてない。

「ですから、わたしに責任をかぶせてくれていい。ぜひ、そうすべきです」

なんで心が読めるのか。ほんとうに気色悪い奴である。

「おれと倖田の処分は避けようがねえよ」

「倖田さんは、どうでしょうか。組織としては微妙ですが、世間的には英雄と讃えられても不思議はない。むしろ被害者といえる立場で厳罰を喰らわせたら炎上しかねないと思います」

たしかにそうだが、あいつを交番へ戻すのは無理な気がする。スズキの逃亡はあまりにも重大で、そしてあいつは上層部がセンシティブにならざるを得ない情報をもちすぎている。

「――いっそ、囲っちまうか」

きょとんとする類家に向かっていう。「特殊犯係《ウチ》にだよ。そしたら、めったなことにはならんだろ」

「ぜったいに向いていません」気持ちよく断言し、「まあ、わたしは遊軍の身ですからどちらでもかまいませんが」

「何いってんだ」

高東はコーヒーを飲み干した。

「もしおれが命拾いしたら、おまえらおなじチームになるんだ。おれの下でな」

類家が目を見開いて、それから精いっぱい顔をしかめた。

「倖田さんと、上手くやる自信はないです」

おまえと上手くやれる奴なんてどこにいるんだよ――。

皮肉の陰から清宮の顔がのぞく。彼はこの先も、スズキやノッペリアンズを追うのだろうか。できるなら、自分もその力になりたい。

「なあ、類家。聞き取りが終わったら酒でも飲みに行かないか」

「行きません。アルコールは無駄なうえに害悪です」

予想どおりすぎる返事に笑えた。

さて、と高東は立ち上がる。世界でいちばん向いてない奴らのチームを実現するため、まずはお偉方との神経戦に挑むとしよう。

本書は「小説現代」2024年8・9月合併号に掲載されました

**呉 勝浩**（ご・かつひろ）

---

1981年青森県生まれ。大阪芸術大学映像学科卒業。現在、大阪府大阪市在住。2015年、『道徳の時間』で第61回江戸川乱歩賞を受賞しデビュー。'18年『白い衝動』で第20回大藪春彦賞受賞、同年『ライオン・ブルー』で第31回山本周五郎賞候補、'19年『雛口依子の最低な落下とやけくそキャノンボール』で第72回日本推理作家協会賞（長編および連作短編集部門）候補、'20年『スワン』で第41回吉川英治文学新人賞受賞、同作は第73回日本推理作家協会賞（長編および連作短編集部門）も受賞し、第162回直木賞候補ともなった。'21年『おれたちの歌をうたえ』で第165回直木賞候補。'22年、『爆弾』で『このミステリーがすごい！ 2023年版』国内編、「ミステリが読みたい！ 2023年版」国内篇で第1位に輝く。同作は第167回直木賞候補にも選ばれ、'23年本屋大賞で第4位にもなった。他の著書に『バッドビート』『素敵な圧迫』『Q』などがある。

# 法《ほう》廷《てい》占《せん》拠《きょ》 爆《ばく》弾《だん》2


第一刷発行　二〇二四年七月二十九日

著者　呉《ご》 勝浩《かつひろ》
発行者　森田浩章
発行所　株式会社講談社　〒一一二-八〇〇一
東京都文京区音羽二-一二-二一
出版　〇三-五三九五-三五〇五
販売　〇三-五三九五-五八一七
業務　〇三-五三九五-三六一五

本文データ制作　講談社デジタル製作
印刷所　株式会社KPSプロダクツ
製本所　株式会社若林製本工場

定価はカバーに表示してあります。





ISBN978-4-06-536304-1
N.D.C.913　343p　20cm

KODANSHA